ANDRZEJ MALESZKA

MAGICZNE DRZEWO

ANDRZEJ MALESZKA

MAGICZNE DRZEWO

ŚWIAT OGROMNYCH

ILUSTRACJE

ANDRZEJ MALESZKA

znak emotikon

KRAKÓW 2015

Projekt okładki i ilustracje
Andrzej Maleszka

Fotografia na 4. stronie okładki
Archiwum autora

Opieka redakcyjna
Maria Makuch

Adiustacja
Anna Szulczyńska

Korekta
Judyta Wałęga, Anna Szulczyńska

Projekt typograficzny
PARASTUDIO

Łamanie
Irena Jagocha

Na okładce i w ilustracjach wykorzystano fotografie bohaterów autorstwa Macieja Mańkowskiego i Moniki Lisieckiej oraz elementy zdjęć autorstwa:
© Andrzej Maleszka
© drbimage/istock
© Montego6/Dreamstime.com
© Peter Dazeley/Photographer's Choice/Getty Images
© Gregor Schuster/Photographer's Choice/Getty Images
© Vasilyev Alexandr/Shutterstock
© isoga/Shutterstock
© Marcin Pawinski/Shutterstock
© cvalle/Shutterstock

Wykonanie modelu robota 3D
Piotr Budzowski

ISBN 978-83-240-3902-9

Książki z dobrej strony: www.znak.com.pl
Społeczny Instytut Wydawniczy Znak, 30-105 Kraków, ul. Kościuszki 37
Dział sprzedaży: tel. (12) 61 99 569, e-mail: czytelnicy@znak.com.pl
Wydanie I, Kraków 2015
Druk: Colonel, Kraków

W dwutysięcznym roku nad doliną Warty przeszła straszliwa burza. Trwała bez przerwy przez trzy dni i trzy noce. Przerażone zwierzęta kryły się w najgłębszych norach. Małe dzieci chowały głowy pod poduszki, by nie słyszeć nieustającego huku grzmotów. W wielu domach zgasło światło, a dachy porwała wichura.

Trzeciego dnia piorun uderzył w olbrzymi stary dąb rosnący na wzgórzu. Drzewo pękło i runęło na ziemię. Zadrżały domy w całej dolinie, a burza natychmiast ustała.

Nie był to zwyczajny dąb. Było to Magiczne Drzewo. Miało w sobie ogromną, cudowną moc, lecz wtedy nikt o tym nie wiedział.

Ludzie zawieźli je do tartaku i pocięli na deski. Z drewna zrobiono setki różnych przedmiotów, a w każdym przedmiocie została cząstka magicznej mocy. W zwyczajnych rzeczach ukryła się siła, jakiej nie znał dotąd świat. Wysłano je do sklepów i od tego dnia na całym świecie zaczęły się niesamowite zdarzenia.

ŚWIAT OGROMNYCH

– Nie chcę! – krzyczała Idalia.

– Musisz! – wołała Gabi.

– Nie!

– Zrozum…

– Nie! Nie! Nie!!! Nie będę chodzić do szkoły!

– Ale wszyscy chodzą!

– I co z tego!?

– Ida, zrozum! – zawołał Kuki. – Jak nie będziesz chodzić do szkoły, to nie będziesz niczego wiedzieć!

– Ja wszystko wiem! Jestem mądra.

– Ale pisać ani czytać nie umiesz – powiedział Blubek.

– Mogę wyczarować tabletki na mądrość! – krzyknęła Idalia. – Zjem i zaraz będę czytać i pisać. I liczyć do miliona milionów!

– Nie! Tylko nie to! – jęknął Budyń.

Gabi usiadła obok Idy.

– Posłuchaj. Nie chodzi tylko o to, żebyś była mądrzejsza.

– A o co?

– Jak nie będziesz chodzić do szkoły, to zaczną się nas czepiać.

– Kto?

– Urzędnicy, policjanci i nauczyciele. Zaczną sprawdzać, czemu nie chodzisz na lekcje. I odkryją, kim jesteś. Rozumiesz?

Idalia wyglądała jak zwykła dziewczynka, ale wcale nie była zwykła. Była magiczną istotą. Powstała z drewnianej figurki i miała ogromną moc. Potrafiła czarować, a jej życzenia się spełniały, co często powodowało kłopoty. Rodzice Gabi zgodzili się, by mieszkała w ich domu, ale Ida nie chodziła do szkoły. To budziło podejrzliwość sąsiadów.

– Kiedy mam iść do tej głupiej szkoły? – spytała ponuro Ida.

– Jutro.

– A nie mogę za tydzień? Albo za dwa? Proszę!

Gabi pokręciła głową.

– Tato powiedział pani Szulc, że przyjdziesz jutro.

– Kto to jest pani Szulc?

– Nauczycielka. Będzie twoją wychowawczynią, bo teraz uczy młodsze klasy. Ona jest fajna, zobaczysz!

– No dobra – westchnęła Ida. – Pójdę do szkoły. Ale jak będą mnie tam źle traktować, to wszystkich zmienię w skunksy śmierdziele!

– Nie możesz w szkole robić żadnych czarów! – zawołała Gabi. – Absolutnie żadnych, rozumiesz? I dlatego musisz...

– Co?

– Zablokować swoją magiczną moc.

– Czemu!? – oburzyła się Ida.

– Żebyś niechcący nie zrobiła groźnego czaru. Na przykład nauczycielka każe ci wymienić nazwy zwierząt. Ty powiesz „tygrys" i zaraz wyskoczy ludojad. I pożre wszystkie dzieci!

– A bez dzieci w szkole jest nudno – dodał Budyń.

– Dlatego dla bezpieczeństwa musisz zablokować swoją moc – powiedział stanowczo Kuki.

– Na jak długo?

– Na przykład na miesiąc. W tym czasie przyzwyczaisz się do szkoły i nauczysz się kontrolować.

– Naprawdę muszę to zrobić?

– Tak.

Ida westchnęła. Potem wyprostowała się i szepnęła:

– Chcę, żeby od jutra moje rozkazy się nie spełniały. Przez miesiąc!

Powiedziała to dwa razy.

TRACH! Zgasło światło. Podmuch wiatru przeszedł przez pokój, zrzucając papiery ze stołu. Potem wszystko się uspokoiło, a lampy znów zaczęły świecić.

– Załatwione – powiedział z ulgą Kuki.

Idalia siedziała smutna. Pozbawiona magicznej siły czuła się niepewnie. Gabi ją przytuliła.

– Nie martw się. To tylko miesiąc.

Kuki i Blubek poszli do domu. Gabi też musiała wyjść, żeby odnieść książki do biblioteki. Pies Budyń został z Idą, by dodać jej otuchy. Wskoczył na kolana dziewczynki.

– Nie martw się – powiedział (mówił po ludzku, bo kiedyś magia zmieniła mu głos). – W szkole nie jest tak źle.

– Jest okropnie! – zawołała Idalia. – Po pierwsze trzeba dźwigać ciężki tornister. Po drugie nienawidzę, jak mnie krytykują. A w szkole stale będą mówić, że robię coś źle. Będą się ze mnie śmiać! Bo nie umiem pisać ani czytać! I nikt nie będzie mnie lubić.

– Myślę, że wszyscy będą cię lubić.

– Na pewno nie.

– Wiesz co? – powiedział Budyń. – Zanim wziął mnie Kuki, mieszkałem w szkole i wszyscy mnie lubili. Tylko taki jeden się ze mnie wyśmiewał. Gadał, że wyglądam jak szczuropies.

– Ja nie pozwolę, żeby mnie wyśmiewali! – zaperzyła się dziewczynka. – Zaraz wyczaruję huragan i łobuz wyleci ze szkoły.

– Przez miesiąc nie możesz czarować – przypomniał Budyń.

Ida zerknęła na psiaka.

– Nie mogę dopiero od jutra. A teraz jeszcze mogę...

Wstała.

– Ej! Co ty chcesz zrobić? – pisnął psiak.

– Wyczarować kilka rzeczy do szkoły.

Idalia spojrzała w stronę okna i zaczęła coś szeptać. Po sekundzie otworzyło się okno. Załopotały firanki i do pokoju zaczęły wpadać paczki.

Ida i Budyń odskoczyli, bo pudła wlatywały z prędkością odrzutowców. TRACH! PAC! ŁUP! Kartony spadały z łomotem na podłogę. Razem było ich pięć.

– Coś ty wyczarowała!? – zawołał Budyń, obwąchując pudła.

– Zaraz zobaczysz.

Idalia otworzyła pierwszy karton. W środku był szkolny tornister. Żółty, z guzikiem na klapie.

Budyń był trochę rozczarowany.

– To zwykły plecak!

– Wcale nie.

Ida nacisnęła guzik. Z tornistra wysunęło się śmigło. Zaczęło wirować, a tornister się uniósł! Fruwał po pokoju jak helikopter albo dron.

Budyń patrzył na to osłupiały.

– Co to ma być?

– Tornidron, czyli latający tornister. Nie będę musiała go dźwigać. Sam poleci do szkoły!

– A da się tym sterować?

– No pewnie. – Ida spojrzała na tornister i zawołała: – Do mnie!

Tornidron natychmiast do niej podleciał.

– Otwórz się!

Klapa tornistra odskoczyła, a Ida zapytała:

– Budyń, masz ochotę na przejażdżkę? To znaczy przelotkę?

Psiak łypnął niepewnie na latający tornister.

– No... Nie wiem...

– Tylko krótki lot. Sprawdzimy, jak to działa.

Delikatnie chwyciła kundelka i włożyła do tornidrona. Budyń unosił się metr nad podłogą i rozglądał się niepewnie.

– Naprzód! – zawołała Ida. – Szybko!

Śmigło zawirowało. Tornister wyfrunął przez okno i poszybował nad dachami domów. Było słychać, jak kundelek woła:

– Nie tak wysoko... Ja chcę do domu! Z powrotem!

Kiedy to powiedział, tornidron wykonał zwrot tak gwałtowny, że Budyń omal nie wypadł. Po sekundzie tornister wleciał do pokoju.

– Fajnie było? – spytała Ida.

– Tak... Fajnie... Super... – jęknął psiak. – Ale chcę już wylądować!!! Jestem psem, a nie wroną.

– No dobrze. Ląduj!

Tornidron lekko jak motyl opadł na dywan. Budyń z ulgą z niego wyskoczył.

Idalia otworzyła drugie pudełko. Było tam pióro ze złotą stalówką. Dziewczynka coś wyszeptała. Pióro wyskoczyło z pudełka i zaczęło samo pisać w zeszycie leżącym na stole.

– To pióro samopiszące – powiedziała dumnie Ida. – Będzie za mnie pisać w szkole. W dodatku mogę to pióro wysłać w dowolne miejsce. Rozumiesz? Jak źle napiszę sprawdzian, to poleci do szkoły i poprawi błędy.

– To trochę nieuczciwe – pisnął Budyń.

– Jak się nauczę pisać, to przestanę go używać. Słowo!

Ida otworzyła trzecią paczkę. Była tam kryształowa buteleczka. Wyglądała jak flakon perfum.

Budyń zaczął węszyć.

– Co tam jest?

Ida ostrożnie wyjęła butelkę.

– To płyn lubienia.

– Co?

– Chcę, żeby w szkole mnie lubili. A kto tym pachnie, tego wszyscy muszą lubić. Jedna porcja starcza na pięć minut.

– To znaczy, że jak mnie tym oblejesz, to wszyscy będą mnie uwielbiać?

– Ciebie i każdego, kto będzie tym pachnieć.

– To jest niezłe.

– Wiem – powiedziała dumnie Ida. – Ale trzeba z tym uważać. Nie można użyć zbyt dużej dawki.

Otworzyła czwartą paczkę. Był w niej pojemnik na śniadanie.

– Masz tam coś smacznego? – zainteresował się Budyń.

– Wszystko, co zechcesz.

– Jak to?

– To śniadaniówka samonapełniaczka. Stukasz w obrazek i dostajesz jedzenie, które wybrałeś.

– A jest obrazek z kiełbaskami?

– Jasne.

Ida stuknęła w ikonę na wieczku. PSTRYK. Śniadaniówka się otworzyła i wyskoczyła mała kiełbaska. Budyń złapał ją w locie.

– Czosnkowa! Pychotka! – zawołał. – To twój najlepszy czar!

Ida otworzyła ostatnią paczkę. Było tam lusterko.

– Co to jest? – spytał Budyń.

– Autodestruktor.

– Auto co?

– Autodestruktor. Czyli samobij.

– Coś do walki?

– W pewnym sensie. To lustro odbija złość. Jak ktoś będzie chciał zrobić mi coś złego, pokażę mu to lustro. Wtedy zaatakuje sam siebie.

– Zaatakuje siebie? – zdziwił się psiak.

– Tak. Napastnik całą złość skieruje na siebie. Po prostu sam się zbije.

– Dość skomplikowane.

– Wcale nie. Zobaczysz, że to będzie działać.

Ida schowała wyczarowane przedmioty do tornistra, mrucząc:

– No, teraz mogę iść do szkoły!

Kiedy wieczorem wróciła Gabi, Idalia nie powiedziała jej o wyczarowanych przedmiotach. Położyły się wcześnie do łóżek, bo Gabi chciała, żeby jej przybrana siostra poszła do szkoły wyspana i w dobrym humorze.

Zanim usnęły, Gabi szepnęła:

– Wiesz, będziesz miała tę samą wychowawczynię co ja. Pani Szulc jest fajna. Lubi dzieci.

– A ma swoje dzieci? – zainteresowała się Ida.

Gabi zerknęła na nią.

– Nie. Pani Szulc nie ma swoich dzieci – powiedziała. – Śpij już.

Następnego ranka Idalia była bardzo zdenerwowana.

– Gabi... Może pójdę do szkoły za tydzień? Bo wiesz, boli mnie głowa. I brzuch, i...

– Nie kombinuj. Zobaczysz, że w szkole jest fajnie. Spodoba ci się. Wstawaj.

Ida westchnęła i niechętnie wyszła z łóżka.

Przed domem czekali Kuki i Blubek.

– Ida, ciężki masz tornister? – spytał Kuki. – Bo możemy ci go ponieść.

– Dzięki. On sam się poniesie – odpowiedziała dziewczynka i nacisnęła guzik.

Wysunęło się śmigło i tornister uniósł się w powietrze. Fruwał wokół Idy jak mały tresowany smok.

Blubek oglądał go ze zdumieniem.

– Skąd to masz!?

– Wiadomo – westchnęła Gabi. – Po prostu wyczarowała.

– Przecież nie możesz czarować! – zawołał Blubek.

– Wczoraj jeszcze mogłam – powiedziała niewinnie Ida.

Kuki zerknął na zegarek.

– Chodźcie, bo się spóźnimy do szkoły! Trzeba lecieć. Szybko!

Kiedy to powiedział, tornidron wystrzelił do przodu. Pomknął nad ulicą jak rakieta.

– Ej! Ida! Co ten zwariowany tornister robi!?

– Powiedziałeś „trzeba lecieć", więc poleciał.

– On reaguje na głos?

– Tak! – Idalia pobiegła za tornistrem, krzycząc: – Wracaj! Wracaj do mnie!

Ale tornidron nie reagował, bo hałas samochodów zagłuszał wołanie. Po chwili zniknął za zakrętem.

– Musimy go złapać! – zawołała Gabi.

Popędzili ulicą, tam gdzie pofrunął tornister. Dobiegli do skrzyżowania i rozglądali się we wszystkie strony. Tornidrona nigdzie nie było widać.

– Pewnie poleciał do szkoły! – zawołała Ida.

– Czuję, że będą kłopoty – jęknął Kuki.

Skręcili w prawo w ulicę Kasztanową. Przebijając się przez tłum uczniów, dobiegli do szkoły.

– Jest! – zawołał Blubek. – Tam, przy drzwiach!

Tornidron właśnie wlatywał do szkolnego budynku jak szalone UFO. Jakiś maluch stojący w drzwiach wrzeszczał ze strachu.

– Trzeba go złapać, zanim ktoś odkryje, że to magia! – krzyknął Kuki.

Wbiegli do szkoły. Idalia była tu pierwszy raz. Zatrzymała się i patrzyła niepewnie na tłum rozkrzyczanych uczniów. Gabi pociągnęła ją za rękę.

– Chodź... Trzeba znaleźć ten zwariowany tornister.

Biegali po korytarzach i zaglądali do wszystkich klas. Tornidrona nigdzie nie było.

– No trudno – wysapał zdyszany Blubek. – Najwyżej ktoś go znajdzie. Tornister ze śmigłem nie jest znowu taki dziwny. Pomyślą, że ktoś przerobił drona.

– Ale w nim były jeszcze inne rzeczy – powiedziała Ida. – Trochę niebezpieczne.

Spojrzeli na nią zaniepokojeni.

– Coś ty jeszcze wyczarowała? – spytała Gabi.

– Mów! – krzyknął Kuki. – Co było w tornistrze?

– No... Tam jeszcze były...

Zanim skończyła, usłyszeli krzyk.

Korytarzem pędził Nikodem zwany Trupkiem. Był blady i chudy, a większość dzieci go nie lubiła. Ale Kuki i Gabi ostatnio się z nim zaprzyjaźnili.

Nikodem przebiegł obok nich, gnając na chudych nogach jak struś. Oglądał się panicznie za siebie.

– Co Trupek robi? – zdziwił się Kuki.

Zanim ktoś odpowiedział, rozległy się piski i krzyki. Nadbiegł tłum uczniów, głównie dziewczyn ze starszych klas. Wszyscy pędzili za Nikodemem, krzycząc:

– Lubimy cię! Uwielbiamy! Nikodem, wracaj!

Trupek uciekał jak szalony. Wpadł do stołówki i zatrzasnął drzwi. Słychać było łomot przesuwanego mebla, jakby Nikodem barykadował wejście. Piszczący tłum dopadł do drzwi. Ktoś szarpał klamkę, wszyscy krzyczeli:

– Nikodem! Otwieraj! Uwielbiamy cię! Chodź do nas!

– O co tu chodzi? – spytał Kuki.

– Już wiem! – zawołała Ida. – Wyczarowałam płyn lubienia. Nikodem musiał go znaleźć i się nim wysmarować.

– O rany! – przeraził się Blubek. – Znowu to samo!

Kiedyś z Kukim wyczarowali płyn głupoty i cała szkoła zgłupiała, a potem były jeszcze gorsze problemy.

– Co robimy?

– Wejdziemy do stołówki tylnym wejściem, przez kuchnię! – zawołał Kuki.

Wybiegli na szkolne boisko i okrążyli szkołę. Tylnymi drzwiami weszli do kuchni, a stamtąd dostali się do stołówki. Było tu pusto. Nikodema nie było nigdzie widać.

– Ej, Trupek, jesteś tu?

Po chwili spod stołu wyjrzała blada twarz Nikodema. Ruszyli w jego stronę.

– Zatkajmy nosy – ostrzegła Ida. – Bo zaczniemy go uwielbiać.

Wszyscy zacisnęli palce na nosach i podeszli do Trupka.

– Nikodem! Co się stało? – spytała Gabi.

– Znalazłem dziwny tornister ze śmigłem – wyjąkał Trupek. – Chciałem go obejrzeć. Wtedy wypadła jakaś butelka i wylał się na mnie śmierdzący płyn. A potem rzucili się na mnie tamci wariaci. Mało mnie nie udusili! To wasza sprawka, co?

Kuki mruknął:

– No… W pewnym sensie nasza.

– Co to było za świństwo?

– To nie świństwo – powiedziała Ida. – To płyn lubienia. Oblałeś się nim, więc wszyscy cię teraz lubią. Użyłeś za dużej dawki, więc lubią cię trochę za bardzo. To potrwa tylko pięć minut – dodała pocieszająco.

– Wiedziałem, że to wasza robota – jęknął Nikodem. – Muszę to wyczyścić… Macie chusteczkę?

– Ja mam. – Gabi sięgnęła do kieszeni.

– Uważaj! – zawołali wszyscy.

Było za późno. Gabi, sięgając do kieszeni, odsłoniła nos. Zapach błyskawicznie do niej dotarł. Spojrzała na Trupka jak zahipnotyzowana. Ruszyła do niego, szepcząc:

– Nikodem! Lubię cię! Uwielbiam! Jesteś cudowny! Wspaniały!

Wyciągnęła rękę i pogłaskała chłopaka po głowie.

– Gabi, uważaj, co robisz! – zawołał Kuki. – Opanuj się!

Dopadli z Blubkiem do dziewczyny i próbowali ją odciągnąć. Było to trudne, bo jedną ręką musieli zatykać nosy. Gabi wyrwała się i znów podbiegła do Trupka.

– Uwielbiam cię, Nikodem! – szeptała. – Tak bardzo, że nawet nie umiem powiedzieć, jak bardzo. Jesteś dla mnie najważniejszy na świecie!

Objęła Nikodema i go pocałowała.

W tej chwili stuknęły drzwi. Z kuchni wyszła kucharka.

– Co tu się dzieje!? – zawołała. – Stołówka jeszcze zamknięta! Zmykajcie stąd, bo...

Nagle zaczęła marszczyć nos. Spojrzała na Trupka i szepnęła:

– Nikodem! Mój ulubiony uczeń. Wspaniały chłopiec! Taki mądry i grzeczny... Bardzo cię lubię...

Kucharka ruszyła w stronę przerażonego chłopaka.

W tej chwili TRACH! Pękł zamek i otworzyły się drzwi stołówki. Wpadł tłum dzieci. Odepchnęły Gabi i kucharkę. Dopadły do Nikodema.

– Uwielbiamy cię! – piszczały.

Przypominało to film o znanym piosenkarzu, którego dopadli fani. Przerażony Trupek wyrwał się i rzucił do ucieczki. Pędził slalomem między stołami. Tłum „wielbicieli" ścigał go, piszcząc:

– Chodź do nas! Uwielbiamy cię!

Nikodem dopadł do regału z garnkami i zaczął na niego wchodzić. Nie był wysportowany, ale ze strachu wspinał się jak wiewiórka. Wlazł na najwyższą półkę. Patrzył z przerażeniem na „wielbicieli", którzy potrząsali regałem.

– Nikodem! Chodź do nas! – krzyczeli. – Uwielbiamy cię!

TRACH! Mebel się zachwiał i runął na podłogę. Spadły garnki, a także Trupek. Na szczęście nic mu się nie stało, ale zanim wstał, „fani" rzucili się na niego. Już się zdawało, że zadepczą biednego Nikodema. Ale wtedy przez stołówkę przeszedł jakby podmuch wiatru. Zapach natychmiast się ulotnił.

Ida odetchnęła z ulgą.

– Minęło pięć minut i płyn przestał działać – szepnęła.

Zapadła cisza. Tłum „wielbicieli" się cofnął. Patrzyli na Nikodema niechętnie. Jakby to on był winny, że głupio się zachowali. Potem wszyscy jednocześnie odwrócili się i wybiegli. Tylko kucharka została i zbierała porozrzucane garnki.

Gabi spojrzała niepewnie na Kukiego, który mruknął:

– Chodźcie, musimy się naradzić.

Wycofali się ze stołówki, zabierając ze sobą Nikodema.

– Tutaj go schowałem – powiedział Trupek.

Byli w szkolnej szatni. Nikodem pokazał miejsce za szafkami, gdzie ukrył tornister.

Ida go wyciągnęła i zajrzała do wnętrza. W tornidronie były lustro, śniadaniówka i pióro. W bocznej kieszeni znalazła kryształową buteleczkę. Zostało jeszcze trochę płynu lubienia.

– Nic nie zginęło! – odetchnęła z ulgą, a potem wytłumaczyła, jak działają wyczarowane przedmioty.

– Dobrze, że nikt ich nie użył – powiedziała Gabi. – Bo naprawdę mogły być kłopoty.

– Chyba już były – mruknął Kuki. – Całowałaś Trupka jak zakochana.

– To nie moja wina! – zawołała Gabi. – To ten płyn.

– Inni aż tak się na niego nie rzucili – powiedział z wyrzutem Kuki.

– Jesteś zazdrosny czy co?

Kuki nie zdążył odpowiedzieć, bo zaterkotał dzwonek.

– Lekcja się zaczyna! – zawołała Gabi. – Ida, biegnij do klasy! Nie możesz się spóźnić na swoją pierwszą lekcję.

– Ale dokąd mam iść?

Idalia była w szkole pierwszy raz. Nie wiedziała, gdzie jest jej klasa.

Zaprowadzili ją pod salę numer pięć na pierwszym piętrze, gdzie uczyły się młodsze dzieci.

– Tu jest twoja klasa – szepnęła Gabi. – Trzymaj się, Ida!

Dziewczynka westchnęła. Nacisnęła klamkę i uchyliła drzwi.

W sali siedziało kilkanaścioro dzieci. Przy tablicy stała pani Szulc, szczupła, jasnowłosa nauczycielka. Wszyscy odwrócili się i spojrzeli na Idę. Nauczycielka odłożyła kredę i podeszła do dziewczynki.

– Dzień dobry. Masz do mnie jakąś sprawę...?

– Tak...

– Ach, już wiem! Wejdź.

Pani Szulc zaprowadziła ją na środek klasy.

– To jest nasza nowa uczennica – powiedziała. – Ma na imię Idalia. Zdrobniale Ida, prawda?

– Tak.

Nauczycielka uśmiechnęła się do dziewczynki.

– Bardzo się cieszymy, że do nas przyszłaś. Możesz usiąść tam. – Pokazała stolik pod oknem. – Odpowiada ci to miejsce?

– Może być – powiedziała Ida i pomaszerowała do stolika.

Usiadła. Za nią siedziała dziewczyna z warkoczami. Gapiła się na Idę, inni też na nią patrzyli. Idalię okropnie to denerwowało.

– Potem poznacie nową koleżankę bliżej – powiedziała nauczycielka. – Teraz skończymy ćwiczenie. Przepiszcie zdanie z tablicy.

Ida zerknęła niepewnie na tablicę. Nie potrafiła czytać (znała tylko kilka liter, których się nauczyła w czasie bitwy ze smokiem). Pisać nie umiała zupełnie. Wyjęła z tornistra zeszyt i zaczarowane pióro.

– Napisz to – szepnęła.

Pióro drgnęło i zaczęło samo pisać w zeszycie. Ida udawała, że je trzyma. Ale pióro, zamiast przepisać zdanie z tablicy, pisało słowo „to". Mnóstwo razy: totototototo…

Kiedy kartka się zapełniła, pióro zaczęło pisać po stole! Ida próbowała je zatrzymać, ale przedmiot wyrwał się jej z ręki i podleciał do ściany. Zaczął na niej bazgrać: totototototo…

– Stój! – jęknęła wystraszona Ida.

Ale pióro się nie zatrzymywało. Błyskawicznie pokrywało ścianę literami. Po chwili cała była zapisana setkami: tototo... Inne dzieci gapiły się osłupiałe. Spanikowana Ida nie wiedziała, co robić. Już chciała pobiec i złapać zaczarowane pióro, kiedy to przestało bazgrać po ścianie. Podleciało do uczennicy z warkoczami i zaczęło pisać po jej policzkach! Po sekundzie twarz dziewczynki była pełna liter. Wyglądała jak wytatuowana!

– Ratunku! Na pomoc! – krzyczała przeraźliwie dziewczynka.

Pani Szulc rzuciła się w jej stronę. Pochwyciła pióro, które szarpało się i wyrywało. Atrament chlapał na białą bluzkę nauczycielki. Wreszcie przedmiot się uspokoił i zastygł w bezruchu.

Chwilę trwała cisza. Potem wychowawczyni spytała:

– Do kogo należy to pióro?

Idalia powoli wstała.

– Ono jest moje – powiedziała.

Podeszła do pani Szulc i chciała wziąć pióro.

– Poczekaj. Powiedz, skąd to masz?

– Kupiłam – skłamała Ida.

Przecież nie mogła powiedzieć, że je wyczarowała.

– Kupiłaś? – zdziwiła się pani Szulc. – Coś takiego można kupić?

– Tak... To jest... automatyczne pióro! – zmyślała dziewczynka. – Można je kupić, ale kosztuje dosyć drogo...

– Nie możesz zabierać takich rzeczy do szkoły – powiedziała nauczycielka. – To jest niebezpieczne! Nie przynoś go nigdy więcej!

– Dobrze, proszę pani.

Ida schowała pióro do tornistra.

Dziewczyna z pobazgranymi policzkami chlipała jak małe dziecko. Nauczycielka namoczyła chusteczkę i wycierała jej twarz.

– Nie płacz, Amelko... Zmyjemy to. A wy spróbujcie wytrzeć ściany, zanim atrament zaschnie.

Dzieci gąbkami i papierem próbowały zetrzeć napisy ze ścian. Wszyscy patrzyli ze złością na Idę, która czuła się okropnie.

„Ledwo tu przyszłam, a już wszyscy mnie nie cierpią" – myślała. Jednak nie miała odwagi użyć płynu lubienia.

– Siadajcie – powiedziała pani Szulc. – Żeby się uspokoić, coś sobie narysujemy.

– Co narysujemy!? – zawołały dzieci.

– Coś... do jedzenia. To, co macie w śniadaniówkach.

Kiedy Ida usłyszała o śniadaniówce, mocno się zaniepokoiła. Ale posłusznie wyjęła pudełko z tornistra. Stuknęła w ikonę pomidora, bo łatwo go narysować. To był błąd. W pojemniku coś syknęło i spod pokrywki zaczął wyłazić ketchup! Pomidor oznaczał sos pomidorowy!

Czerwona maź wychodziła nieprzerwanie w wielkich ilościach. Strumień pomidorowego sosu ściekał na stół i podłogę. Była to ketchupowa powódź. Totalna katastrofa! Ida chciała nacisnąć „stop", ale w tej chwili przybiegła nauczycielka. Chwyciła śniadaniówkę, krzycząc:

– Ida! Co to jest!?

Kiedy pani Szulc ścisnęła pudełko, ketchup zaczął wyłazić jeszcze bardziej. Pomidorowa fontanna tryskała we wszystkie strony. Wystraszona wychowawczyni wypuściła śniadaniówkę, która spadła na stolik Amelki. Dziewczynka ją odrzuciła. Pudełko latało po sali, bo nikt nie chciał ketchupowej bomby. Sos tryskał na ściany. Wszyscy wrzeszczeli.

W końcu Ida złapała śniadaniówkę. Nacisnęła „stop”. Ketchup przestał wychodzić, ale wszędzie było go pełno, na stołach i na dzieciach.

Otworzyły się drzwi. Zajrzała woźna.

– Przepraszam, chciałam sprawdzić, co się dzieje, bo takie u was krzyki…

Woźna patrzyła niepewnie. Sala była wymazana na czerwono. Wyglądała jak po śniadaniu wampirów.

– Mieliśmy zajęcia kulinarne – powiedziała szybko nauczycielka. – Niech pani zabierze dzieci do łazienki i dopilnuje, żeby się umyły. Idalio, ty zostań w klasie.

Wychodzące dzieci patrzyły ze złością na Idę, która była coraz bardziej zdenerwowana. Kiedy wyszły, pani Szulc zapytała:

– Możesz mi wytłumaczyć, co to jest?

– Śniadaniówka. Miałam w niej ketchup.

– Tak dużo?

Ida rozpaczliwie próbowała wymyślić jakieś wyjaśnienie. W końcu powiedziała:

– To był skondensowany ketchup. Bardzo dużo, bo ja lubię ketchup. Uwielbiam!

– To wszystko jest dziwne – szepnęła nauczycielka. – Dopiero przyszłaś do naszej klasy, a już tyle z tobą kłopotów.

– Ja wcale nie chciałam tu przychodzić! – zawołała Ida. Była coraz bardziej zdenerwowana. – Ja wcale nie chcę chodzić do tej głupiej szkoły!

– Nie złość się.

– Będę się złościć! Mogę się złościć, ile chcę! – krzyknęła Ida.

Pani Szulc próbowała ją uspokoić.

– Nie denerwuj się. Zobaczysz, że wszystko będzie dobrze, tylko…

– Nie będzie dobrze! – zawołała Ida. – Nic nie będzie dobrze! A ja nie chcę chodzić do szkoły. Nie mam ochoty. Wracam do domu!

Złapała tornister i ruszyła do drzwi.

– Poczekaj, dziecko! Nie możesz sama iść…

– Mogę robić, co chcę! – Ida się wyrwała i wybiegła z klasy.

Nauczycielka popędziła za nią.

– Zaczekaj! – Dogoniła Idalię na korytarzu i złapała za rękę.

Dziewczynka szarpała się.

– Puść mnie! – krzyczała. Była naprawdę rozzłoszczona. – Puszczaj, słyszysz!?

– Uspokój się. Dzieci nie mogą się tak zachowywać!

– Mogą! – zawołała Ida. – A ty się nie znasz na dzieciach! Wcale się nie znasz, bo nie masz swoich dzieci!

Krzyknęła to tak głośno, że z łazienki wyjrzeli uczniowie i woźna.

Pani Szulc puściła rękę Idy.

Dziewczynka zobaczyła, że nauczycielka zbladła i patrzy jakoś dziwnie. Ale Ida była tak zła, że krzyknęła raz jeszcze:

– No właśnie! Nie masz dzieci, więc się na nich nie znasz!

Wtedy pani Szulc gwałtownie się odwróciła i pobiegła do klasy.

Z łazienki wyszła woźna.

– Jak mogłaś to powiedzieć!? – zawołała do Idy. – Jesteś bez serca! Jak mogłaś coś takiego powiedzieć pani Szulc!

– Mogę mówić, co chcę!

Idalia odwróciła się i popędziła korytarzem. Nie znała szkoły, więc nie wiedziała, jak trafić do wyjścia. Zresztą była tak rozzłoszczona, że nie myślała, dokąd biegnie. Po prostu pędziła przed siebie.

Schodami na końcu korytarza zbiegła do szatni. Schowała się za szafkami. Usiadła na kamiennej podłodze i szeptała:

– Nienawidzę szkoły! Nienawidzę!

Chyba przez godzinę siedziała samotnie w ciemnościach.

Nagle usłyszała wołanie.

– Ida! Jesteś tu?

Do szatni weszła Gabi.

Idalia się nie odezwała, ale Gabi zauważyła jej stopy wystające z kryjówki.

– Ona jest tutaj! – zawołała.

Przybiegli Kuki i Blubek. Wszyscy podeszli do dziewczynki.

– Ida... Słyszeliśmy, co się stało – powiedziała Gabi. – Musisz iść do pani Szulc i ją przeprosić.

– Nie!!! Nikogo nie przeproszę! Nigdy!

– Zrozum. Pani Szulc jest fajna. A ty zrobiłaś jej wielką przykrość.

– Ja nic nie zrobiłam! To głupie pióro samo bazgrało. To nie moja wina.

– Nie o to chodzi.

– A o co?

– O to, co powiedziałaś.

– A co ja złego powiedziałam?

– Że pani Szulc nie zna się na dzieciach, bo nie ma swoich.

– Przecież to prawda. Sama mówiłaś, że ona nie ma dzieci.

Gabi kucnęła obok Idy.

– Posłuchaj… Powiem ci teraz coś ważnego. Słuchasz mnie?

– Tak.

– Pani Szulc miała kiedyś dziecko. Syna. Ale on zaginął.

– Jak to zaginął? – spytała Ida.

– Po prostu zniknął i nigdy go nie znaleziono. Miał na imię Alik. Był wtedy jeszcze mały. To było pięć lat temu.

– Ktoś go porwał?

– Nie. Po prostu na chwilę został sam w pokoju. Rodzice byli obok, w kuchni. Jak wrócili do pokoju, Alika już nie było.

– Nie szukali go?

– Szukali, ale nie znaleźli. Nie było żadnych śladów. Jego tato wciąż jeździ po świecie i próbuje go odnaleźć, ale bez skutku. Alik po prostu zniknął. Pani Szulc nie chce o tym nigdy rozmawiać. Jest jej przykro, kiedy ktoś o tym mówi. Powinnaś ją przeprosić. Zrobisz to?

– Tak.

Poszli wszyscy do pokoju nauczycielskiego. Gabi zapukała i poprosiła nauczycielkę.

Pani Szulc po chwili wyszła. Zobaczyli, że ma podkrążone oczy, jakby płakała.

– Przepraszam – powiedziała cicho Ida. – Nie chciałam tego powiedzieć. Ja zawsze mówię coś głupiego, jak się rozzłoszczę.

– Rozumiem. Nie gniewam się. Wszystko jest dobrze. – Nauczycielka pogłaskała Idę po głowie. – Myślę, że będziemy przyjaciółkami, prawda? Wyglądasz na mądrą dziewczynkę.

– Ja jestem mądra – westchnęła Ida. – Tylko jak się złoszczę, to robię głupie rzeczy.

– Będziemy nad tym pracować. Bo wiesz, ja się znam trochę na dzieciach.

– Wiem. Nie gniewa się pani?

– Nie.

Kiedy wracali do domu, Idalia przez całą drogę milczała. W domu też się nie odzywała. Myślała o czymś bardzo mocno. Wreszcie wieczorem, kiedy kładły się do łóżek, szepnęła do Gabi:

– Ja znajdę Alika.

– Co!? – zawołała Gabi.

– Znajdę dziecko pani Szulc. Odkryję, gdzie ono jest. Tak postanowiłam.

– Jak chcesz to zrobić?

– Może użyję magii, a może sama odkryję, co się stało. Ale znajdę Alika. Tylko musicie mi pomóc.

Następnego dnia Ida powiedziała o swej decyzji Kukiemu, Blubkowi i Budyniowi.

Byli zaskoczeni.

– Jakim cudem mamy go znaleźć? – pytał Blubek. – Przecież policja szukała tego dziecka przez pięć lat. I go nie znaleźli.

– Bo źle szukali.

Ida podeszła bliżej i szepnęła:

– Jestem pewna, że on nie zniknął zwyczajnie. To znaczy nie wpadł do wody czy coś takiego.

– A jak zniknął?

– Ja myślę, że to magia.

– Magia?

– Tak. Skoro był w pokoju i nagle zniknął, to znaczy, że nie stało się to zwyczajnie. To musiała być magia.

Kuki się zerwał.

– Może ona ma rację? Ten dzieciak mógł znaleźć magiczny przedmiot i w coś się zmutować. Nigdy o tym nie pomyśleliśmy.

Blubek pokręcił głową.

– Gdyby się w coś zmienił, to pojawiłby się nowy przedmiot. Albo jakiś zwierzak. Rodzice by to zauważyli. Poza tym przez pięć lat dałby jakiś znak.

– A może to była teleportacja? – zastanowił się Kuki. – Przeniosło go gdzieś daleko.

– Wysłałby wiadomość.

– Alik miał wtedy pięć lat. Nie umiał wysyłać wiadomości.

– Fakt.

– Jak to sprawdzić? Przecież nie możemy pani Szulc powiedzieć o magii.

– Ja wiem! – zawołała Gabi. – Trzeba ściągnąć Korto!

Korto był minirobotem. Zdobyli go w walce z klonem, a potem podarowali Nikodemowi. Nazywali go przewodnikiem, bo miał zdolność znajdywania magicznych przedmiotów.

– Jeżeli to dziecko uległo magii – powiedziała Gabi – to znaczy, że w domu pani Szulc jest magiczny przedmiot. Może Korto go znajdzie? Wtedy odkryjemy, co się stało z Alikiem.

– Minęło pięć lat – mruknął Blubek. – Ten przedmiot mógł dawno zginąć. Może wyrzucili go na śmietnik albo gdzieś oddali.

– Trzeba to sprawdzić.

– Ale jak wejdziemy do mieszkania nauczycielki? Włamiemy się?

– Musimy się zachować jak detektywi – powiedział Kuki. – To oznacza, że najpierw trzeba odszukać wszystkie informacje o zniknięciu Alika.

– Gdzie?

– W internecie. Na pewno dużo o tym pisali. Kto to zrobi?

Zgłosiła się Gabi.

– Sprawdzę dane w internecie. Pójdę też do biblioteki i obejrzę gazety z tamtego okresu.

– Dobra – powiedział Kuki. – My z Blubkiem polecimy do Trupka wypożyczyć robota.

– A ja? – spytała Ida. – Co ja mam robić?

– Ty odwiedzisz panią Szulc. Musisz wymyślić jakiś powód, żeby wejść do jej domu. Może coś tam zauważysz. Jakiś ślad.

– Ale gdzie ona mieszka?

– W szkole.

– W szkole? – zdziwiła się Ida.

– Tak. Ma służbowe mieszkanie w tej wieży w rogu szkoły. Jak była chora, to zanosiliśmy jej tam kwiaty.

Następnego dnia była sobota. Kuki z Blubkiem uruchomili dra-kulę (czyli pojazd, który wyczarowali kilka lat temu) i polecieli do Nikodema.

Gabi poszła do biblioteki szukać informacji o zaginionym Aliku.

Idalia powędrowała ulicą Kasztanową do szkoły. Dźwigała koszyk z ciastkami marchewkowymi. Wymyśliła, że zaniesie je wychowawczyni „na przeprosiny" i to będzie pretekst, by ją odwiedzić.

W narożniku szkolnego budynku była wieża, trochę jak w starym zamku. Ida pobiegła tam. Zaczęła się wspinać po kręconych schodach. Co jakiś czas mijała okrągłe okna, w których stały kwiaty. Pomyślała, że taka wieża to fajne miejsce do mieszkania. Chociaż wchodzenie nie było łatwe, bo wieża była wysoka. Idalia nieźle się zasapała, zanim dotarła na najwyższe piętro. Były tu drzwi pomalowane na zielony kolor. Nacisnęła dzwonek.

Po chwili drzwi się otworzyły i wyjrzała nauczycielka. Patrzyła na Idę zdziwiona.

– Dzień dobry – powiedziała dziewczynka. – Przyniosłam pani prezent. Upiekłam ciastka, razem z Gabi... Na przeprosiny za to, co powiedziałam.

Nauczycielka się uśmiechnęła.

– To miła niespodzianka. Wejdź...

Wprowadziła Idę do dużego jasnego salonu. Stały tu półki z książkami, biurko i sofa obita miękkim pluszem. Po lewej stronie było wejście do kuchni. Po prawej niebieskie drzwi z narysowaną buzią dziecka. Przez okno było widać szkolne boisko.

– Siadaj, Ida, na kanapie. Tylko zabiorę te papiery. – Nauczycielka zgarnęła z sofy stos kartek. – Poprawiam testy piątych klas, więc jest trochę bałaganu. Chcesz soku jabłkowego?

– Tak. Poproszę.

Pani Szulc wzięła paczkę z ciastkami i poszła do kuchni.

Ida zaczęła się uważnie rozglądać. Kuki kazał jej szukać drewnianych przedmiotów. Było ich sporo. Podłoga, półki i biurko. Na biurku stało zdjęcie kilkuletniego chłopca. Ida zerknęła, czy nauczycielka nie wraca, i podbiegła do biurka. Przyjrzała się chłopcu na fotografii. Był szczupły i miał nastroszone włosy. Trzymał coś w ręku. Ida się pochyliła i zobaczyła, że to puzzel. Chłopiec układał puzzle, a jeden fragment układanki trzymał w dłoni.

Ida szybko wyciągnęła telefon i zrobiła zdjęcie.

W tej chwili usłyszała kroki. Gwałtownie się wyprostowała. Weszła pani Szulc. Postawiła na stole tacę i podeszła do dziewczynki, która zerkała niepewnie. Było jej wstyd, że nauczycielka przyłapała ją na oglądaniu zdjęcia.

Pani Szulc wzięła fotografię.

– To jest Alik. Aleksander. Mój syn – powiedziała cicho. – Pewnie Gabi opowiedziała ci o nim?

– Tak.

– To jego ostatnie zdjęcie. Bardzo lubił puzzle. Potrafił układać nawet te największe… Był jeszcze mały, ale bardzo mądry. Tak jak ty. – Spojrzała na fotografię. – Kupiłam mu wtedy pierwszy raz puzzle z tysiąca elementów. I taki mały stolik, żeby mógł te puzzle wygodnie układać. Ale on nie zdążył ich ułożyć… – Pani Szulc westchnęła. – Siadaj. Spróbujemy twoich ciastek.

Dra-kula leciała nad osiedlem domków. Pilotował Blubek, a Kuki przez okno wypatrywał domu Nikodema. Trudno go było rozpoznać, bo na osiedlu Trupka wszystkie domy były takie same. Na szczęście zlokalizowała go nawigacja. „Jesteś u celu. Ląduj" – powiedział komputerowy głos.

Blubek pociągnął joystick i po chwili dra-kula wylądowała przed domem Trupka. Wysiedli i błyskawicznie ją zmniejszyli. Nie chcieli, żeby ktoś zauważył ich niesamowity pojazd.

Otworzyły się drzwi domu. Wyjrzał Nikodem. Podbiegli do niego.

– Jesteś sam?

– Tak.

Kuki i Blubek odetchnęli z ulgą, bo rodzice Trupka ich nie znosili. Nikodem przyglądał im się nieufnie. Wiedział, że ich wizyty zwiastują niebezpieczne przygody, a on nie lubił przygód.

– Co się stało? – spytał.

– Musimy wypożyczyć Korto – powiedział Kuki.

– Po co?

– Chcemy, żeby pomógł nam coś znaleźć.

Nikodem pokręcił głową.

– Korto wam nie pomoże.

– Przekonamy go.

– Nie o to chodzi. On jest zepsuty.

– Korto się zepsuł!? – zawołał Kuki.

– Tak. Stracił zdolność mówienia. Chyba zjadł zepsutą baterię i to mu zaszkodziło. W każdym razie ma uszkodzony syntezator mowy.

Korto był robotem, ale niesamowicie inteligentnym. Rozmawiali z nim jak z człowiekiem.

– Całkiem stracił głos? – zaniepokoił się Kuki.

– Niezupełnie. Zresztą sami zobaczcie.

Poszli do pokoju Nikodema. Chłopak zdjął z regału puszkę i wyciągnął z niej Korto. Robot wyglądał normalnie, nawet pokiwał im przyjaźnie szczypcami.

Kuki pochylił się i szepnął:

– Korto, powiedz coś.

Robot rozłożył bezradnie metalowe szczypce, a potem usłyszeli:

– RIA-WA-A. BRY-DO-DZIEŃ.

– Co? Co ty mówisz? – zdumiał się Kuki.

– ŁU-TY OD WIĘ-MÓ.

Kuki i Blubek popatrzyli na siebie niepewnie.

– On tak mówi już od tygodnia – westchnął Nikodem. – Ja nic z tego nie rozumiem.

– Zaraz – mruknął Blubek. – Korto, możesz to powtórzyć? Ale powoli.

Robot powiedział w zwolnionym tempie.

– ŁU-TY OD WIĘ-MÓ. RIA-WA-A, BEK-BLU.

– Już rozumiem! – krzyknął Blubek. – On gada od tyłu. To znaczy mówi sylaby w odwrotnej kolejności. „Blubek" to u niego teraz „Bek-Blu". Rozumiecie?

– I co powiedział, twoim zdaniem?

– „Awaria. Mówię od tyłu". Tak powiedział.

– Korto, czy to prawda? – zapytał Kuki.

– WDA-PRA TY-STE-NIE – zaskrzeczał ponuro robot.

– Niestety prawda – przetłumaczył Blubek.

– Blubek! Co my teraz zrobimy? – jęknął Kuki. – Przecież jak on powie coś skomplikowanego, to tydzień będziemy to tłumaczyć.

– Trudno. Po prostu musi gadać krótko i powoli. A może się naprawi. On ma moduł autonaprawy.

– Okej. W takim razie go pożyczamy – powiedział Kuki.

– Na jak długo? – spytał Nikodem, który nie lubił niczego pożyczać.

– No... Powiedzmy na tydzień... Ej, Korto, dokąd idziesz? Wracaj!

Robot zeskoczył ze stołu i pognał do drzwi. Wybiegł do ogrodu. Pędził jak uciekająca mysz. Pobiegli za nim.

Znaleźli robota po dłuższych poszukiwaniach, ukrytego w pokrzywach. Wyciągnęli go z trudem, parząc sobie dłonie.

– Ej! Korto! Czemu uciekasz? – zawołał Kuki.

– STWO-CZEŃ-PIE-BEZ-NIE! – wydzierał się robot.

– Niebezpieczeństwo? Wiemy, że to niebezpieczne, ale musimy to zrobić, rozumiesz?

Kuki złapał robota. Korto wyrywał się i wrzeszczał:

– KO-ZY-RY. CHCĘ NIE!

Kuki schował go do plecaka.

– Cześć, Nikodem.

Blubek powiększył dra-kulę. Wskoczyli do pojazdu i po chwili lecieli wysoko nad miastem.

Gabi siedziała w bibliotece przy stoliku pod oknem. Bardzo lubiła bibliotekę. Był tu spokój i unosił się miły zapach papieru. No i tutaj pracował jej tato, więc wszyscy Gabi znali i lubili.

Poprosiła bibliotekarkę o gazety sprzed pięciu lat. Sympatyczna pani w grubych okularach podreptała do magazynu. Gabi w tym czasie włączyła komputer stojący na biurku. Wpisała w wyszukiwarce „Zaginiony Alik Szulc". Wyskoczyło dużo informacji, ale nic interesującego. Po paru minutach przyszła bibliotekarka ze stosem starych gazet. Gabi zaczęła je przeglądać. Nagle coś zobaczyła. Pochyliła się nad gazetą i zaczęła uważnie czytać.

– Naprawdę miło, że mnie odwiedziłaś – powiedziała nauczycielka, żegnając w drzwiach

Idę. – Ciastka były pyszne. Wiesz, w najbliższy weekend jedziemy z twoją klasą na zieloną szkołę. Może upieczemy takie ciastka na drogę, co?

– Dobrze... Proszę pani, czy mogę sobie z panią zrobić zdjęcie?

– Zdjęcie? Ze mną? No dobrze.

Ida szybko podniosła telefon i nacisnęła ikonę aparatu.

Wieczorem czwórka „detektywów" spotkała się w domu Kukiego.

– Niech każdy powie, czego się dowiedział – polecił Kuki.

Pierwsza zgłosiła się Gabi.

– O zaginięciu Alika jest dużo informacji, ale większość znamy. Z wyjątkiem jednej.

– Jakiej?

– Znalazłam gazetę z opisem tego zdarzenia. Napisali, że tuż przed zniknięciem Alik siedział przy stole. Ten stół miał czerwony kolor.

– I co w tym ważnego?

– To, że ten stół był nowy. Pani Szulc kupiła go w dniu, w którym chłopiec zniknął. Rozumiecie? Mały usiadł przy tym stole i zaraz potem zniknął!

Kuki się zerwał.

– To znaczy, że ten stół jest z magicznego drzewa! – zawołał. – I teleportował gdzieś dzieciaka.

– Ida, widziałaś u pani Szulc czerwony stół? – spytała Gabi.

– Nie. Ale tam był drugi pokój, do którego nie wchodziłam.

– A w ogóle widziałaś coś ważnego?

– Chyba tak. – Ida wyjęła telefon. – Zobaczcie. To ostatnie zdjęcie Alika.

Wszyscy pochylili się nad ekranem telefonu i oglądali fotografię.

– Co on trzyma w ręku? – spytał Blubek.

– Puzzel. Dostał na urodziny puzzle. Wielki komplet z tysiąca elementów i stolik do układania. Ale nie skończył ich układać, bo zniknął. Tak powiedziała pani Szulc.

– Czyli wszystko się zgadza! – zawołała Gabi. – Dostał stół, który go teleportował.

– Albo w coś zmienił – powiedziała Ida. – Teraz może być na przykład myszą.

– Mam nadzieję, że nie spotkał kota! – pisnął Budyń.

– Poczekajcie – uspokajał Blubek. – Wcale nie jest pewne, że ten stół jest magiczny.

– Trzeba to zbadać.

– Jak?

– Wyślemy Korto – powiedziała Gabi. – Niech sprawdzi ten stół.

– Korto jest zepsuty – westchnął Kuki. – Mówi od tyłu. Ciężko go zrozumieć.

Wyciągnął z plecaka robota, który wychrypiał:

– DZIEĆ-WI WAS ŁO-MI. TAM-WI.

Dziewczyny patrzyły niepewnie. Wreszcie Gabi powiedziała:

– W sumie Korto nie musi mówić. Może po prostu wskazać, który przedmiot jest magiczny.

– A jak nam wyjaśni jego działanie?

– No… Jakoś przetłumaczymy to, co powie.

– To potrwa tydzień – mruknął Kuki.

– No to poczekajmy, aż Korto się naprawi – zaproponował Blubek. – Za miesiąc jego moduł naprawczy usunie awarię.

– Nie możemy czekać! – zawołała Ida. – Musimy akcję przeprowadzić w piątek.

– Dlaczego?

– W piątek nasza klasa wyjeżdża na zieloną szkołę. To znaczy, że pani Szulc nie będzie w domu. Przez trzy dni! To najlepsza okazja, żeby się tam zakraść.

W piątek Ida udawała, że źle się czuje, i nie pojechała z klasą na zieloną szkołę. Wieczorem spakowały z Gabi wyczarowane przedmioty do tornistra (mogły się przydać w razie kłopotów). Przed domem czekali Kuki, Budyń i Blubek. Cała piątka ruszyła ulicą Kasztanową. Zapadał zmrok, na niebo wyszedł księżyc. Wszyscy czuli dziwny niepokój.

Kiedy dotarli do szkoły, ukryli się za murem otaczającym boisko i obserwowali budynek. Musieli być czujni, bo wieczorem często przychodziła woźna, by robić porządki. Ale wyglądało na to, że w szkole nikogo nie ma.

Otworzyli furtkę, która zapiszczała przeraźliwie, przebiegli boisko i zatrzymali się pod szkolną wieżą. Spojrzeli w górę. Okna w mieszkaniu nauczycielki były ciemne. Jedno było uchylone, co bardzo ułatwiało akcję.

– Gadaj, Kuki, jaki masz plan – szepnął Blubek.

– Korto dostanie się przez okno do jej mieszkania i otworzy od środka drzwi. Wtedy my tam wejdziemy.

– Myślałam, że tylko Korto ma tam wejść – zaniepokoiła się Gabi. – To głupio, że zakradamy się do cudzego domu.

– Musimy tam wejść – powiedział Kuki. – Przecież jeżeli Korto wykryje magiczny przedmiot, to trzeba go zbadać.

– Pani Szulc wybaczy nam zakradanie, jeśli znajdziemy jej syna – szepnęła Ida.

– A jak wyślemy tam Korto? – spytał Blubek. – Ma się wspiąć po murze?

– To zbyt ryzykowne. Może spaść.

– To jak ma się tam dostać?

Ida podniosła tornidrona.

– Poleci w nim – powiedziała. – Włóż go tu.

Kuki wyciągnął z kieszeni robota. Korto spojrzał w okna na szczycie wieży. Jego oczy zamigotały nerwowo. A potem robot błyskawicznie wskoczył z powrotem do kieszeni.

– Ej! Korto! O co chodzi? – zawołał Kuki. – Przecież powiedziałeś, że nam pomożesz! Wyłaź!

Robot wysunął głowę z kieszeni i szeptał wystraszonym głosem:

– NIE-ŻE-GRO-ZA KIE-WIEL DZI-CHO-NAD.

Blubek, który najlepiej rozumiał dziwaczną mowę robota, przetłumaczył:

– Korto czuje niebezpieczeństwo. Nadchodzi jakieś zagrożenie.

Dzieci zerknęły na okna w mieszkaniu pani Szulc. I nagle wszystkie poczuły strach. Zdawało im się, że za ciemnymi szybami kryje się coś groźnego.

W końcu Kuki zdecydował:

– Trudno. Musimy zaryzykować.

Włożył robota do tornistra.

– Wiesz, co masz zrobić?

Korto pokiwał metalową głową, ale wyglądał na wystraszonego.

– W górę! – krzyknęła Ida.

Śmigło zawirowało i tornister się uniósł. Błyskawicznie wzleciał na wysokość piątego piętra.

– W prawo! – zawołała Ida. – Dobrze... Stój!

Tornidron zatrzymał się przy szczycie wieży obok uchylonego okna.

Zobaczyli, jak Korto wysuwa się z tornistra. Robot skoczył i wylądował na blaszanym parapecie. Ześlizgnął się, ale w ostatniej chwili jego magnetyczne łapki przylgnęły do blachy. Patrzyli na to z niepokojem. Gdyby zleciał, nawet jego tytanowe ciało nie wytrzymałoby upadku.

Robot zrobił kilka kroków po parapecie i przez uchylone okno wsunął się do wnętrza. Tornister jak balonik opadł do rąk Idy.

– Teraz my – powiedział Kuki.

Weszli do wieży i wspięli się po schodach na ostatnie piętro. Stanęli przed zielonymi drzwiami. Po chwili usłyszeli cichy zgrzyt.

– Korto otwiera zamek – szepnął Blubek.

Było słychać, jak szczypce robota mocują się z blokadą. TRACH. Zamek ustąpił. Kuki nacisnął klamkę. Drzwi się otworzyły.

Ostrożnie weszli do mieszkania nauczycielki. Czuli się bardzo nieswojo. Wiedzieli, że nie powinni wkradać się do cudzego domu. Uspokajało ich tylko to, że szukają zaginionego dziecka. To znaczyło, że robią coś dobrego.

Blubek wyciągnął rękę, by włączyć światło.

– Nie zapalaj – szepnął Kuki.

– Czemu?

– Ktoś może zauważyć światło.

– Fakt.

– Chodźcie.

Ida zaprowadziła ich do salonu. Było tu w miarę jasno, bo rolety były podniesione.

– Korto, sprawdź tu wszystko – powiedział Kuki. – Jeśli wykryjesz magiczny przedmiot, daj nam znać.

Postawił robota na podłodze. Korto ostrożnie ruszył. Szedł powoli, sztywno, jakby się czegoś bał. Na środku pokoju się zatrzymał. Radar na jego głowie zaczął wirować. Oczy robota wysyłały laserowe promienie, które badały ściany i przedmioty.

– Znalazłeś coś? – spytał Kuki.

Korto pokręcił głową, mrucząc:

– MA NIE NIC TU.

Nagle robot zastygł. Laserowe smugi zatrzymały się na niebieskich drzwiach z narysowaną buzią dziecka.

– MI-DRZWIA MI-TY ZA JEST TO.

– Wykrył coś za tamtymi drzwiami! – szepnął Blubek.

– To chyba był pokój Alika...

Ruszyli do drzwi, ale wtedy oczy robota zamigotały jak na alarm. Zaczął głośno krzyczeć:

– NIE-ŻE-GRO-ZA. DZIĆ-WCHO NIE!

Blubek spojrzał wystraszony na przyjaciół.

– Mówi, że mamy tam nie wchodzić!

Patrzyli niepewnie na drzwi. Nie wiedzieli, co zrobić.

– Przecież chcemy odkryć tę tajemnicę – powiedziała stanowczo Ida. – Musimy tam wejść!

Zdecydowanie ruszyła do niebieskich drzwi. Reszta poszła za nią. Tylko robot stał bez ruchu. Wciąż szeptał:

– NIE-ŻE-GRO-ZA.

Kuki nacisnął klamkę tajemniczych drzwi. Pchnął je ostrożnie. Zatrzeszczały przeraźliwie, jakby nie były otwierane od wielu lat. Zobaczyli pokój, ledwo widoczny w bladym księżycowym świetle.

– Korto, wejdź tam – szepnął Kuki.

Robot nawet nie drgnął. Jego laserowe oczy wciąż migotały na alarm. Dzieci spoglądały niepewnie w mrok pokoju.

– Trzeba sprawdzić, o co tu chodzi – powiedział w końcu Kuki. – Tylko pamiętajcie, jeśli ktoś zostanie teleportowany do jakiegoś miejsca, niech zostawia tam znaki. Na przykład zielone strzałki, żebyśmy mogli go odszukać. No to... wchodzimy.

Zapalił latarkę i wszedł do tajemniczego pomieszczenia. Pozostali poszli za nim.

Znaleźli się w dziecięcym pokoju. Na ścianach były błękitne tapety, a na podłodze niebieski dywan. Wszędzie leżały zabawki: samochody, figurki zwierząt i hulajnoga. Pod oknem stało łóżeczko, a obok niski czerwony stolik. Leżało na nim jakieś pudło.

– To ten stół, o którym pisali – szepnęła Gabi. – Jest czerwony! To na pewno on.

Podbiegli do stołu. Zaczęli go uważnie oglądać. Gabi stuknęła w blat. Rozległ się metaliczny dźwięk.

– On jest metalowy! – zawołała rozczarowana. – To blacha.

Stolik był zrobiony w całości z metalu! To oznaczało, że ich podejrzenia były błędne. Czerwony stół nie był magicznym przedmiotem.

Spojrzeli na siebie bezradnie.

– Czyli magiczną moc musi mieć coś innego – szepnęła Gabi. – Jakiś inny przedmiot.

– Ale który?

– Korto! Pomóż nam! – zawołała Ida. – Wskaż ten przedmiot. Proszę!

Robot powoli wszedł do pokoju. Wydawało się, że drży ze strachu. Zatrzymał się obok stołu.

– TO – powiedział.

– Ale ten stół jest metalowy! – zawołała Gabi.

Robot powtórzył, wskazując na stół.

– TO.

– O co mu chodzi? – szepnął Kuki. – Przecież magiczne przedmioty muszą być drewniane.

– A może chodzi o ten karton? – powiedziała Ida. – Może w nim coś jest?

Na stole leżało duże czerwono-złote pudło. Na wieku był napis *TERRA MAGNORUM.* Ida wyciągnęła rękę, żeby otworzyć karton. W tej chwili Korto złapał ją szczypcami za but. Zaczął odciągać od stołu. Oczy robota migotały jak alarm w samochodzie. Jego zgrzytliwy głos krzyczał:

– RAJ-TWIE-O NIE!

– Mówi, żeby nie otwierać... – szepnął wystraszony Blubek.

– Co robimy? – spytała Gabi.

Kuki wpatrywał się w karton.

– Według Korto jest tam coś groźnego. Możliwe, że to coś spowodowało zniknięcie Alika.

– To znaczy, że trzeba to sprawdzić – powiedziała zdecydowanie Ida.

– A jak z tego pudła wyskoczy potwór? – spytał Blubek. – Jakiś zombi albo dzieciojad?

– Duży potwór raczej się tam nie zmieści – szepnął Kuki.

– Nie wiadomo. – Blubek patrzył ze strachem na karton. – To coś może się transformować. Wyskoczy i się powiększy, a my nie mamy niczego do walki. Żadnej broni.

– Ja mam – powiedziała Ida i wyjęła z tornistra lustro. – Ono odbija złość. Jak wyjdzie potwór, to pożre sam siebie.

– Dobrze, otworzę ten karton – zdecydował Kuki. – Cofnijcie się wszyscy. Blubek, trzymaj to lustro w pogotowiu.

Blubek chwycił lustro, a Kuki zaczął się skradać do stołu.

Ida i Gabi patrzyły niespokojnie. Budyń nie wytrzymał i podbiegł do Kukiego, by mu pomóc w razie niebezpieczeństwa. Blubek uniósł lustro. Ręce mu drżały.

Kuki podszedł do stołu i powoli wysuwał dłonie w stronę tajemniczego pudła. Nie bał się, że wyjdzie stamtąd potwór. Bardziej się obawiał, że wyskoczy jakiś duch albo mumia. Kuki nie lubił takich rzeczy. Ostrożnie chwycił wieko kartonu i powoli je uniósł.

– I co? – szepnęła Gabi. – Co tam jest?

Kuki nie odpowiedział. Pochylił się nad pudłem. Reszta podbiegła do niego i zajrzała.

W kartonie były puzzle. Wielka sterta tekturowych puzzli. Kuki zanurzył w nich ręce, by sprawdzić, czy coś się pod nimi kryje. Ale oprócz puzzli niczego więcej w kartonie nie było.

– Co to ma znaczyć? – spytała niepewnie Gabi.

– Szefie! A może te puzzle są z drewna? – powiedział Budyń.

Kuki wziął jeden z puzzli i uważnie obejrzał.

– Nie. Są zwykłe, z tektury.

– Co tu jest grane? – mruknął Blubek. – Przecież magiczne przedmioty muszą być drewniane.

Spojrzeli na robota.

– Korto. Powiedz dokładnie, o co chodzi. Co nam grozi?

Robot wyrzucił z siebie potok słów, ale mówił tak szybko, że nie sposób było je przetłumaczyć.

– Nie rozumiemy cię…

Wtedy Korto się odwrócił i wybiegł z pokoju.

– Gdzie idziesz? Wracaj!

Pobiegli za robotem do korytarza. Drzwi na klatkę schodową były otwarte. Usłyszeli, jak metalowe nogi robota stukają o schody.

– Uciekł – szepnęła Gabi.

– Musimy go poszukać! – zawołał Kuki. – Bez niego nie zrozumiemy, o co tu chodzi!

Wszyscy chcieli pobiec na schody, by złapać robota, ale Blubek ich zatrzymał.

– Ktoś musi zostać w mieszkaniu.

– Po co?

– Żeby otworzyć drzwi. Jak się zatrzasną, to nie wejdziemy.

– Ja zostanę – powiedziała Ida.

– Sama?

– Nic mi się nie stanie. Przecież te puzzle są papierowe. Czyli nie mają żadnej mocy.

– Dobra, zostań – powiedziała Gabi. – Ale na wszelki wypadek zamknij drzwi. Jakby coś się działo, dzwoń do nas.

Wybiegli.

Idalia zamknęła starannie drzwi mieszkania i przesunęła zasuwkę w zamku. Była zadowolona, że została sama. Chciała się skupić. Wierzyła, że jeśli mocno się skoncentruje, to odkryje ślad zaginionego chłopca. A do tego potrzebne były jej spokój i cisza.

Ida weszła do dziecięcego pokoju. Czuła, że czai się tu jakieś niebezpieczeństwo. Coś groźnego było bardzo blisko. Ale pokonała lęk i uklękła obok czerwonego stolika. Zamknęła oczy i spróbowała sobie wyobrazić małego Alika układającego puzzle. Co on wtedy czuł? Dlaczego zniknął? Gdzie jest teraz?

Nic nie przychodziło jej do głowy.

Postanowiła, że będzie układać puzzle tak jak kiedyś Alik. Może dzięki temu wyobrazi sobie, co się wtedy zdarzyło. Wyjęła z pudełka kolorowy kartonik, potem kolejne. Zaczęła je składać. Szło wyjątkowo łatwo. Zdawało jej się, że puzzle podpowiadają, gdzie je umieścić. Niemal same wskakiwały na właściwe miejsca.

Tymczasem Kuki i reszta szukali robota. Sprawdzali każdy zakamarek schodów. Wołali:

– Korto! Gdzie jesteś? Nie chowaj się!

Ale robota nigdzie nie było.

Zeszli do podziemnego korytarza, który łączył wieżę z resztą szkoły. Przechowywano tu pomoce szkolne: różne mapy, plansze i plastikowe kościotrupy.

Nagle usłyszeli dziwny dźwięk. Szur... Szur... Jakby coś pełzło po posadzce korytarza. Zatrzymali się.

– Zobaczcie! – szepnęła Gabi. – Tam!

Jedna z plansz przesuwała się po podłodze. Kiedy podeszli, zobaczyli, że ciągnie ją Korto. Robot wbił w planszę szczypce i wlókł ją w stronę dzieci. Zaczęły wołać:

– Korto! Co ty robisz? Czemu uciekłeś?

W odpowiedzi robot położył przed nimi planszę. Była to pomoc do nauki chemii.

Kuki przeczytał napis: JAK POWSTAJE PAPIER.

– Po co on to przywlókł? – mruknął Blubek.

– Czekaj...

Gabi kucnęła i zaczęła czytać treść planszy. Nagle krzyknęła:

– Już wiem!

– Co?

– Tu jest napisane, że papier powstaje z drewna! Zapomnieliśmy o tym!

– I co z tego?

– Nie rozumiecie? Puzzle są z papieru. Papier robiony jest z celulozy, a ona powstaje z drewna! Czyli te puzzle zawierają drewno!

Gabi się zerwała.

– To znaczy, że puzzle mogą mieć moc magiczną! – zawołała. – To chce nam przekazać Korto!

Spojrzeli na robota. Kiwał głową i szeptał:

– TAK. TAK. TAK.

– Słuchajcie, Ida została tam sama – zaniepokoił się Budyń. – Trzeba wracać!

Idalia kończyła układanie puzzli. Zostało tylko jedno puste miejsce.

Puzzle przedstawiały planetę na tle ciemnego nieba. Znajdował się na niej wielki kontynent niepodobny do żadnego na Ziemi. Nad planetą był napis *TERRA MAGNORUM* wydrukowany złotymi literami.

TERRA MAGNORUM

Dziewczynka ostrożnie się pochyliła. Wydało jej się, że na tajemniczej planecie widzi miasto z wielkimi domami, a nawet jakieś istoty chodzące po ulicach. Ale było to na pewno złudzenie... Wyjęła z pudełka ostatni fragment układanki. Już miała go włożyć w puste miejsce, kiedy poczuła silny strach. Jakby zbliżało się jakieś niebezpieczeństwo... Z trudem się zmusiła, by wcisnąć kartonik w wolne miejsce. Pasował idealnie.

Puzzle zostały ułożone.

Chwilę trwała cisza. Nawet zegar przestał tykać.

A potem rozległ się dziwny szum. Dźwięk narastał. Huczało coraz głośniej.

Ida się zerwała.

– Co się dzieje!? – krzyknęła.

Zobaczyła, że ułożona z puzzli planeta się obraca... Wirowała jak szalony globus. Jednocześnie układanka zaczęła się powiększać. Rosła, aż zajęła całą podłogę, otaczając Idę ze wszystkich stron. Dziewczynka wisiała w powietrzu, tysiące kilometrów ponad dziwną planetą wirującą pod jej stopami. Patrzyła w dół z lękiem. Kręciło się jej w głowie. Chciała uciec, ale nie mogła się poruszyć.

Nagle – TRACH! – Idalia runęła w stronę tajemniczej planety. Poleciała w dół, wciągana w świat niesamowitej układanki. Porwana potężną siłą spadała coraz szybciej.

Po chwili wyglądała jak maleńka kropka, dziwny meteoryt pędzący w stronę dalekiego świata. A potem zapadła ciemność. Idalia przestała być widoczna.

Wtedy puzzle zmniejszyły się i wskoczyły z powrotem do kartonu. Wieko opadło. Znów zapanował spokój i w pokoju wszystko wyglądało jak dawniej.

Tylko Ida zniknęła.

Kuki, Gabi i Blubek pędzili po schodach. Wyprzedził ich Budyń, przeskakując po kilka stopni, i on pierwszy wdrapał się na szczyt wieży. Drzwi do mieszkania nauczycielki były zamknięte. Psiak skakał na klamkę, wołając:

– Ida!

Przybiegli pozostali. Gabi zaczęła stukać w drzwi.

– Idalia! Otwórz! To my!

Nikt nie odpowiedział.

– Otwieraj! Ida!!!

Cisza.

Nie wiedzieli, co zrobić. Na szczęście pod drzwiami była wąska szczelina. Kuki postawił Korto na podłodze. Robot przecisnął się do mieszkania. Po chwili usłyszeli zgrzyt otwieranego zamka. Kuki pchnął drzwi. Wbiegli do korytarza.

– Ida!

Cisza.

Pobiegli do dziecięcego pokoju. Nikogo tu nie było.

Rozglądali się niepewnie. Wołali:

– Idalia! Gdzie jesteś? Ida!

Nikt nie odpowiadał.

Zaczęli biegać po całym mieszkaniu. Zaglądali do każdego kąta. Dziewczynki nigdzie nie było.

– Gdzie ona się podziała? – denerwowała się Gabi.

– Może wyszła? – powiedział Blubek.

– Niemożliwe. Przecież drzwi były zamknięte od środka.

Zanim ktoś odpowiedział, usłyszeli głos na schodach.

– Ej... Kto tam jest? Kto tam wszedł?

– Woźna! – szepnął przerażony Kuki.

Widocznie woźna była w szkole. Usłyszała hałasy i przyszła sprawdzić, co się dzieje w mieszkaniu nauczycielki.

Rozległ się dzwonek do drzwi.

– Siedźcie cicho... – szepnął Kuki. – Przecież ona tu nie wejdzie...

Niestety, w tej chwili zaskrzypiały otwierane drzwi. Woźna weszła do korytarza!

– Nie zamknęliśmy drzwi! – wyszeptał Blubek.

Usłyszeli wołanie:

– Halo! Ktoś tu jest?

Popatrzyli na siebie z przerażeniem. Jeśli woźna ich znajdzie, zostaną oskarżeni o włamanie.

– Aresztują nas! – jęknął Blubek. – Wyrzucą ze szkoły!

– Uciekajmy! – szepnął Kuki.

– Jak?

– Odlecimy dra-kulą. Chodźcie na balkon. Szybko!

– A Ida? – spytała Gabi.

– Potem tu wrócimy. Weźcie te puzzle. I wszystkie nasze rzeczy! Szybko!

Blubek chwycił pudło z puzzlami. Gabi zabrała tornister. Nigdzie nie było Korto, ale nie mieli czasu go szukać. Wybiegli na balkon. Blubek wyjął srebrny krążek i nacisnął go. Dra-kula natychmiast urosła.

Usłyszeli, jak woźna otwiera drzwi pokoju. Błyskawicznie wskoczyli do pojazdu i odlecieli.

Kiedy woźna wyszła na balkon, dra-kula skryła się już za chmurami.

Po paru minutach wylądowali przed domem Gabi. Wysiedli. Oddychali ciężko, patrząc na siebie z przerażeniem. Dopiero teraz docierało do nich, co się zdarzyło.

Ida zniknęła tak samo jak kiedyś syn nauczycielki. I nikt nie wiedział, jak ją odnaleźć.

Tymczasem Idalia wciąż leciała przez ciemność, niesiona tajemną siłą. Nie wiedziała, jak długo trwa jej lot, bo straciła świadomość. Niczego nie czuła ani nie widziała. Pędziła przez zimną pustkę jak maleńka kometa. Dookoła niej było zupełnie ciemno.

Nagle w mroku błysnęły odległe światła, jakby miasto widziane z wielkiej wysokości. Ida zaczęła opadać w ich stronę. Pojawiły się kształty przypominające gigantyczne budynki. Zbliżały się tak szybko, że nie można było rozpoznać, co to jest. W końcu Ida przeleciała przez jakiś otwór.

Frunęła jeszcze kilka sekund, wreszcie wpadła w coś miękkiego i zatrzymała się. Uderzenie było łagodne. Idalia była żywa i nic ją nie bolało.

Przez chwilę leżała bez ruchu. Potem powoli otworzyła oczy, jednak niczego nie zobaczyła. Dookoła było zupełnie ciemno. Spróbowała wstać, ale zaraz usiadła, bo zakręciło się jej w głowie. Na szczęście mogła oddychać. To oznaczało, że w tym tajemniczym świecie jest powietrze.

Zawroty głowy powoli ustępowały. Ida uklękła i wysunęła ręce, żeby wyczuć, gdzie się znajduje. Dotknęła czegoś miękkiego i klejącego. Lepka substancja była wszędzie dookoła.

– Co to jest…?

Kropla dziwnej mazi kapnęła na policzek Idy i spłynęła na wargi.

– To jest słodkie – szepnęła zdziwiona.

Postanowiła sprawdzić, co jest dalej. Zaczęła pełznąć w lepkiej substancji i gęstej ciemności. Po chwili trafiła na coś twardego, jakby niski mur. Przeszła przez niego i znalazła się na płaskiej powierzchni. Ruszyła dalej na czworakach. Nagle w coś uderzyła. To coś było zimne i gładkie jak szkło. Wysunęła rękę, żeby dokładniej to zbadać. Wtedy przedmiot się zachwiał i przewrócił. Na Idę chlusnął jakiś płyn. Był kwaśny i szczypał w oczy.

Dziewczynka rzuciła się do ucieczki. Potykając się w ciemnościach, przebiegła kilka kroków. Nagle podłoże urwało się pod nią i runęła w dół. Za nią poleciały jakieś przedmioty. TRACH! ŁUP!

Spadła na coś twardego, ale na szczęście zbytnio się nie potłukła. Podniosła się. Dookoła wciąż panowały kompletne ciemności.

Nagle Ida coś sobie przypomniała.

– Przecież mam telefon – szepnęła. – Mogę świecić telefonem! – Wyjęła z kieszeni komórkę. – Ciekawe, czy działa...?

Nacisnęła włącznik. Ekran się rozjaśnił.

– Działa!

Ida uniosła telefon. Blask ekranu rozświetlił nieco ciemności.

Znajdowała się w dużej przestrzeni, której granice niknęły w mroku. Przed nią stała jakaś konstrukcja wysoka na kilka metrów. Miała płaski dach oparty na czterech potężnych słupach. To z tej konstrukcji Ida spadła.

– Co to może być? – szepnęła dziewczynka. – Wygląda trochę jak dom…

Z konstrukcji coś się zwieszało, sięgając niemal do ziemi. Ida ostrożnie tego dotknęła.

– To tkanina… – szepnęła. – Ale jest gruba i ciężka…

Ida skierowała światło telefonu w dół. Obok konstrukcji leżały przedmioty, które spadły razem z nią. Bliższy składał się z dwóch kół. Każde miało w środku coś błyszczącego.

Ida przyjrzała się uważnie.

– To są… okulary! – szepnęła zdumiona. – Ale czemu takie duże?

Okulary były wielkości roweru!

Obok leżał drugi przedmiot, długi i metalowy. Na końcu miał trzy zęby.

– To jest widelec! Ale jakiś przerośnięty…

Widelec miał metr długości!

– Kto może używać takiego gigawidelca? Chyba wielkolud…

Ida była coraz bardziej wystraszona. Spojrzała na konstrukcję.

– To nie jest dom – szepnęła przerażona. – To stół! Jakieś olbrzymy jedzą tu obiady! Dostałam się do świata potworów XL!

W tej chwili usłyszała kroki. Ktoś nadchodził!

Idalia błyskawicznie wskoczyła pod wielki stół, kryjąc się za serwetą. Telefon wcisnęła do kieszeni, żeby światło jej nie zdradziło.

Coś głośno zaskrzypiało, jakby otwierano olbrzymie drzwi. Rozległy się czyjeś kroki. Ich dźwięk był cichy, lekki. Ida pomyślała, że przybysz chyba nie jest zbyt wielki. Wtedy usłyszała głos:

– Szybko, szybko! Trzeba się spieszyć! Nie wolno się gapić! – Tajemniczy stwór mówił po ludzku! Szeptał nerwowo: – Światło… Trzeba włączyć światło! Czemu ten kontakt jest tak wysoko? Muszę dosięgnąć… Jest!

TRACH! Coś trzasnęło i zrobiło się jasno.

Ida skuliła się za nogą stołu, żeby nie było widać jej cienia. Znów rozległ się nerwowy szept:

– Teraz krzesła! Pierwsze dla niego. Drugie dla niej.

Załomotało, jakby po podłodze wleczono coś ciężkiego. Na obrusie pojawiły się cienie olbrzymich krzeseł. Stwór zaczął się wspinać na jedno z nich. Dziewczynka zobaczyła jego cień. Wydawał się dużo mniejszy od krzesła. Po sekundzie rozległ się rozpaczliwy krzyk.

– Co tu się stało!? Ciasto z kremem zniszczone! Wino rozlane!... Kto to zrobił? Będą się na mnie złościć. Zostanę ukarany. Ja tego nie zrobiłem... – Stwór zsunął się po nodze wielkiego krzesła na podłogę. – Muszę posprzątać! – zawołał. – Muszę się spieszyć!

Zastukały bose stopy. Tajemnicza istota gdzieś wybiegła.

Ida ostrożnie wychyliła się spod obrusu. W świetle lampy zobaczyła, że jest w olbrzymim pokoju. Drzwi i okna były ogromne. W kącie stała gigantyczna szafa, w której zmieściłby się słoń. Na drugiej ścianie wisiał wielki zegar.

Zaskrzypiały drzwi i do pokoju wrócił stwór.

Ida omal nie krzyknęła ze zdumienia.

Mieszkaniec ogromnego pokoju wyglądał jak człowiek! A dokładnie jak chłopak w jej wieku. Miał rozczochrane włosy i za dużą koszulę. Wcale nie był wielki. Był wzrostu Idy. Wyglądało to dziwnie, bo w pokoju wszystko było olbrzymie, tylko ten chłopiec miał normalne rozmiary. Ida już chciała wyjść spod stołu, aby spytać, kim on jest i co to za dziwne miejsce. Wtedy rozległo się głośne BUM! To zaczął bić staroświecki zegar. BUM! BUM!

Ida czuła, że ten dźwięk zwiastuje niebezpieczeństwo. Cofnęła się za serwetę.

Chłopak jej nie zauważył. Patrzył na zegar.

– Już piąta! – zawołał. – Oni zaraz tu przyjdą. A tu taki bałagan. Będą się na mnie złościć!

W tej chwili rozległ się huk głośniejszy od bicia zegara. Podłoga zadrżała.

– Już idą! – jęknął chłopak.

Huczące dźwięki się zbliżały. Brzmiały jak kroki olbrzyma. Albo dwóch!

ŁUP! ŁUP!

Ida skuliła się pod stołem.

Zatrzeszczały wielkie drzwi. Jakieś dwa ogromne stwory weszły do pokoju. Na obrusie pojawiły się ich cienie. Gigantyczne cienie! Olbrzymy ruszyły do stołu. ŁUP! ŁUP! Podłoga drżała.

W szczelinie pod obrusem Ida zobaczyła wielkie buciory.

Odczołgała się na drugą stronę stołu, ale tam także zobaczyła olbrzymie buty. Te drugie były czerwone i na wysokim obcasie.

Załomotały odsuwane krzesła. Wielkoludy usiadły.

Ida skuliła się pod stołem. Ponad nią rozległ się huczący głos:

– Co się tu stało!? Ciasto zniszczone! I wino rozlane! Gdzie jest ten mały łobuz? Chodź tutaj!

Ida w szparze pod obrusem zobaczyła, jak chłopak podchodzi do stołu.

Potężny głos z góry zawołał:

– Czemu to zrobiłeś!?

– To nie ja… – wyszeptał chłopak.

– Co? Mów głośniej!

– To nie ja! Ja tego nie zrobiłem!

– Nie kłam, na pewno ty to rozlałeś, niezdaro! – wrzeszczał olbrzym.

Rozległ się głos drugiego wielkoluda:

– Już nie krzycz na niego, Gustawie. Widzisz, że on zaraz się rozpłacze! – Ten drugi głos też był potężny, ale brzmiał trochę łagodniej. – Przynieś nowe ciasto, mój mały.

Ida zobaczyła, jak chłopak wybiega, przydeptując rękawy za wielkiej koszuli.

– Spójrz, Berto, jak on się niezdarnie porusza – mruknął pierwszy olbrzym.

– Po prostu, Gustawie, jest za mały.

– No właśnie. Dlaczego on jest taki mały? Kiedy wreszcie urośnie!?

– Ach… straciłam już nadzieję.

Ida kuliła się pod stołem. Próbowała zrozumieć, co tu się dzieje. Jedno było pewne: wylądowała w świecie, gdzie mieszkają olbrzymy. Wyglądało na to, że jeden ma na imię Gustaw, a drugi Berta. Czyli jest to olbrzymka… Ale kim jest ten chłopak? Czy to zaginione dziecko? Był oczywiście starszy niż Alik z fotografii. Ale przecież minęło pięć lat…

Zastukały bose stopy. Wrócił chłopak. Niósł tacę z olbrzymimi filiżankami i ogromnymi ciastkami. Uginał się pod ciężarem.

– Już jestem! – zawołał.

Uniósł tacę, próbując wstawić ją na stół. Nie mógł dosięgnąć.

– Uważaj, niezdaro! Rozlewasz! – wrzasnął olbrzym. – Daj, ja to postawię.

– Nie, ja sam! Sam! Dosięgnę!

Chłopak wspiął się na palce i wysunął ręce z tacą. Filiżanki się zachybotały i spadły na podłogę. TRACH! Naczynia się roztrzaskały. Ida musiała odskoczyć, bo kawałki rozbitej porcelany wpadły pod stół.

– Co za niezdara! – ryknął wielkolud. – Wszystko porozbijał!

– To nie moja wina... – jęknął chłopak. – Ten stół jest za wysoki!

– Ten stół jest normalny! – wrzeszczał olbrzym. – To ty jesteś za mały! Jesteś nienormalnie mały, rozumiesz?

– Gustawie, nie mów tak! – zawołała olbrzymka. – On zaraz to posprząta... A my lepiej przejdźmy się po ogrodzie.

– Dobrze, Berto... Muszę odetchnąć świeżym powietrzem – wysapał olbrzym. – A ty posprzątaj wszystko!

Wielkoludy wstały z krzeseł i ruszyły do drzwi. Zanim wyszły, Ida wyjrzała spod serwety. Zdążyła zobaczyć, że olbrzymy przypominają ludzi! Miały ludzkie głowy, nogi i ręce. I ubrania. Tyle że były potwornie wielkie. Chyba dziesięciometrowe!

Wielkoludy wyszły, chłopak też gdzieś wybiegł. Po chwili wrócił, wlokąc wielką miotłę i szufelkę. Zaczął zmiatać rozbite kawałki filiżanek. Nagle uniósł serwetę.

Zobaczył Idalię.

Patrzył na nią osłupiały. Chwilę trwała kompletna cisza.

W końcu dziewczynka niepewnie powiedziała:

– Cześć.

Chłopak odskoczył. Był przestraszony.

– Czy możesz powiedzieć, gdzie ja jestem? – spytała Ida.

Chłopak nie odpowiedział. Patrzył na Idę, jakby widział ducha.

– To niemożliwe… – wyszeptał. – Jej nie ma! Znów mam te głupie sny…

Dziewczynka podeszła do niego.

– Ja ci się nie śnię – powiedziała. – Jestem naprawdę. Mam na imię Idalia…

W tej chwili rozległy się ciężkie kroki.

– Wracają… – jęknął chłopak. – Znowu wszystko będzie na mnie. Schowaj się! Może cię nie zauważą.

Popchnął Idę pod stół. Z całych sił pociągnął serwetę, aż zsunęła się do podłogi. Potem rzucił się na kolana i zaczął zbierać kawałki rozbitych naczyń.

Ida uniosła nieco obrus i patrzyła przez wąską szczelinę. Pojawiły się wielkie buty na obcasach. Zahuczał głos olbrzymiej Berty:

– No... Wykrzyczał się i już wszystko dobrze. Ale musisz go przeprosić. Jak wejdzie, powiedz głośno „przepraszam".

Huknęły drzwi. Wszedł drugi olbrzym. Ida zaczęła je rozróżniać po sposobie chodzenia. Ten o imieniu Gustaw był większy i chodził ciężej. Zadudnił jego głos:

– Gdzie są moje okulary? Zawsze gdzieś giną...

– Czekaj, Gustawie – przerwała olbrzymka. – Mały chciał ci coś powiedzieć. No mów...

Chłopak zrobił krok w stronę wielkich buciorów i powiedział:

– Przepraszam.

– Co!? – zawołał olbrzym. – Mów głośniej!

– Chciałem przeprosić za wszystko!

– Dobrze, już dobrze... Powiedz lepiej, gdzie podziałeś moje okulary?

– Nie wiem...

– Ty nigdy nic nie wiesz!

Ida chwyciła olbrzymie okulary leżące pod serwetą. Przesunęła je w stronę chłopaka.

Chłopak zobaczył wyjeżdżające spod stołu okulary. Złapał je i uniósł z trudem.

– Są moje okulary! – zawołał olbrzym. – No dobrze, wybaczam ci. Posprzątaj wszystko i idź spać. Ale przed snem gimnastyka rozciągająca. Tylko nie oszukuj! Sto ćwiczeń!

Olbrzym ruszył w stronę wyjścia. Olbrzymka poszła za nim. ŁUP! ŁUP! TRACH! Trzasnęły drzwi. Wielkoludy wyszły.

Ida powoli wysunęła się spod stołu. Chłopak patrzył na nią z napięciem.

– Skąd się tu wzięłaś? – spytał.

Ida nie bardzo wiedziała, co odpowiedzieć. W końcu szepnęła:

– Magia mnie tu przeniosła...

– Co?

– No... Zostałam tu przeniesiona z... Z innej planety.

– Nie gadaj bzdur! – krzyknął chłopak. – Na pewno wyrzucili cię z domu, bo jesteś za mała! I się tutaj schowałaś.

– Nikt mnie nie wyrzucił i wcale nie jestem mała! – zawołała Ida. – Powiedz mi lepiej, co to za miejsce.

– Jeżeli się tu zakradłaś, to chyba wiedziałaś dokąd.

– Wcale się tu nie zakradłam! Mówię ci, że zostałam przeniesiona…

Chłopak jej przerwał.

– Jak cię tu znajdą, będę miał kłopoty. Powiedzą, że to moja wina. Nie chcę kłopotów. Idź stąd!

Złapał zaskoczoną Idę za rękę i pociągnął ją do korytarza. Na jego końcu były wysokie drzwi. Chłopak wyjął z kieszeni linkę z pętlą. Zarzucił to lasso na klamkę i szarpnął. TRACH! Klamka opadła i drzwi się otworzyły. Powiał zimny wiatr.

– Idź stąd! – krzyknął chłopak. – No, idź!

– Posłuchaj mnie – powiedziała Ida. – Chcę ci powiedzieć coś ważnego… Ja tu przybyłam, żeby znaleźć…

– Nie będę cię słuchać. – Chłopak wypchnął Idę za drzwi. – Odejdź stąd! I nie wracaj!

Zatrząsnął drzwi.

Ida stała bezradnie przed olbrzymimi drzwiami, nie wiedząc, co zrobić. W końcu się odwróciła, aby sprawdzić, gdzie jest. Przed nią była szeroka ulica. Latarnie na wysokich słupach rozświetlały mrok. Wzdłuż ulicy stały ogromne domy. Oznaczało to, że mieszka tu wielu olbrzymów. Na szczęście w tej chwili żadnego nie było widać.

Ida rozpaczliwie próbowała wymyślić jakiś plan. Była pewna, że Gabi i reszta przyjaciół wyruszą jej na pomoc. To znaczyło, że musi się ukryć i na nich czekać.

„Powinnam się schować gdzieś blisko – myślała. – Bo jeśli puzzle przeniosą ich do Świata Ogromnych, to chyba wylądują w tym miejscu co ja. Więc muszę być w pobliżu".

Ida zeskoczyła z wielkiego stopnia na chodnik i ruszyła ulicą, by znaleźć kryjówkę.

Nie widziała, jak drzwi w domu się uchylają i chłopak obserwuje odchodzącą.

Dziewczynka powędrowała szerokim chodnikiem między ogromnymi domami. Rozglądała się niepewnie, wciąż oczekując nadejścia jakiegoś olbrzyma. Ale ulica była pusta. Widocznie wielkoludy o tej porze siedziały w domach.

Idalia zastanawiała się, kim jest tamten chłopak. Nie był olbrzymem, więc możliwe, że to zaginiony Alik. Puzzle mogły go tu teleportować tak samo jak ją. Mógł o tym zapomnieć, bo był wtedy malutki. Ale pewności nie ma. Równie dobrze ten chłopak może być wielkoludem, który jeszcze nie urósł...

Na rogu ulicy Ida zobaczyła dom większy niż inne. Miał marmurowe schody i okazałe drzwi z błyszczącą klamką. Nad progiem była podnoszona klapa. Może uda się tamtędy wejść i poszukać w tym domu jakiejś kryjówki?

Idalia wspięła się po wysokich stopniach do drzwi. Chciała unieść klapę, kiedy ta gwałtownie odskoczyła. Z otworu wyjrzała głowa olbrzymiego kota. Dostrzegł dziewczynkę, syknął i wyskoczył. Był wielki jak ziemski tygrys. Chyba dwa razy większy od Idy!

Idalia rzuciła się do ucieczki. Popędziła z powrotem do domu chłopaka. Olbrzymi kot biegł za nią. Pazury zgrzytały o chodnik. Dziewczynka uciekała najszybciej jak potrafiła, ale przed domem chłopaka potknęła się i upadła. Gigantyczny kocur podbiegł do niej. Pochylił głowę,

przyglądając się Idzie uważnie. Spróbowała wstać, ale wtedy – PAC! – wielki kot uderzył ją łapą. Ida się przewróciła. Kocur przycisnął ją do chodnika jak złapaną mysz. Jego żółte oczy błyszczały niczym dwa księżyce. Długie wąsy kłuły małego jeńca. Kot wyszczerzył zęby.

W tej chwili stuknęły drzwi w domu chłopaka i rozległo się głośne szczekanie: Hau! Hau! Głos psa odbijał się echem w ulicy. Hauuuu! Hau!

Wystraszony kot puścił Idę i odskoczył. Znowu rozległo się szczekanie, jeszcze głośniejsze. Kocur rzucił się do ucieczki.

Ida się obejrzała. Za nią stał chłopak. W rękach trzymał dziwny przedmiot, który przypominał klakson do roweru. Z jednej strony miał gumową pompkę, a z drugiej mosiężną tubę. Chłopak naciskał pompkę, a instrument wydawał odgłosy szczekania. Hau! Hau!

Kot myślał, że szczeka prawdziwy pies, i uciekał jak szalony.

– Chodź! – zawołał chłopak. – Bo on zaraz wróci! No chodź!

Ida wdrapała się na wysoki stopień i oboje wbiegli do domu. Chłopak zatrzasnął wielkie drzwi.

Stali zdyszani w korytarzu. Idalia przygładziła bluzę poszarpaną przez kocie pazury. Zerknęła niepewnie na chłopca, który mruknął:

– Ten kot często na mnie napada. Więc zrobili dla mnie straszak. – Podniósł dziwny instrument. – To udaje głos psa. Jak kot to słyszy, ucieka. Ale kiedyś się połapie, że to oszustwo... Wtedy będą kłopoty.

– Dlaczego mnie uratowałeś? – spytała Ida.

Chłopak milczał. W końcu szepnął:

– Chodź. – Poprowadził ją w stronę drzwi na końcu korytarza. Otworzył je z trudem. – Schowaj się tutaj.

Weszli do pomieszczenia ogromnego jak wszystko w tym domu. Na wysokich półkach stały olbrzymie słoje i garnki.

– To spiżarnia – powiedział chłopiec. – Oni tutaj przechowują jedzenie. Jakby weszli, schowaj się w garnku. Możesz tu przenocować, ale rano musisz odejść.

Ida patrzyła na chłopaka niepewnie. Nie miała pojęcia, jak z nim rozmawiać. Czy on jest zaginionym Alikiem? Jak to sprawdzić? W końcu spytała:

– Czy te olbrzymy to… twoi rodzice?

Chłopak spojrzał niechętnie.

– Czemu pytasz?

– Powiedz, to bardzo ważne! Czy to są twoi rodzice?

– Nie. To nie są moi prawdziwi rodzice. Mówię do nich cîociu i wujku, ale nie są moimi krewnymi. Oni mnie znaleźli, jak byłem mały… Podobno ktoś mnie wrzucił przez okno do ich domu. Leżałem na stole…

– Miałeś wtedy pięć lat, prawda? – szepnęła Ida.

Chłopak spojrzał na nią zdziwiony.

– Skąd wiesz?

Ida nie odpowiedziała. Chłopak mruknął:

– Tak. Miałem pięć lat. Ciocia Berta mówi, że rodzice pewnie mnie nie chcieli, bo nie rosłem. Wstydzili się takiego wstrętnego małego stwora. Więc podrzucili mnie tutaj. Ciocia Berta i wujek Gustaw się zlitowali i wzięli mnie do siebie. Mówią, że kiedyś urosnę. Ale ja wciąż jestem nienormalnie mały.

– Ty wcale nie jesteś mały – powiedziała Ida. – Jesteś zwyczajny. U nas wszyscy są tacy.

– Co to znaczy „u nas”?

– Na Ziemi… Tam, skąd przybyłam. Tam wszyscy są podobnej wielkości jak ty albo ja. To znaczy dzieci. Dorośli są więksi, ale tylko trochę.

– Znowu kłamiesz! – krzyknął chłopak. – Nie chcę słuchać tych bajek. Na pewno wyrzucili cię z domu, bo jesteś za mała! Pozbyli się ciebie tak jak kiedyś mnie. Możesz tu przenocować, ale rano stąd idź! – Patrzył na Idę wrogo. – Nie chcę, żeby gadali, że się przyjaźnię z karzełkami! Bo ja kiedyś urosnę i będę olbrzymem jak inni!

Chłopak ruszył do drzwi. Ida podbiegła do niego.

– Posłuchaj!… Ty nie jesteś żadnym olbrzymem. Ty jesteś…

– Nie będę cię słuchać! – krzyknął chłopak i wybiegł, zatrzaskując drzwi spiżarni.

W pierwszej chwili Ida chciała za nim pobiec, ale było to zbyt niebezpieczne. Mogłaby się natknąć na jakiegoś olbrzyma i zostać złapana.

Była już pewna, że ten chłopak to Alik, zaginione dziecko. Ale jak mu to wytłumaczyć? Postanowiła, że porozmawia z nim rano. Na razie musiała jakoś przetrwać noc w tym niebezpiecznym domu.

Rozejrzała się. W wielkiej spiżarni było dużo miejsc, w których mogła się ukryć: olbrzymie kosze, garnki i kartony. Pachniało jedzeniem i Ida poczuła się głodna.

Podeszła do wielkiego kartonu. Chciała sprawdzić, co w nim jest, ale był zbyt wysoki.

Cofnęła się kilka kroków i skoczyła, chwytając rękoma brzeg kartonu. Podciągnęła się, próbując zajrzeć do wnętrza. TRACH! Karton się przewrócił, zasypując ją lawiną czegoś żółtego. Dziewczynka wygrzebała się z trudem, kaszląc i prychając. Wzięła do ręki jeden z żółtych okruchów i ugryzła.

– To są płatki – szepnęła. – Całkiem dobre! Chyba z orzechami…

Nigdzie nie było widać mleka ani jogurtu, więc Ida zaczęła chrupać suche płatki. Nawet jej smakowały, jednak okropnie chciało jej się pić. Rozejrzała się. Wysoko na ścianie był kran. Ale nawet gdyby się tam wdrapała, to przekręcenie wielkiego kurka było niewykonalne. Na szczęście z kranu kapała woda. Ida złapała w dłonie kilka kropli i wypiła.

Teraz musiała znaleźć miejsce do spania. Chłopak powiedział, żeby się schowała w garnku… Na podłodze stał rondel rozmiaru ziemskiej wanny. Ida wdrapała się do niego. Ułożyła się na dnie, ale było jej okropnie niewygodnie i zimno. W końcu ściągnęła szmatkę wiszącą na haczyku. Owinęła się nią jak kołdrą. Teraz było jej cieplej i wygodniej, ale długo nie mogła zasnąć.

Myślała o strasznej sytuacji, w jakiej się znalazła. O tym, że może nigdy nie wróci do domu. Przecież Gabi i reszta przyjaciół nie wiedzą, gdzie ona jest. Nie znają tajemnicy puzzli. A to znaczy, że może nigdy nie przybędą tutaj z pomocą. Niedługo wszyscy o Idalii zapomną i zostanie na zawsze w strasznym Świecie Ogromnych.

– Nie... – wyszeptała. – Oni o mnie nie zapomną. Uratują mnie! Na pewno!

W domu olbrzymów panowała cisza. Tylko woda kapała z kranu: kap... kap. Ten dźwięk w końcu ukołysał Idę i zasnęła skulona na dnie garnka.

– Musimy ją znaleźć! – krzyczała Gabi. – Musimy ratować Idę!

– Nie wrzeszcz tak – uspokajał ją Blubek. – Przecież właśnie próbujemy opracować jakiś plan.

– Gadamy od pięciu godzin i nic z tego nie wynika! A ona na pewno jest w jakimś strasznym miejscu!

Gabi, Kuki, Blubek i Budyń próbowali wymyślić sposób na ratowanie Idy. Minęła północ, a im nic nie przychodziło do głowy. Byli potwornie zdenerwowani. Nie wiedzieli, co robić.

Wstał Kuki.

– Posłuchajcie. Na razie jedno wiemy na pewno: Ida zniknęła tam, gdzie kiedyś zniknął Alik. Czyli powodem musi być ten sam przedmiot.

– Puzzle! Tak mówił Korto – powiedział Blubek.

– Ale nie ma pewności.

– Więc trzeba odkryć, jak one działają! – zawołała Gabi.

Kuki spojrzał na nią bezradnie.

– Przecież próbowaliśmy sto razy. Te tekturki nie spełniają życzeń ani w ogóle niczego nie robią.

– Szefie…

– Co, Budyń…?

– Obwąchałem te puzzle. Pachną Idą. To znaczy, że ona je układała.

– A może one działają tylko wtedy, kiedy są ułożone!? – zawołała Gabi.

Blubek pokręcił głową.

– Zapomniałaś, że kiedy weszliśmy do pokoju, puzzle nie były ułożone. Leżały w pudełku!

– Może po czarze wracają do pozycji wyjściowej? – powiedziała Gabi.

– Dobra. Ułóżmy te puzzle – zdecydował Kuki. – Zobaczymy, co się stanie.

Otworzył pudełko.

– Czekaj – zatrzymał go Blubek. – Jeśli mamy być gdzieś teleportowani, to musimy się przygotować.

– Jak?

– Trzeba zgromadzić rzeczy potrzebne do wyprawy. Jedzenie, picie, namiot. I latarki z zapasem baterii. I coś do obrony.

– Masz rację – powiedział Kuki. – Niech każdy idzie do domu i przygotuje wszystko, co może się przydać. Blubek, ty nie zapomnij zabrać dra-kuli. Spotkamy się rano u mnie. Ułożymy te puzzle i zobaczymy, co się wydarzy.

Następnego ranka Gabi obudziła się wcześnie, z bolącą głową. W nocy niewiele spała, bo długo myślała o swej zaginionej „siostrze". I o tym, że syna nauczycielki nigdy nie odnaleziono. Gabi okropnie się bała, że z Idalią będzie tak samo. Że zniknęła na zawsze.

Spakowała do plecaka rzeczy dla siebie i dla Idy i popędziła do domu Kukiego. Padał deszcz, więc przemoczyła buty, ale nie zwracała na to uwagi. Kuki, Budyń i Blubek już czekali. Budyń trzymał w zębach koszyk z jedzeniem, bo spodziewał się długiej wyprawy.

– Jesteś wreszcie! – zawołał Kuki.

– Nie mogłam wcześniej wyjść – powiedziała zdyszana Gabi. – Musiałam poczekać, aż rodzice pójdą do pracy. – Położyła plecak i zdjęła mokrą kurtkę. – Kuki, daj te puzzle.

– Poczekaj – zatrzymał ją Kuki. – Gadaliśmy długo z Blubkiem i uważamy, że trzeba ułożyć puzzle w tamtym pokoju. Tam, gdzie zniknęli Ida i Alik.

– Dlaczego?

– Bo może czar działa tylko w tamtym miejscu.

– Poza tym tam został Korto – dodał Blubek. – Może nam coś podpowie.

– Korto mógł dawno uciec.

– Nie wiadomo. Dobrze byłoby go znaleźć.

– A w jaki sposób wejdziemy do tego mieszkania?

– Coś wykombinujemy – powiedział Kuki. – Chodźcie!

Pobiegli do szkoły. Dźwigali plecaki i tornidrona z wyczarowanymi rzeczami. Weszli na boisko przez dziurę w płocie na tyłach budynku. Musieli być ostrożni, bo po nocnych wypadkach woźna na pewno była czujna. A może zawiadomiła policję albo dyrektora? Ukryli się w krzakach i obserwowali szkołę. Blubkowi zdawało się, że widzi kogoś w oknie sekretariatu. Ale kiedy przyjrzeli się dokładnie, nikogo tam nie dostrzegli.

– Idziemy – szepnął Kuki.

Podbiegli do wieży i wspięli się na ostatnie piętro.

Nadsłuchiwali chwilę pod drzwiami, ale w mieszkaniu nauczycielki było zupełnie cicho.

Kuki ostrożnie nacisnął klamkę. Mieli szczęście, bo drzwi pozostały otwarte. Weszli do mieszkania i pobiegli do dziecięcego pokoju.

Za dnia wyglądało tu mniej tajemniczo. Po prostu zwykły pokój dziecka.

Gabi postawiła na czerwonym stole karton z puzzlami.

– Układamy je!

– Czekaj. Poszukajmy najpierw Korto – powiedział Blubek.

Zajrzeli pod stół i kanapę. Wołali:

– Korto, jesteś tu!? Odezwij się!

Bez odpowiedzi. Robota nigdzie nie było.

– Trudno – powiedział Kuki. – Musimy sobie radzić bez niego. Układamy.

Gabi ostrożnie otworzyła karton. Sięgnęła ręką po pierwszy kartonik.

Wtedy – TRACH! – trzasnęły drzwi i rozległ się krzyk:

– Są tutaj! Mówiłam, że ktoś wszedł!

Błyskawicznie się odwrócili.

Za nimi stała woźna, a obok dyrektor szkoły i nauczyciel WF-u.

– Co wy robicie w mieszkaniu pani Szulc? – zapytał ostro dyrektor. – Odpowiadajcie!

Kuki, Blubek i Gabi spuścili głowy i milczeli.

– Nie macie nic do powiedzenia!? – zawołał dyrektor. – To chodźcie z nami. No już!

Wyprowadzono ich jak przestępców. Dyrektor trzymał za ramię Blubka, a wuefista Kukiego i Gabi. Woźna niosła pudło z puzzlami jako dowód rzeczowy. Tornidron i reszta ich rzeczy zostały w pokoju.

Budyń schował się pod stołem. Uważał, że lepiej, jeśli się ukryje, bo wtedy będzie mógł ratować przyjaciół.

„Włamywaczy" wyprowadzono. Trzasnęły drzwi. W mieszkaniu zapadła cisza.

Psiak odczekał chwilę i wypełzł spod stołu. Pobiegł do korytarza, ale drzwi wyjściowe były zamknięte. Zaczął skakać na klamkę. Bez skutku. Drzwi nie chciały się otworzyć. Budyń zastanawiał się, co zrobić, kiedy usłyszał jakiś szelest. Odwrócił się. Zobaczył, że porusza się wycieraczka i wychodzi spod niej… robot!

– Korto! – krzyknął Budyń. Podbiegł do robota. – Są kłopoty! Złapali szefa, Gabi i Blubka.

– MNĄ ZE CHODŹ! – zawołał Korto i pobiegł do pokoju dziecięcego.

Budyń pognał za nim. Robot zatrzymał się obok żółtego tornistra. Wskazał go szczypcami.

– KO-SZYB. GO-NIE DO WCHODŹ.

Psiak wskoczył do tornistra. Robot wdrapał się za nim. Nacisnął szczypcami guzik. Wysunęło się śmigło.

– KAZ-ROZ DAJ-WY.

– Rozumiem – pisnął psiak i rozkazał: – Leć! Naprzód!

Śmigło zawirowało i tornidron wyfrunął przez otwarte okno.

Robot wychylił się i zawołał, przekrzykując hałas silnika:

– GO-NE-WAŻ COŚ WIEM-PO!

– Tylko gadaj powoli – poprosił psiak. – Bardzo powoli!

– To niesłychane! – krzyczał dyrektor. – Włamaliście się do mieszkania nauczycielki! Chcieliście okraść swoją wychowawczynię! Coś takiego nie zdarzyło się w historii naszej szkoły. Nigdy! Uczniowie włamywacze! To po prostu straszne! Co macie do powiedzenia?

Gabi, Kuki i Blubek siedzieli w gabinecie dyrektora szkoły ze spuszczonymi głowami. Milczeli.

– Nic nie macie do powiedzenia? – spytał groźnie dyrektor. – Dobrze! Zawiadomię waszych rodziców. Kiedy przyjadą, wezwiemy policję. Na razie tu zostaniecie. Zamknięci! – Dyrektor ruszył do wyjścia. W drzwiach jeszcze się odwrócił i powiedział: – Nie spodziewałem się tego po was! Zwłaszcza po tobie, Gabi!

Wyszedł, zatrzaskując drzwi. Usłyszeli, jak przekręca klucz w zamku.

– No to koniec – jęknął Blubek. – Wyrzucą nas ze szkoły. A ojciec mnie chyba zabije. Będę miał szlaban na wszystko przez dziesięć lat.

– Szlaban!? – zawołał Kuki. – Nie rozumiesz, że my pójdziemy do poprawczaka? Włamanie to ciężkie przestępstwo. Zamkną nas za to w więzieniu dla nieletnich!

– No to musimy im powiedzieć prawdę – westchnął Blubek. – O magii i o wszystkim. To nasza jedyna szansa.

– A Ida? Co z nią będzie? – spytała Gabi. – Jak nam zabiorą puzzle, to nigdy jej nie ocalimy.

– Możemy uciec – szepnął Kuki.

– Jak? To jest trzecie piętro.

– Mamy dra-kulę.

– Nie mamy – mruknął ponuro Blubek. – Jest w tornistrze, a on został w tamtym pokoju.

Zamilkli. Sytuacja była koszmarna. Za chwilę przyjadą rodzice i policja. Będą ich traktować jak złodziei. Przecież zostali złapani w cudzym mieszkaniu! Nikt nie uwierzy, że chcieli zrobić coś dobrego. Nie mieli żadnych szans.

Siedzieli w ponurym milczeniu. Nagle Gabi szepnęła:

– Zobaczcie. Zostawili te puzzle.

Rzeczywiście, czerwono-złoty karton stał na podłodze.

– I co z tego? – mruknął Blubek.

– Może spróbujemy je ułożyć...?

– Po co?

– No... Wtedy zostaniemy stąd teleportowani. I może znajdziemy Idę i Alika. A jak z nimi wrócimy, to wybaczą nam włamanie.

– A jak nigdy nie wrócimy? – spytał Blubek. – Przecież Alik i Ida nie wrócili. My też nie wiemy, jak to zrobić.

Miał rację. Jakoś o tym wcześniej nie pomyśleli.

W końcu Kuki powiedział:

– Musimy spróbować. To jedyna szansa.

Podszedł do pudełka. Otworzył je i wyjął garść puzzli. Razem z Gabi zaczęli je układać na podłodze.

– W lewo... Wolniej!

Tornidron leciał wzdłuż szkolnego budynku tuż przy ścianie. Budyń zapomniał, że się boi latania. Wychylał się ryzykownie i zaglądał w okna, wypatrując Kukiego i reszty. Na razie nigdzie ich nie było widać.

– W górę! – zawołał.

Śmigło zwiększyło obroty i tornister uniósł się na wysokość trzeciego piętra.

Puzzle były prawie ułożone. Zostało jedno wolne miejsce. Gabi już miała włożyć ostatni fragment układanki, kiedy usłyszeli:

– STÓJ!!!

Odwrócili się gwałtownie. Za oknem unosił się żółty tornister. Wychylał się z niego Budyń, a obok błyszczała złocista głowa robota.

Kuki podbiegł do okna i otworzył je.

– Budyń! Korto! Super, że jesteście…

Tornidron wleciał do wnętrza, złapał go Blubek. Robot wyskoczył na podłogę. Spojrzał na puzzle, potem na Gabi klęczącą z ostatnim kartonikiem w dłoni. Wrzasnął:

– KAJ-CZE-ZA! STOP!

– Na co mamy czekać?

– IM WIEDZ-PO.

Budyń wyskoczył z tornistra.

– Szefie… – wysapał. – On… To znaczy Korto powiedział mi coś bardzo ważnego… Ale nie wiem, czy dobrze go zrozumiałem…

– Co mówił?

– Korto tłumaczył mi, jak wrócić...

– Wrócić?

– Tak. Powiedział, że jeśli ułożymy te puzzle, to przeniesiemy się do potwornie niebezpiecznego świata. I że jest tylko jeden sposób, by stamtąd wrócić. Musimy...

W tej chwili rozległy się kroki na schodach. Wracał dyrektor! Z nim szli chyba rodzice, bo słychać było wiele zdenerwowanych głosów.

– Idą! – jęknął Kuki.

Spojrzeli na siebie przerażeni. Gabi błyskawicznie skoczyła do puzzli. Uklękła i wcisnęła w puste miejsce ostatni fragment układanki.

TRACH! Rozległ się huk, jakby uderzył piorun. Błysnęło światło. Puzzle zaczęły gwałtownie rosnąć. Rozpostarły się na całą podłogę. Pod stopami dzieci pojawiła się wirująca planeta otoczona kosmiczną pustką. Cała czwórka zawisła jakby w powietrzu ponad widocznym w dole tajemniczym światem. Huczała wichura.

– Aaaa! – wrzasnął nagle Blubek i runął w dół.

Po nim zaczęli spadać inni. Tylko Korto wpił szczypce w biurko i opierał się straszliwej sile, która wciągała dzieci i psa.

Po chwili wichura ustała. Światło zgasło, a puzzle się rozsypały i wskoczyły do kartonu. Robot patrzył na nie, szepcząc:

– DA-U SIĘ IM ŻE-MO… CĄ-WRÓ BA-CHY…

W tej chwili stuknęły drzwi. Wbiegł dyrektor, a za nim rodzice.

Patrzyli zdumieni na pusty pokój.

– Gdzie oni są?

Czworo dzieci i Budyń spadali ze straszliwą prędkością, koziołkując jak zestrzelone samoloty. Wrzeszczeli ze strachu. Daleko pod nimi była widoczna wirująca planeta.

Kuki potwornie się bał, bo miał lęk wysokości. Obawiał się też, że jeśli się rozdzielą, to w tamtej krainie już się nie odnajdą. Jeśli w ogóle przeżyją lądowanie.

W końcu Kuki zdołał chwycić rękę Gabi, a potem ogon Budynia. Lecieli teraz w trójkę. Tylko Blubek oddalał się coraz bardziej. Spadał najszybciej, bo był najcięższy, a w dodatku trzymał tornister.

Kuki wrzasnął, przekrzykując wichurę:

– Blubek! Dra-kula!

– Cooo!?

– Dra-kula!!! Jest w tornidronie!

Kuki zobaczył, jak Blubek przekręca się w locie. Jakimś cudem zdołał otworzyć tornister i coś z niego wyjął. Po chwili błysnęło światło i obok Blubka zaczęła rosnąć wielka niebieska kula. Dra-kula działała!

Blubek złapał uchwyt włazu, otworzył go i wpełzł do pojazdu.

Kuki pociągnął za rękę Gabi i razem zdołali się zbliżyć do dra-kuli. Blubek się wychylił i chwycił Kukiego. Wciągnął go do wnętrza, a za nim Gabi i Budynia. Zatrzasnął właz. Spojrzeli w okno. Dra-kula spadała w stronę tajemniczej planety. Widzieli już zarys jakiegoś kontynentu. Zbliżali się do niego błyskawicznie.

– Blubek! Włącz silnik, bo się rozwalimy! – krzyknął Kuki. – Odpalaj silnik!

Jego przyjaciel próbował to zrobić, ale pojazd koziołkował, a oni się zataczali, odbijając się od ścian. W końcu Blubek zdołał nacisnąć starter. Włączył się silnik dra-kuli. Motor zawył, ale nie mógł sobie poradzić z potężną siłą przyciągania. Wciąż spadali. Jednak po chwili pojazd wyrównał lot. Dra-kula przestała opadać i ruszyła w kierunku południowym. Kuki znów spojrzał przez okno. Daleko w dole było widać jakieś miasto. Przelecieli nad nim i zaczęli frunąć w stronę olbrzymich gór. Spoza nich wschodziło wielkie czerwone słońce.

Silnik dra-kuli jęczał, jakby pracował resztkami sił.

– Kuki, gadaj, co robić!? – zawołał Bubek. – Czy mam lądować?

Zanim Kuki odpowiedział, wyłoniła się przed nimi ogromna góra. Jej szczyt niknął między chmurami. Blubek pociągnął joystick, żeby nad nią przelecieć. Ale dra-kula chyba wyczerpała energię, bo nie chciała się unieść. Silniki zamilkły. Wielka góra zbliżała się.

– Ląduj, bo się rozbijemy! – krzyczała Gabi.

Zanim Blubek coś zrobił, pojazd sam opadł na dno wąwozu. Uderzył w skaliste podłoże, odbił się kilka razy, potoczył jak piłka i wreszcie się zatrzymał.

Kuki, Blubek, Gabi i Budyń powoli podnieśli się z podłogi. Byli poobijani i obolali. Kuki otworzył właz, wysunął głowę i ostrożnie odetchnął.

– Jest tlen! – powiedział z ulgą. – Można tu oddychać.

Wysiedli po kolei z pojazdu. Panował półmrok. Dookoła piętrzyły się ogromne skały.

– Gdzie my jesteśmy? – spytał niepewnie Blubek.

– To na pewno nie jest Ziemia – powiedziała Gabi.

– Skąd wiesz?

– Kiedy spadaliśmy, było widać kształt kontynentu. Takiego na Ziemi na pewno nie ma.

– To znaczy, że to jakiś magiczny świat – powiedział Kuki. – Albo równoległa rzeczywistość.

– Ciekawe, jak stąd wrócimy do naszej rzeczywistości? – szepnął Blubek.

– Budyń... – Kuki odwrócił się do psiaka. – Podobno Korto ci powiedział, jak się stąd wydostać?

Pies spojrzał na Kukiego trochę nieprzytomnie.

– Chwila, szefie, zaraz sobie przypomnę... Na razie okropnie kołowroci mi się w głowie. Poza tym muszę szybko coś zrobić...

Kundelek pobiegł za najbliższą skałę. Podniósł nogę i obsiusiał ją.

– Już lepiej – powiedział z ulgą.

– No to mów, co powiedział ci Korto... Jak się stąd wydostać?

– Nie wiem, czy go dobrze zrozumiałem, bo gadał od tyłu. Ale chyba powiedział tak: aby wrócić ze Świata Ogromnych, trzeba znowu ułożyć puzzle.

– Przecież puzzle zostały po tamtej stronie! W naszym świecie. Jak mamy je ułożyć?

– Korto powiedział, że tutaj są drugie puzzle. Takie same, lecz inne.

– Takie same, lecz inne!? – zawołał Blubek. – Co to za bzdura?

– Tak powiedział Korto. Jeśli chcemy wrócić, musimy znaleźć te puzzle i je ułożyć.

– A powiedział, gdzie one są?

– Tak, szefie. Są w miejscu zwanym MAGNUS. Tak powiedział.

– MAGNUS? Co to jest?

– Nie wiem.

– To jak mamy znaleźć te puzzle?

– Poczekajcie... – przerwała im Gabi. – Najpierw musimy odszukać Idę. Przecież przybyliśmy tu, żeby ją ratować.

– Ale gdzie ona może być...?

Kiedy decydowali się na wyprawę, wyobrażali sobie, że wylądują tam gdzie Ida i Alik. Zdawało im się, że oboje wybiegną im na powitanie. Ale okazało się, że wylądowali na kompletnym pustkowiu. Rozglądali się niepewnie.

Świtało. Niebo powoli się rozjaśniało. Wokół piętrzyły się ogromne szczyty. Jeszcze nigdy nie widzieli tak wysokich gór. Wielkie głazy leżały jedne na drugich jakby ułożone rękami olbrzymów. Poza skałami nic tu nie było.

– Słuchajcie... Kiedy spadaliśmy, było pod nami miasto – powiedziała Gabi. – Ta siła wyraźnie nas tam ciągnęła. Chyba w tym mieście mieliśmy wylądować. Ale użyliśmy dra-kuli i polecieliśmy dalej. Gdyby nie to, pewnie byśmy się znaleźli tam gdzie Ida.

– To możliwe – mruknął Blubek.

– Więc myślicie, że Idalia jest w tamtym mieście? – spytał Kuki.

– Chyba tak.

– No to musimy tam polecieć dra-kulą.

– Nie da rady – powiedział Blubek. – Dra-kula utraciła energię. Musi się najpierw zregenerować.

Dra-kula czasem traciła energię. Wtedy trzeba było ją zmniejszyć i położyć w miejscu, na które padało światło. Po kilku dniach jej baterie były znów naładowane. Kuki patrzył ponuro na nieruchomy pojazd.

– To fatalnie – mruknął. – Jak my się stąd wydostaniemy?

– Trzeba iść piechotą – powiedziała Gabi.

– Ale to miasto było daleko. I nie wiadomo, co może nam grozić po drodze.

– Najgorzej, że nie mamy żadnej broni... – westchnął Blubek.

– Coś mamy! – Gabi zerwała się i podbiegła do tornistra. Wyjęła lustro. – Pamiętacie? Ida mówiła, że ono odbija złość i napastnik walczy sam ze sobą.

Kuki obejrzał lustro. Na szczęście nie było uszkodzone.

– Jeśli ono faktycznie działa, to może się przydać.

Budyń podszedł do Gabi.

– A jest tam coś jeszcze? – spytał z nadzieją.

Gabi zerknęła do tornistra.

– Jest. Pióro...

– Nie chodzi o pióro, tylko o to fajne pudełeczko, z którego wyskakują kiełbaski.

– Śniadaniówka? Jest.

– No to jesteśmy uratowani – odetchnął z ulgą psiak. – Mamy jedzonko!

– A płyn lubienia? – spytał Blubek.

Gabi sprawdziła wszystkie zakamarki tornistra.

– Nie ma.

– Trudno... – powiedział Kuki. – Musimy ruszać. Chodźcie!

Blubek zmniejszył dra-kulę i włożył do kieszonki na telefon. Była przezroczysta, więc światło mogło ładować baterie pojazdu. Przedmioty wyczarowane przez Idę starannie zapakowali do tornistra.

Poszli ścieżką na północ. Tam, gdzieś daleko, było miasto. I czekała na nich Idalia. Przynajmniej mieli taką nadzieję.

– Dzień dobry!

Idalia otworzyła oczy. Przez sekundę nie wiedziała, gdzie jest.

– Jak ci się spało?

Gwałtownie się odwróciła. Za nią stał chłopak. Dalej były wielkie drzwi, a przez ogromne okno zaglądało poranne słońce.

Więc to nie był sen. Była w świecie olbrzymów i spała w garnku.

– Jak ci się spało? – powtórzył chłopak.

– Tak sobie – mruknęła Ida i wstała.

– Słuchaj. Musisz tu na razie zostać. Będziesz mogła wyjść, dopiero kiedy wujek Gustaw pójdzie do pracy.

– Ten olbrzym chodzi do pracy?

– No tak. Oczywiście.

– To dziwne – ziewnęła Ida. – Poza rozmiarami u was jest podobne jak w naszym świecie.

– Znowu zaczynasz!? – krzyknął chłopak. – Przestań gadać o innym świecie. Nie ma żadnego innego świata.

Ida, obolała po nocy spędzonej w garnku, rozzłościła się.

– Jest! – zawołała. – I mam nadzieję, że szybko do niego wrócę. Bo tam wszystko ma normalne rozmiary, a nie takie napompowane!

Chłopak też się rozzłościł.

– Słuchaj. Pozwoliłem ci tu przenocować. Ale nie chcę słuchać tych bzdur!

Ida chciała krzyknąć, żeby to on przestał gadać bzdury. Ale nagle coś sobie przypomniała. Sięgnęła do kieszeni i wyjęła telefon. Stuknęła w ekran. Pojawiły się zdjęcia.

– Nie ma innego świata? No to zobacz!

Chłopak spoglądał na telefon zdziwiony. Wyglądało na to, że w Świecie Ogromnych nie ma komórek.

– Chodź i patrz! – zawołała Ida.

Chłopak podszedł niepewnie i spojrzał na ekran. Ida zaczęła przesuwać obrazy. Widać było ulice i ludzi. Potem szkołę i uczniów.

– To jest nasz świat – powiedziała z dumą Ida. – Wszystko ma normalny rozmiar. I nie ma żadnych wielkoludów.

Dotknęła ekranu. Pojawiła się fotografia nauczycielki.

Chłopak gwałtownie się pochylił. Wpatrywał się w zdjęcie jak zahipnotyzowany.

– To jest twoja mama – szepnęła Idalia. – Rozumiesz? Twoja prawdziwa mama. Wcale ciebie nie wyrzuciła. Ona cię kocha. I wciąż na ciebie czeka. A twój tato wszędzie ciebie szuka.

Chłopiec wpatrywał się w twarz na ekranie.

– Nie wierzę! – zawołał. – To nieprawda! Nikt na mnie nie czeka!

– Mówię prawdę – powiedziała Ida. – To jest twoja mama! Przysięgam!

Chłopak patrzył długo na zdjęcie. Był blady.

– Powiedz mi, skąd masz ten… Ten obraz? Kim ty w ogóle jesteś? Skąd się tu wzięłaś?

– Mówiłam ci. Przeniósł mnie do tego świata magiczny przedmiot. Ułożyłam puzzle i…

– Puzzle…?

– Tak.

– Mnie się często śni, że układam puzzle… – szepnął chłopak. – A potem gdzieś lecę i bardzo się boję. Śni mi się to prawie każdej nocy.

– To nie sen… Tak naprawdę się stało. Z tobą i ze mną.

Chłopiec wpatrywał się w zdjęcie mamy na ekranie.

– Czy ona… jest olbrzymką? – wyszeptał.

– Coś ty. Jest zwyczajna. Na Ziemi nie ma olbrzymów.

– Świat bez olbrzymów? – powiedział chłopak. – Nie wierzę, że taki może istnieć…

W tej chwili za drzwiami zahuczał głos Berty.

– Ej, Mały. Z kim ty rozmawiasz?

Poruszyła się klamka.

– Chowaj się! – szepnął przerażony chłopak. – Szybko!

Ida w panice wskoczyła do garnka. Chłopak nasunął pokrywkę.

Otworzyły się drzwi. Zajrzała Berta.

– Mały, z kim rozmawiałeś? – spytała.

– Ja… – Chłopiec patrzył niepewnie na olbrzymkę. – Ja mówiłem do siebie, ciociu Berto.

– Do siebie? A cóż to za dziwne zwyczaje?

Olbrzymka weszła do spiżarni. Jej ogromna postać niemal wypełniła pomieszczenie.

– Muszę ugotować zupę na dwa dni – mruknęła – bo jutro nie będę miała czasu… Gdzie jest ten duży garnek?

Ida struchlała. Garnek, w którym się ukryła, był największy! Chłopak szybko zawołał:

– Ja bym wolał naleśniki! Proszę, ciociu Berto! Usmaż naleśniki. Tu jest patelnia…

– Nie ma mowy – powiedziała olbrzymka. – Trzeba jeść zupę, bo od tego się rośnie. O, jest mój garnek.

Berta pochyliła się nad naczyniem, w którym ukryła się Ida.

Chłopak krzyknął:

– Ciociu Berto, tamten garnek jest większy! – Wskazał inny rondel.

– Co ty wygadujesz – zaśmiała się olbrzymka. – Tamten jest mniejszy. Zejdź z drogi, bo jeszcze cię nadepnę.

Odsunęła chłopca. Złapała garnek, w którym schowała się Ida. Przerażona dziewczynka poczuła, że naczynie się unosi. Na szczęście Berta nie zauważyła, że jest cięższe. Wyszła ze spiżarni.

Ida leżała na dnie kołyszącego się garnka, nie wiedząc, co robić. Przecież olbrzymka zaraz zdejmie pokrywkę i ją odkryje!

Weszli do kuchni. Berta się zatrzymała. A potem TRACH! Garnek został postawiony na czymś metalowym.

„To pewnie kuchenka – jęknęła w myśli Ida. – Muszę uciekać, bo zmienię się w gotowanego klopsa".

Już chciała odsunąć pokrywkę, kiedy ta się uniosła. CHLUST! Na Idę poleciał zimny wodospad. To olbrzymka wlała do garnka wodę z dzbana. Na szczęście nie zauważyła Idy, która skuliła się na dnie. Nie mogła jednak długo wytrzymać pod wodą, więc po chwili się wynurzyła. W tym momencie nad jej głową pojawiła się łapa olbrzymki. Trzymała coś czerwonego. PAC! Wielki pomidor wpadł do garnka, trafiając prosto w głowę Idy. Na szczęście był miękki, więc nie straciła przytomności. Pomidorowy sok ściekał jej po włosach. Idalia przytuliła się do ściany garnka. W samą porę, bo zaczęły wpadać następne pociski. PAC! PLASK! CHLAP! Pięć pomidorów wielkich jak piłki do koszykówki wleciało do kotła. Na dziewczynkę tryskały woda i sok.

Po tym bombardowaniu nastąpiła przerwa. Olbrzymka gdzieś poszła.

Ida się wychyliła. Zobaczyła chłopaka, który stał w drzwiach kuchni i dawał jej jakieś znaki. Chwyciła krawędź garnka, próbując z niego wyjść. Jej ręce ślizgały się w pomidorowym soku. Na garnek padł cień. Olbrzymka wracała!

Ida natychmiast dała nurka do zupy, kryjąc się pod pomidorami.

Berta wsypała lawinę marchewek i pietruszek. Ciężkie pociski spadały na Idę, woda chlustała. Ale najgorsze nastąpiło za chwilę. Berta złapała chochlę, wielką jak wiosło. Zanurzyła ją w garnku i zaczęła mieszać zupę.

Ida umykała przed tym strasznym narzędziem, ale w wodzie trudno biegać. Chochla zahaczyła ją i przewróciła. Ida padła na dno garnka. Jeszcze chwila, a utonęłaby w pomidorowej zupie.

Na szczęście w tej chwili mieszanie ustało. Olbrzymka odrzuciła chochlę na stół.

Ida wynurzyła głowę. Zobaczyła z przerażeniem, że Berta wraca z pudłem zapałek!

– Zaraz zapali gaz pod garnkiem! – jęknęła. – Muszę uciekać, bo się ugotuję!

Ale na razie nie mogła uciec, bo olbrzymka stała obok. Berta położyła pudełko zapałek na taborecie. Wzięła wielką solniczkę i wsypała do zupy lawinę soli. A potem – TRACH! – położyła na garnku pokrywkę. Ida rozpaczliwie próbowała ją odsunąć, ale pokrywka była zbyt ciężka. Nie mogła wyjść z pułapki. Przez małą szczelinę zobaczyła, jak Berta wyjmuje zapałkę z pudełka. Potarła ją. TRZASK! Buchnął płomień. Olbrzymka już miała zapalić gaz pod garnkiem, gdy nagle chłopak skoczył i wyrwał jej płonące drewienko.

Berta spojrzała na niego zdumiona.

– Zwariowałeś, Mały? Co ty robisz? Oddaj tę zapałkę!

– Nie.

– Oddawaj!

Olbrzymka wyrwała mu płonące drewienko. Wtedy chłopak zawołał:

– Ciociu Berto! Tam w garnku ktoś jest!

– Co? Co jest w garnku?

– Tam jest…

Zanim chłopak skończył, olbrzymka podniosła pokrywkę.

Zobaczyła Idę. Dziewczynka była ledwo widoczna pod stertą warzyw. Starała się nie poruszać.

Berta pochyliła się. Ida mimo woli odskoczyła.

– Faktycznie coś tu jest – mruknęła olbrzymka. – Chyba jakaś mysz wpadła…

Wzięła ze stołu metalowe szczypce. Złapała Idalię za ramiona i wyciągnęła z garnka.

Przyglądała się jej, ale niewiele mogła zobaczyć, bo Ida była umazana pomidorowym sokiem i oklejona pietruszką.

Olbrzymka poczłapała w stronę zlewu i wstawiła tam dziewczynkę. Odkręciła kran.

Polał się wodospad wody, zmywając z Idy warzywa. Teraz była doskonale widoczna.

– To jakiś karzełek! – krzyknęła zdumiona Berta. – Niewyrośnięty dzieciak! Taki jak ty, Mały… Skąd to się wzięło w garnku?

Olbrzymka wyjęła Idę ze zlewu. Dziewczynka szarpała się i wyrywała, ale Berta trzymała ją mocno w rękach. Poszła z nią do jadalni. Chłopak pobiegł za Bertą.

– Gustaw! – krzyknęła olbrzymka. – Zobacz, co znalazłam!

Olbrzym siedział przy stole i pił kawę z kubka wielkości wiadra.

– Co znalazłaś? Co tam masz?

– Sam zobacz! – zawołała Berta. – Znowu trafiła do nas taka mała istota.

– Co? Daj mi okulary?

– Masz je na nosie.

Berta postawiła przerażoną Idę na stole przed olbrzymem. Ten pochylił się nad nią.

– Rzeczywiście... – mruknął. – To znowu jakiś niedorostek. Gdzie to było?

– W garnku.

– Co? W naszym garnku? Czemu te stwory zawsze do nas przyłażą? Pochylił się nad Idą i krzyknął:

– Ej... Skąd się tu wzięłaś!?

Ida prawie się przewróciła, bo głos olbrzyma miał moc tajfunu.

– Czemu się do nas zakradłaś, co?

Ida milczała.

– Chyba nie umie mówić – powiedział wielkolud. – Na pewno ją z domu wyrzucili, bo nie rosła. Tak samo jak Małego... – Gustaw spojrzał na chłopaka. – A może to twoja sprawka? Co? Ty ją do nas wpuściłeś?

– Nie, wujku Gustawie – powiedział chłopak. – Ona sama tu przyszła.

Berta pochyliła się nad Idą i uważnie ją oglądała.

– To dziewczynka. Nawet ładnie wygląda… Co my z nią zrobimy?

Zanim Gustaw odpowiedział, odezwał się chłopak.

– A może ją u nas zostawimy?

– Co!? – ryknął olbrzym. – Czy my jesteśmy przechowalnią krasnoludków?

– Ale…

– Żadne ale. Już z tobą jest dość kłopotów – sapał olbrzymi Gustaw. – Trzeba oddać tę znajdę Strażnikom. To nasz obowiązek. Przyniosę jakieś pudło, żeby ją zamknąć. Potem zaniesiemy ją tam gdzie trzeba. Pilnuj, Berto, żeby nie uciekła.

Olbrzym poszedł do sąsiedniego pokoju.

Berta spojrzała na Idalię, która ociekała wodą i trzęsła się z zimna.

– Biedactwo – westchnęła olbrzymka. – Cała jest mokra… Poczekaj, dam ci coś do okrycia.

Berta podeszła do szafy. Kiedy się odwróciła, Ida natychmiast pobiegła do krawędzi stołu.

– Przysuń krzesło – szepnęła do chłopca. – Szybko! Słyszysz?

Chłopak się zawahał, ale w końcu pchnął wielkie krzesło do stołu. Ida zeskoczyła na nie, a z krzesła na podłogę.

Popędziła do korytarza. Dopadła do drzwi wyjściowych. Chwyciła parasol stojący w kącie i zaczepiła o klamkę. Szarpnęła z całej siły. Klamka opadła, ale drzwi nawet nie drgnęły. Były zamknięte na klucz!

Rozległo się wołanie.

– Gdzieś ty uciekła? Wracaj tu zaraz!

Ida rozpaczliwe szukała kryjówki. Zobaczyła wielkie buciory. Dała susa i schowała się w lewym bucie. Starała się nie poruszać, ale coś ją okropnie uwierało. Coś, co miała w kieszeni. Kiedy włożyła tam rękę, wyczuła szklane naczynie. Błyskawicznie je wyjęła. To była butelka z płynem lubienia!

Miała płyn lubienia! Zapomniała o nim!

Do korytarza weszła Berta, a po chwili wielki Gustaw.

Ida skuliła się, but się zachwiał.

– Tam się chowa! – wrzasnął wielkolud.

Podbiegł i złapał but. Odwrócił go. Dziewczynka wypadła na podłogę. Spojrzała w górę.

Stała nad nią para olbrzymów.

Idalia błyskawicznie otworzyła butelkę z płynem lubienia i wylała na siebie całą zawartość. Nie było tego wiele. Ledwo kilka kropel.

W tej chwili złapały ją paluchy wielkoluda i uniosły w górę.

– Chciałaś uciec, smar…

Nagle olbrzym przerwał i zmarszczył nos. Pochylił głowę i gapił się na Idę jak zahipnotyzowany. A potem uśmiechnął się do niej słodko.

– To maleństwo jest bardzo miłe! – zawołał.

– Co mówisz? – spytała zdumiona olbrzymka, do której jeszcze nie dotarł zapach.

– Berto! Nie będziemy jej nigdzie oddawać! – wołał wielkolud. – Ona musi u nas zostać.

Berta patrzyła na niego osłupiała.

– Gustaw! Mówisz to poważnie?

– Oczywiście, że musi u nas zostać. Przecież bardzo lubimy takie małe stworzenia.

– Co? Ty lubisz małe stworzenia?

– Uwielbiam. Jest taka wzruszająco maleńka… – mruczał wielkolud. – Musi u nas zostać.

– Naprawdę się na to zgadzasz? – spytała Berta.

– Oczywiście! Takie milutkie maleństwo.

Tymczasem zapach płynu lubienia dotarł także do Berty. Podbiegła i wyjęła Idę z rąk olbrzyma. Uśmiechnęła się do niej jak mama do ukochanego dziecka.

– Masz rację, Gustawie. Ona jest taka miła. Oczywiście, że u nas zostanie. Kochane, słodziutkie maleństwo. Mały, ty też chcesz, żeby u nas została, prawda?

Chłopak stał daleko i na niego zapach nie działał. Ale natychmiast zawołał:

– Tak! Chcę, żeby została!

Berta ruszyła do pokoju, niosąc dziewczynkę na dłoni. Gustaw szedł za nią. Oba olbrzymy uśmiechały się czule do Idy.

W tej chwili rozległo się bicie zegara. Gustaw z trudem oderwał wzrok od Idalii i spojrzał na zegar.

– Dziewiąta! Muszę iść do pracy… Niestety…

Popędził do wyjścia. W drzwiach jeszcze się odwrócił i pomachał.

– Do widzenia, moje ulubione maleństwo.

Wybiegł. W tej chwili przez pokój przeszedł podmuch wiatru i zapach się ulotnił. Płyn lubienia przestał działać.

Ida patrzyła z niepokojem na olbrzymkę.

Berta zerkała na nią niepewnie. Wreszcie wyszeptała:

– Nie wiem, czemu Gustaw się zgodził... Ale bardzo się cieszę, że u nas zostaniesz. Przecież nie można oddawać takiego maleństwa tym okropnym Strażnikom.

Ida odetchnęła z ulgą. Widocznie olbrzymka miała dobre serce i nadal ją lubiła, choć płyn przestał działać.

Berta pogłaskała Idę wielkim paluchem.

– No więc, Mała, zostaniesz u nas. Mam nadzieję, że jesteś grzeczna i nie będziesz sprawiać kłopotów? Tak?

– Tak – odpowiedziała Ida.

– O, potrafisz mówić! To dobrze... Mały będzie miał z kim rozmawiać. – Berta odwróciła się do chłopca. – Będziecie mieszkać razem. Pokaż jej pokój, a ja przygotuję dla niej śniadanko. Na pewno jest głodna, biedactwo.

Berta poszła do kuchni. Chłopak wziął Idę za rękę.

– Chodź.

Pokój chłopca był na strychu. Wchodzenie po ogromnych stopniach przypominało górską wspinaczkę.

– Wiesz, w dół jest łatwiej – powiedział chłopak. – Po prostu zjeżdżam na śmietniczce.

Stanęli przed wielkimi drzwiami. Chłopak wyciągnął lasso i zarzucił na klamkę. Uwiesił się i klamka opadła. Pchnął drzwi.

– To jest mój pokój. To znaczy, teraz będzie nasz wspólny.

Pokój był ogromny jak wszystko w domu olbrzymów, ale wyglądał miło. Na podłodze leżał kolorowy dywan, a łóżko chłopca było zrobione ze skrzynki po mandarynkach.

– Połowa pokoju będzie twoja – powiedział chłopak. – Możesz sobie wybrać tę pod oknem albo pod drzwiami.

– Dlaczego oni mówią do ciebie „mały”, a nie po imieniu? – spytała Ida.

– Bo nie wolno do mnie mówić inaczej.

– Czemu?

– Tutaj dzieci dostają imię, kiedy mają dwa metry wzrostu. Wcześniej wszyscy do nich mówią „mały”.

– Ale ty już masz imię.

– To niemożliwe! – zawołał chłopiec.

– Masz na imię Alik.

– Alik? – szepnął chłopak.

– Tak. Takie imię dali ci rodzice. To skrót od Aleksander. Ja będę do ciebie mówić Alik.

– Nie możesz tak mówić! Jak ktoś usłyszy, będę miał kłopoty. Będę ukarany!

– I co z tego? Nie możesz się wszystkiego bać. Rozumiesz, Alik? A zresztą niedługo wrócimy do zwykłego świata. Tam wszystkie dzieci mają imiona.

Chłopak patrzył na Idę niepewnie.

– Ja wciąż nie mogę uwierzyć, że istnieje jakiś inny świat...

– Znowu zaczynasz? Przecież widziałeś zdjęcia! Musisz w to uwierzyć, rozumiesz!?

– No dobrze... Może naprawdę istnieje świat bez olbrzymów. Ale jak tam wrócić?

Zanim Ida odpowiedziała, rozległo się wołanie Berty:

– Mała! Chodź na śniadanie!

W jadalni stało krzesło do karmienia niemowlaków. Oczywiście było wielkie, bo na tej planecie nawet bobasy były ogromne. Berta posadziła na nim Idę. Ku przerażeniu dziewczynki położyła przed nią gigantyczną bułę z serem i rzodkiewkami. A obok postawiła ogromne jajko w kieliszku. Jajko było prawie tak wielkie jak Idalia.

– Musisz wszystko zjeść. Jak zabraknie, wołaj o dokładkę.

– Ja tego nie zjem! – jęknęła Ida. – Nie dam rady.

– Musisz dużo jeść – powiedziała olbrzymka – bo inaczej nie urośniesz. I zawsze będziesz takim okropnie małym stworzeniem!

– Ale…

– Póki wszystkiego nie zjesz, nie zejdziesz stąd – dodała z surową miną Berta i poszła do kuchni.

Ida spojrzała na gigantyczną bułkę i jeszcze większe jajko. Zawołała do Alika:

– Słuchaj, co ja mam z tym zrobić!?

– Chyba musisz zjeść – zaśmiał się chłopak.

– Zwariowałeś? To porcja dla słonia! Nie wierzę, żebyś zjadł takie jajo! Pękłbyś z przeżarcia.

Alik podszedł bliżej.

– Posłuchaj – szepnął. – Zjedz, ile możesz, a resztę…

– Co z resztą?

– Wyniesiemy do ogrodu, tam ptaki to zjedzą. Ja zawsze tak robię.

– Dobra.

Idalia oderwała kawałek bułki i trochę sera. Była głodna i jadła z apetytem. Nawet miała ochotę spróbować jajka, ale okazało się, że rozbicie skorupki jest niewykonalne. Zjadła jeszcze rzodkiewkę (wielkości pomarańczy). Wypiła łyżkę herbaty (w łyżce mieściło się chyba pół litra płynu) i nie była w stanie przełknąć nic więcej.

Z kuchni dobiegało podśpiewywanie Berty. Ida się bała, że olbrzymka zaraz wróci i będzie ją zmuszać do jedzenia.

– Alik, wynosimy to do ogrodu – szepnęła.

Chwyciła z trudem wielkie jajo i podała chłopakowi. Sama złapała bułkę i zeskoczyła z krzesła. Przeszli na palcach przez korytarz, dźwigając wielkie jajo i bułkę. Chłopak otworzył drzwi z kolorowymi szybkami i wybiegli do ogrodu.

Idalii ten ogród wydawał się ogromny, choć dla olbrzymów był chyba mały. Rosły tu kwiaty większe od dzieci, a owoce na jabłoni miały rozmiar piłki. Ida pomyślała, że lepiej, by takie jabłko nie spadło jej na głowę.

– Tam to ukryjemy! – zawołał Alik.

Pobiegł za wielki krzak bzu. Rzucił jajko. Ida położyła tam bułkę.

– Ciocia Berta nie zauważy tego? – spytała.

– Ptaki zaraz przylecą i to zjedzą. One są wielkie, dla nich to parę kęsów. Tylko trzeba rozbić jajko.

Alik chwycił duży kamień i uderzył w skorupkę, która pękła z głośnym hukiem. Nagle padł na nich cień.

– Ptaki nadlatują! – krzyknął chłopak. – Trzeba uciekać!

Ida spojrzała w górę i zobaczyła dwa gołębie. Były ogromne. Pikowały w ich stronę.

Popędzili do domu. Na szczęście ptaki ich nie goniły. Wylądowały na trawie i zaczęły dziobać bułkę.

Ida i Alik zamknęli drzwi i pobiegli do jadalni.

Stała tu Berta. Spoglądała na nich surowo.

– Gdzie wyście byli?

– No... – powiedziała niepewnie Ida. – Zjadłam śniadanie, więc teraz sobie biegamy.

– Wszystko zjadłaś? – spytała podejrzliwie olbrzymka.

– Mhm...

– Jajko też?

– Tak. Było pyszne.

– A skorupki? Gdzie są skorupki?

– No... Skorupki też zjadłam – powiedziała Ida.

– Ty mały głuptasie, skorupek się nie je – zaśmiała się olbrzymka. – Musiałaś być bardzo głodna. Dam ci dokładkę...

– Nie!!! To znaczy dziękuję.

– No dobrze. Teraz pójdziesz ze mną do miasta. Muszę ci kupić kilka rzeczy.

– Mogę też iść? – spytał chłopak.

– Nie, Mały. Ty zostań w domu. Wiesz, że nie powinieneś się pokazywać na ulicy... No, nie martw się tak, kupimy ci coś dobrego.

Kiedy Berta i Idalia wyszły z domu, z okna sąsiedniego budynku wychyliła się jakaś olbrzymka. Patrzyła na Idę niechętnie.

– Znowu pani przygarnęła jakiegoś karzełka!? – zawołała. – Po co pani to robi?

– To moja sprawa – mruknęła Berta.

– Ale my musimy patrzeć na te obrzydliwe niewyrośnięte stworzenia! – krzyczała sąsiadka. – A to raczej nie jest przyjemne. Więc czemu pani to robi?

Berta nie odpowiedziała. Włożyła Idę do torebki, szepcząc:

– Schowaj się.

Ruszyła w stronę przystanku autobusowego.

W ciągu dnia ulica nie była już pusta. Jezdnią pędziły ogromne samochody. Chodnikiem wędrowały wielkoludy, niektóre znacznie większe niż Berta.

Olbrzymka zatrzymała się na przystanku. Po chwili nadjechał czerwony autobus wielki jak ziemski dom! Berta wsiadła do niego i kupiła u kierowcy dwa bilety. Ida wysunęła głowę z torebki, żeby zobaczyć wnętrze tego ogromnego pojazdu. Olbrzymy w autobusie natychmiast zaczęły ją pokazywać palcami i szeptać coś do siebie. Berta udawała, że tego nie widzi, ale wyraźnie się denerwowała. W końcu mruknęła do Idy:

– Schowaj się, słyszysz? Nie pokazuj się.

Dziewczynka skuliła się na dnie torebki.

Po kwadransie jazdy wysiadły na wielkim placu. Na jego środku stał gigantyczny budynek zbudowany z błyszczących czarnych kamieni. Miał chyba sto pięter. Wieżowiec był tak wysoki, że dach niknął w chmurach. Ida wysunęła głowę z torby i patrzyła na niego osłupiała. Poczuła się mała jak mrówka. Przed budynkiem kłębił się tłum olbrzymów. Większość niosła torby z zakupami albo pchała sklepowe wózki rozmiaru ziemskich samochodów.

Berta weszła przez obrotowe drzwi do budynku. Wewnątrz gmach wydawał się jeszcze większy. W środku była pusta przestrzeń aż do samego dachu. Otaczały ją galerie pełne sklepów z wielkimi wystawami. Ruchome schody woziły olbrzymy na niebotyczną wysokość. Dudniła muzyka tak głośna, że Idalia musiała zatkać uszy.

Berta wjechała na pierwsze piętro i weszła do sklepu obuwniczego.

Kilka olbrzymek mierzyło buty na wysokich obcasach. Za ladą siedział sprzedawca, okropnie gruby wielkolud. Berta podeszła do niego.

– Dzień dobry. Potrzebuję butów dla tej dziewczynki.

– Jakiej dziewczynki? – mruknął sprzedawca. – Nikogo nie widzę.

Berta wyjęła Idę z torebki i postawiła na ladzie. Wielkolud wybałuszył oczy.

– Co to jest? Czemu ona jest taka mała?

Wszyscy w sklepie się odwrócili i zaczęli gapić się na Idę. Berta udawała, że tego nie widzi.

– Potrzebuję dla niej butów na wysokim obcasie. Bardzo wysokim… – powiedziała. – Rozumie pan, co mam na myśli?

– A jaki ona ma numer buta? – mruknął sprzedawca.

– Podnieś nogę, Mała – poleciła Berta.

Ida niechętnie uniosła stopę. Wielkolud ją zmierzył.

– Co!? – zawołał zdumiony. – Nawet komar ma większe nogi…

Berta mu przerwała.

– Na kiedy pan zrobi te buty?

– No… Na wieczór będą gotowe. Przyślemy je pani do domu.

– Dziękuję.

Berta chciała włożyć Idę do torby, ale dziewczynka miała dosyć siedzenia w dusznej przestrzeni. Po spódnicy olbrzymki zsunęła się na podłogę i ruszyła do wyjścia. Wszyscy gapili się na nią i szeptali.

– Ależ niewyrośnięta! Jak szczur! Nie można patrzeć na coś takiego. Ohyda!

Niektórzy unosili nogi, bojąc się, żeby ich przypadkiem nie dotknęła.

Idalia z ulgą wyszła ze sklepu.

Berta ją dogoniła i szybko włożyła do torebki.

– Powiedziałam ci, że masz siedzieć w torbie! Jeszcze się zgubisz albo ktoś cię nadepnie.

Pojechały na piąte piętro i weszły do ogromnego sklepu z zabawkami. Miał wiele sal, a w każdej sprzedawano inny rodzaj zabawek. Berta wyjęła Idę z torby i pozwoliła jej iść samodzielnie. Dziewczynka musiała bardzo uważać, bo po podłodze jeździła elektryczna kolejka prawie tak duża jak ziemski pociąg. Wielkie dzieci bawiły się robotami i nakręcanymi zwierzętami. Jakiś jamnik na kółkach omal Idy nie zgniótł.

Berta skierowała się do działu z lalkami. Za ladą siedziała olbrzymka w grubych okularach. Lalki na półkach były wielkości Idy, a niektóre nawet większe.

– Dzień dobry – powiedziała Berta. – Chciałabym kupić trochę rzeczy dla lalek. Parę sukienek i spodnie. I jakiś płaszczyk.

– Jak duża jest lalka?

– Prawdę mówiąc, potrzebuję tego dla niej. – Berta pokazała Idę stojącą na podłodze.

Sprzedawczyni dopiero teraz ją zauważyła. Poprawiła okulary i patrzyła zdumiona.

Berta postawiła Idę na ladzie.

– Niesamowite – szepnęła sprzedawczyni. – Ona jest żywa czy to lalka?

– Oczywiście, że jest żywa – mruknęła Berta. – Niech pani znajdzie rzeczy, które będą dla niej odpowiednie. Kupię też trochę mebelków dla lalek. Poproszę tamto łóżeczko i szafę. I może fotel bujany – wyliczała Berta.

Sprzedawczyni zaczęła pakować zamówione rzeczy, ale cały czas zerkała na Idę.

Przybiegła druga ekspedientka, ogromna ruda dziewczyna. Wołała:

– Pani kierownik, przyszło zamówienie od pana Giguna na urodzinowe prezenty. Same najdroższe zabawki… Jutro jego służący odbiorą towar. Kupują chyba pół sklepu!

– A co myślałaś? – mruknęła olbrzymka w okularach. – Wielkich stać na wszystko…

Położyła na ladzie torbę z zakupami Berty. Raz jeszcze spojrzała na Idę.

– Gdyby pani chciała ją oddać – powiedziała – to proszę mnie zawiadomić.

– Co? – spytała zaskoczona Berta. – O co pani chodzi?

– Taki krasnoludek mógłby na wystawie udawać ruchomą lalkę. To byłaby niezła reklama.

– Mówiłam pani, że to nie jest żadna lalka! – zawołała Berta. Zapłaciła i zabrała pakunki.

– Idziemy, Mała.

– Szefie, dokąd mamy iść?

Gabi, Kuki, Blubek i Budyń od wielu godzin wędrowali górską drogą. Była stroma i zasypana skalnym gruzem. Często musieli przełazić przez głazy większe niż oni sami. Byli bardzo zmęczeni. A w dodatku teraz droga rozdzielała się na trzy ścieżki. Nie wiedzieli, która prowadzi do miasta, bo ogromne skały zasłaniały widok.

– Kuki! W którą stronę idziemy? – spytała Gabi, ocierając spocone czoło.

– Nie wiem. Chyba muszę wejść na tę skałę i się rozejrzeć – westchnął Kuki.

Miał lęk wysokości i nienawidził się wspinać.

– Pójdę z tobą.

– Czekajcie – zatrzymał ich Blubek. – Możemy wysłać tornidrona. Niech Budyń do niego wlezie i z góry sprawdzi, co widać.

– No dobra – pisnął psiak. – Mogę być dronopsem, choć nie przepadam za lataniem.

Wszedł niechętnie do tornistra.

Blubek nacisnął guzik. Wysunęło się śmigło.

– W górę! – zawołał Budyń. – Tylko powoli!

Tornidron natychmiast pofrunął. Słyszeli, jak Budyń krzyczy:

– Mówiłem, powoli!!!

Po chwili był już wysoko ponad skałami.

– Budyń, i co!? – krzyknął Kuki.

– Chwila, szefie… – Psiak ostrożnie wysunął łepek i rozglądał się we wszystkie strony. – Już wiem! – zawołał. – Trzeba iść w prawo! Tam góry robią się mniejsze, a potem jest las.

– A widzisz miasto?

– Chyba tak, ale jest strasznie daleko… – Nagle psiak przerwał. A potem wrzasnął: – Szefie! Uwaga! Coś do was idzie! Jest bardzo duże.

Kuki i reszta zaczęli się nerwowo rozglądać. Skały zasłaniały widok. Nie widzieli tego, co pies dostrzegał z góry.

Kuki krzyknął:

– Budyń! Gadaj dokładnie! Co tu idzie?

– Nie wiem, co to, ale jest okropnie wielkie! – krzyczał psiak. – Jest ich mnóstwo! Idą do was…

Kuki, Gabi i Blubek patrzyli wystraszeni na drogę. Wciąż niczego nie dostrzegali. Nagle usłyszeli łomot. Jakby ogromne kopyta uderzały o skałę. Potem rozległo się dziwne dzwonienie. Metaliczne dźwięki odzywały się za skałami. Zbliżały się.

– Faktycznie coś tu lezie – szepnął wystraszony Blubek. – Dajcie lustro obronne.

– Ono jest w tornistrze! – jęknął Kuki.

Lustro było ich jedyną bronią. Niestety znajdowało się w tornidronie, sto metrów nad ich głowami! Jak mogli o tym nie pomyśleć! Zaczęli wrzeszczeć:

– Budyń! Ląduj! Szybko!

Pies coś powiedział i tornidron zacząć opadać, ale okropnie powoli.

Znowu rozległy się dzwonki. Łomot kroków narastał. Ziemia drżała. Coś wielkiego się zbliżało.

– Budyń! Szybko!

Tornidron był kilkadziesiąt metrów nad nimi. Nagle psiak wrzasnął:

– Uważajcie!

W tej chwili zza skały wyszedł olbrzymi stwór. Miał rozmiar słonia i ogromne rogi. Był porośnięty gęstym futrem. Jego kopyta uderzały ciężko o skały. BUM! BUM!

– Co to jest? – jęknął Blubek. – Mamut?

Patrzyli oszołomieni na niesamowite zwierzę. Musieli zadzierać głowy, bo było naprawdę wielkie.

– Już wiem! – krzyknęła Gabi. – To baran!

– Baran? Taki wielki?

Zanim ktoś odpowiedział, zza skały wyłoniły się kolejne stworzenia. Były równie ogromne i włochate, ale białe. Niektóre miały dzwonki na szyi.

– To chyba owce... – szepnęła oszołomiona Gabi. – Ale gigantyczne!

Zwierzaki miały rozmiar dinozaurów. Kuki wrzasnął:

– Wiejmy, bo nas stratują!

Pobiegli w prawo, tam gdzie kazał im pójść Budyń.

Niestety gigantyczny baran ruszył za dziećmi. Owce, łomocząc kopytami, popędziły za nim.

Droga biegła wąwozem wśród stromych skał. Nie mieli gdzie się ukryć. Mogli tylko uciekać.

Biegli najszybciej jak potrafili, ale stado olbrzymich zwierzaków doganiało ich. Huk kopyt stawał się coraz bliższy. Kuki, Blubek i Gabi minęli zakręt. Zobaczyli na środku wąwozu wielki głaz.

– Włazimy tam! – wrzasnął Blubek.

Pomagając sobie wzajemnie, wspięli się na skałę. Zrobili to w ostatniej chwili, bo zaraz nadbiegło stado gigantycznych zwierząt. Owce ominęły skałę i popędziły dalej. Niestety olbrzymi baran się zatrzymał. Gapił się na siedzące na skale dzieci, wyraźnie niezadowolony. Nagle się cofnął i z rozpędu uderzył w głaz rogami. ŁUP!

Baran miał siłę czołgu i podobną wagę. Trzasnął tak, że skała się zachwiała, a dzieci omal nie spadły.

– Budyń, dawaj to lustro! – krzyknął Kuki. – Szybko!

Tornidron z Budyniem był kilkanaście metrów od nich. Zbliżał się.

Olbrzymi baran wziął większy rozpęd i uderzył rogami jeszcze mocniej. TRACH! Głaz zachwiał się i przewrócił. Dzieci runęły w dół. Myślały, że roztrzaskają się na kamiennej drodze, ale zdarzyła się rzecz niesamowita. Cała trójka spadła na grzbiet wielkiego barana! Wylądowali na monstrualnym zwierzaku, który podskoczył jak oszalały koń. Kuki i Gabi przywarli do jego karku, trzymając się futra. Blubek złapał się rogów.

Gigantyczny baran pognał drogą. Dzieci wrzeszczały i podskakiwały, rozpaczliwie próbując się utrzymać. Przypominało to jazdę na wściekłym mamucie.

Baran wyprzedził stado owiec i pogalopował dalej. „Jeźdźcy" nie mogli zeskoczyć, bo wielkie owce stratowałyby ich w mgnieniu oka. Dzwoniły dzwonki, a monstrualny zwierzak pędził skalistą drogą. Była to szalona jazda!

Budyń leciał w tornidronie, próbując ich doścignąć. Wrzeszczał:

– Szefie, trzymaj się!

Kuki, Gabi i Blubek galopowali na wielkim baranie chyba przez godzinę. Zdawało im się, że trwa nieustanne trzęsienie ziemi. Wciąż podskakiwali i opadali na grzbiet giganta. Ręce im osłabły od ściskania futra. Wiedzieli, że jeszcze parę minut takiej jazdy i spadną.

Wreszcie wąwóz się skończył i włochate monstrum wybiegło na rozległą łąkę. Stał tu wielki dom zbudowany z drewnianych bali. Baran dobiegł tam i wreszcie się zatrzymał. Kuki, Gabi i Blubek zsunęli się na drogę. Resztkami sił się odczołgali i ukryli w wysokiej trawie. Byli wykończeni.

– Kuki... Co to było? – wyjęczał poobijany Blubek. – Czemu te zwierzaki są takie gigantyczne?

– Nie wiem, ale wygląda na to, że tu wszystko jest wielkie. Spójrz na ten dom.

Blubek z trudem wysunął głowę ponad trawę. Budynek przed nimi był naprawdę olbrzymi.

– Rany! Kto może mieszkać w takim domu?

– Zaraz się przekonasz – szepnęła Gabi. – Schowajcie się. Nisko głowy.

Otworzyły się drzwi domu i wyszedł olbrzym. Miał chyba dziesięć metrów wzrostu. Za nim wyszedł pies wielkości ziemskiego lwa.

Kuki i reszta oniemieli na ten widok. Gapili się, niemal nie oddychając.

Olbrzym podszedł do owiec. Poklepał barana po karku i razem z psem zapędzili stado do wielkiej zagrody. Potem gigantyczny mężczyzna wrócił do domu.

Pies został na łące. Uniósł głowę i węszył podejrzliwie. Nagle ruszył w stronę dzieci.

– Wyczuł nas! – wrzasnął Blubek. – Spadajmy stąd!

Rzucili się do ucieczki. Ale pies w kilku susach dopadł do nich i zastąpił im drogę. Przypominał górskiego owczarka, ale miał przerażające rozmiary.

Cofali się wystraszeni. Pies przyglądał im się. Potem pochylił wielki łeb i zawarczał wściekle. Szykował się do skoku...

Wtedy usłyszeli:

– Szefie, jestem!

Z szybkością bojowej rakiety nadlatywał żółty tornister. Wychylał się z niego Budyń. Trzymał w zębach lustro.

– Bierz je, szefie!

Kuki rzucił się w jego stronę i porwał zwierciadło.

Olbrzymi pies zaczął wściekle ujadać. Już miał się rzucić na Kukiego, kiedy ten skierował lustro w jego stronę. Pojawiło się w nim odbicie rozwścieczonego psa.

I wtedy stało się coś niezwykłego. Owczarek na sekundę zastygł jak skamieniały. A potem odwrócił głowę i rzucił się na własny ogon! Próbował go ugryźć, kłapiąc wściekle zębami. Nie mógł dosięgnąć, więc zaczął biegać w kółko. Kręcił się jak oszalała karuzela, usiłując dopaść swój ogon. Wirował coraz szybciej. Ujadał wściekle.

– Zwiewamy! – zawołał Kuki.

Dzieci przebiegły obok psa i popędziły przez łąkę. Budyń pofrunął za nimi w tornidronie.

Wielki owczarek wciąż wirował, próbując ugryźć swój ogon. W końcu zakręciło mu się w głowie i padł na trawę. Dyszał ciężko.

Gabi się odwróciła i zobaczyła, że owczarek wciąż leży, wyczerpany walką z własnym ogonem. Oczywiście nie przestali uciekać, bo przecież mógł ich znów zaatakować.

Dobiegli do szerokiej drogi. Stał na niej wielki samochód. Przypominał staroświeckie furgonetki, jakie widywali na filmach, ale miał rozmiar ziemskiej lokomotywy. Był pusty, a drzwi były otwarte.

– Schowajmy się tam! – krzyknął Kuki.

Wdrapali się do szoferki i wspólnie z trudem zatrzasnęli ciężkie drzwi. Skulili się wszyscy na fotelu kierowcy, oddychając ciężko.

– Rany! – jęknął Blubek. – Rozumiecie, w co my wdepnęliśmy? To kraina olbrzymów. Tu wszystko jest gigantyczne. Trzeba się stąd ewakuować, bo te mutanty zrobią z nas keczup. Znajdźmy te przeklęte puzzle i wynośmy się stąd. Jak najszybciej!!!

– Najpierw musimy znaleźć Idę! – powiedziała Gabi.

– Żeby jej szukać, musimy być żywi. A szansa, że dożyjemy do jutra, jest raczej mała. Tutaj każdy robal jest większy od nas i może nas pożreć.

– Spokojnie – powiedział Kuki. – Trzeba przemyśleć sytuację. Musimy znaleźć Idę. Po to tu przybyliśmy. Ale Blubek ma rację, że tutaj jest potwornie niebezpiecznie. Dlatego nie możemy iść pieszo. Jeśli mamy dotrzeć cało do miasta, musimy mieć jakiś pojazd.

– Co za pech, że dra-kula przestała działać – westchnęła Gabi.

– Za kilka dni wróci jej energia – powiedział Blubek. – Możemy do tego czasu gdzieś się ukryć.

– A Ida? Przecież ona jest bardziej zagrożona od nas! – zawołała Gabi. – Musimy ją odnaleźć jak najszybciej.

– To może pojedziemy tym samochodem? – zaproponował Budyń. – Zobaczcie, tu są kluczyki.

– Kluczyki? – mruknął Blubek. – Chyba chciałeś powiedzieć „gigakluczory".

Rzeczywiście, samochodowy „kluczyk" był większy od ich ręki. Ale tkwił w stacyjce, więc można było uruchomić auto.

– Budyń ma niezły pomysł – powiedział Kuki.

– Zwariowaliście!? – zawołał Blubek. – Jak mamy jechać autem rozmiaru domu? Przecież nawet nie widzimy, co jest za oknem.

Faktycznie. Z siedzenia dzieci nie widziały drogi, bo ich głowy były poniżej kierownicy.

– Będziemy działać zespołowo – powiedział Kuki. – Blubek, ty siądziesz na podłodze. Będziesz naciskał gaz i hamulec. Ja i Gabi będziemy kręcić kierownicą. We dwójkę chyba damy radę.

Budyń, ty wskakuj na górę, przed przednią szybę. Będziesz mówił, dokąd mamy jechać. Tylko dokładnie. Od ciebie będzie zależeć, czy się nie rozwalimy.

– Jesteś pewny, że to dobry pomysł? – spytał niepewnie Blubek.

– A masz lepszy?

– Nie bardzo.

– No to jedziemy. Pomóż mi go odpalić.

Razem przekręcili kluczyk w stacyjce. Huknął silnik. Hałas był taki, że ich prawie ogłuszył.

Blubek zsunął się na podłogę. Kuki i Gabi złapali koło kierownicy. Budyń wskoczył na deskę rozdzielczą. Zerknął w lusterko i krzyknął:

– Ten wielkolud tu idzie!

Olbrzym pędził w ich stronę. Chyba usłyszał, że ktoś uruchomił silnik w jego samochodzie, i biegł sprawdzić, co się dzieje. Był sto metrów od nich.

– Blubek, gaz!

Blubek dwoma rękami nacisnął pedał gazu. Auto skoczyło do przodu.

Psiak wrzasnął:

– W lewo!

Kuki i Gabi z trudem obrócili kierownicę.

– Bardziej w lewo!!! – wydzierał się Budyń. – Teraz prosto, szefie! Mówiłem prosto, a nie krzywo! Tak trzymać! Jazda!

Auto wyjechało na drogę. Olbrzym gonił ich, ale samochód był od niego szybszy.

Pędzili szosą między polami. Wyglądało to tak, jakby wielki samochód jechał bez kierowcy, bo Kukiego i Gabi nie było widać. Tylko mały psiak siedział z nosem przy szybie, wpatrując się w drogę.

– Budyń! Jak teraz!? – krzyczeli Gabi i Kuki, uwieszeni po dwóch stronach kierownicy.

– Prosto – pisnął kundelek. – A teraz mniej prosto! To znaczy lekko w lewo!

– Czy ten olbrzym nas goni!? – zawołał Kuki.

Budyń zerknął w lusterko.

– Nie widzę go. Chyba odpuścił. Skręcajcie w lewo! Bardziej! Dobra. Świetnie wam idzie!

Kuki z Gabi kręcili kierownicą, kompletnie nie widząc, co jest przed nimi. Była to ciężka praca, bo kierownica była wielka i stawiała opór.

Klęczący na podłodze Blubek miał jeszcze gorzej. Z całych sił naciskał olbrzymi mechanizm do przyspieszania. Jak zmniejszał nacisk, auto zaraz zwalniało.

Nagle Budyń zawołał:

– Hamuj!

Blubek rzucił się całym ciałem na hamulec. Auto się zatrzymało.

– Budyń, co jest? Co się stało?

– Nic. Chciałem tylko sprawdzić, czy hamulce działają.

– Budyń, zabiję cię! – wrzasnął Blubek, który w czasie hamowania nabił sobie guza.

– A kto wtedy będzie wam mówił, dokąd jechać? – zaśmiał się psiak. – Jazda! Naprzód!

Olbrzymie auto znowu ruszyło. Wjechali w las. Drzewa były tak wielkie, że sięgały prawie do chmur.

Idalię bolały nogi od chodzenia z wielką Bertą. Olbrzymka robiła tak długie kroki, że dziewczynka musiała biec, by za nią nadążyć. Jednak wolała to od siedzenia w dusznej i ciemnej torbie.

Po wyjściu z galerii handlowej przeszły przez park i skręciły w stronę szerokiej rzeki. Stał nad nią biały budynek z tablicą: KLINIKA MEDYCZNA GWARANTOWANY WZROST. Weszły tam. Berta zapukała do szklanych drzwi na końcu korytarza.

– Proszę! – ryknął ktoś z środka.

Berta uchyliła drzwi. Przy biurku siedział lekarz w białym kitlu. Na jego widok Ida miała ochotę natychmiast uciekać. Doktor był ponurym olbrzymem z wielkimi rudymi wąsami. Wyglądał jak foka rozmiaru XXL.

Berta postawiła Idalię na stole.

– To ona – powiedziała. – Chciałabym, żeby pan doktor ją zbadał.

Lekarz bez słowa chwycił szkło powiększające i zaczął oglądać Idę jak dziwnego robaka. Potem przyłożył do niej stetoskop wielkości trąby w strażackiej orkiestrze. W końcu mruknął:

– Ile ty masz lat?

– Dziewięć – powiedziała Ida.

– Mów głośniej!

– Dziewięć lat!!!

– Co!? – krzyknął lekarz. – To niebywałe. W tym wieku powinna mieć pięć metrów wzrostu. Co najmniej! A ona ledwo metr przekroczyła.

– Myśli pan, że da się coś z tym zrobić? – spytała nieśmiało Berta.

– Gimnastyka i dużo witamin – mruknął lekarz.

– Ale nasz Mały bez przerwy ćwiczy. A rośnie ledwo parę centymetrów na rok. – Berta pochyliła się i szepnęła: – Panie doktorze… Podobno jest lekarstwo, od którego można urosnąć w miesiąc metr albo więcej.

Lekarz spojrzał na nią niechętnie.

– Nonsens – mruknął. – Nie ma takiego leku. Nie istnieje!

– A ja słyszałam, że jest – powiedziała Berta. – Podobno nazywa się Amplus. – Pochyliła się niemal do ucha lekarza i wyszeptała: – Słyszałam, że pan sprzedaje to lekarstwo bogatym ludziom… Oni są potem więksi…

Doktor zerwał się.

– Kto pani naopowiadał takich bzdur!? – wrzasnął. – Nie ma żadnego lekarstwa na wzrost! Po prostu niektórzy ludzie są więksi, bo pochodzą z lepszych rodzin! Nie ma żadnego Amplusa! Nie istnieje!

Lekarz sapał ze złości. W końcu burknął:

– Niech pani daje tej niewyrośniętej smarkuli zwykłe witaminy. Jak pani chce, zrobię jej zastrzyk z witaminy C.

Olbrzymi doktor wstał i podszedł do szafy. Przerażona Ida zobaczyła, że wyciąga strzykawkę prawie tak wielką jak ona. Igła była rozmiaru rycerskiej włóczni.

Dziewczynka uciekła na brzeg stołu, ale był za wysoki, żeby z niego zeskoczyć.

– Nie uciekaj, niedorostku – mruknął wielkolud. – Tylko małe ukłucie i będzie po wszystkim.

Podniósł strzykawkę.

Ida krzyknęła błagalnie do Berty:

– Nie chcę zastrzyku!

Na szczęście Berta ją zasłoniła, mówiąc:

– Dziękuję za sztuczne witaminy... Będzie jeść owoce, to wystarczy... – Pochyliła się. – A tego leku na wzrost, tego Amplusa, na pewno pan nie...?

– Powiedziałem, że nie ma czegoś takiego! – ryknął lekarz. – Za gadanie takich bzdur będzie mieć pani kłopoty. Strażnicy się panią zajmą! – Rzucił na biurko kartkę. – Tu jest spis ćwiczeń dla tego karzełka. Niech pilnie ćwiczy! Bo inaczej wyląduje w ośrodku dla tych, co nie rosną!

Kiedy Berta z Idalią wróciły do domu, był tam Gustaw. Płyn lubienia oczywiście już nie działał, więc na widok Idy olbrzym krzyknął:

– Co ten niedorostek tu robi!? Czemu ona jest u nas?

Berta spojrzała na męża zdumiona.

– Gustawie! Przecież sam chciałeś, żeby u nas została.

– Co!? Ja chciałem, żeby została?

– Tak. Mówiłeś, że lubisz małe stworzenia i...

– Ja lubię małe stworzenia!!!? – ryknął wielkolud. – Nigdy tego nie mówiłem.

– Ależ mówiłeś to, Gustawie. Prawda, Mały, że to mówił…?

– Tak – potwierdził niepewnie chłopak.

– Ty się nie odzywaj! – krzyknął olbrzym. – Mali nie mają głosu. – Poczłapał do Berty. – Nie zgadzam się, żeby ona tu została. Trzeba ją oddać Strażnikom… Daj mi ją, zaraz ją odniosę.

– O nie, Gustawie! – zawołała oburzona Berta. – Nie pozwolę na to. Obiecałam jej, że u nas zostanie, i nie zmienię decyzji.

– Berto…

– Nie!

– Ale…

– Nie! Ona zostanie u nas! – krzyknęła Berta. Była naprawdę rozzłoszczona. – Zostanie tu! Słyszysz!!!?

Olbrzym niepewnie zerknął na żonę. Chyba trochę się jej bał.

– No dobrze, już dobrze… – mruknął. – Zgadzam się. Niech zostanie. – Aby nie wyglądało na to, że poddał się bez walki, dodał: – Tylko pamiętaj, ona musi urosnąć!

Zadowolona ze zwycięstwa Berta szybko przytaknęła.

– Oczywiście, Gustawie. Urośnie.

– Musi ćwiczyć i dużo jeść!

– Oczywiście, Gustawie. Będzie bardzo dużo jeść.

– No to daj mi wreszcie obiad.

W ten sposób Ida została w domu olbrzymów. Zyskała w miarę bezpieczne schronienie, żeby czekać na przybycie „ekipy ratunkowej". A co najważniejsze, była tam gdzie Alik. Mogli wspólnie planować ucieczkę.

Wieczorem Berta ustawiła w pokoju na strychu meble dla lalek. W szafie powiesiła kupione rzeczy (jedna sukienka nawet się Idzie podobała).

Kiedy dwoje małych położyło się do łóżek, Berta przyszła powiedzieć im dobranoc.

– Śpijcie dobrze. Ale pamiętaj, Mała. Od jutra będziesz ćwiczyć. Każdego wieczoru godzina gimnastyki rozciągającej. Dobranoc.

Olbrzymka wyszła. Kiedy jej kroki ucichły, Ida szepnęła do Alika:

– Trudna jest ta gimnastyka?

– Tak. Na przykład trzeba wisieć na drążku w ciężkich butach. Albo przez pół godziny ciągnąć wielką sprężynę.

– Po co?

– Żeby się wydłużyć i być trochę większym.

– Przecież my nigdy nie będziemy tacy duzi jak olbrzymy.

– Tu ćwiczą nawet największe olbrzymy, bo każdy chce być jeszcze większy.

– Bez sensu – mruknęła Ida. – Powiedz, czy poza nami są tu jakieś małe istoty?

– Ja nigdy takich nie spotkałem. Tutaj każdy musi być ogromny, bo inaczej nie dostanie pracy ani w ogóle nic. Wszyscy starają się być jak najwięksi. A jak dzieci rosną zbyt wolno, to je zamykają w takim domu dla niewyrośniętych.

– To okropne! – zawołała Ida.

– Nas też tam poślą, jak nie urośniemy – szepnął Alik.

– Na pewno nie, bo my stąd uciekniemy.

– Jak? Miałaś mi to powiedzieć.

Ida wyskoczyła z łóżka i podbiegła do Alika.

– Posłuchaj – szepnęła. – Moi przyjaciele przylecą tu z pomocą. Oni znajdą sposób, żeby nas stąd wydostać.

– Przylecą tu? Jak?

– No... Ułożą te puzzle i zostaną tu przeniesieni. Tak jak my.

Alik patrzył nieufnie. Wciąż nie mógł uwierzyć w istnienie magicznej drogi między światem zwykłych i ogromnych.

– Alik, czy ty wychodzisz czasem sam z domu? – spytała Ida.

– Rzadko. To jest niebezpieczne. Mogą cię napaść koty. Albo wielkie dzieciaki.

– Jutro będziemy musieli wyjść zrobić znaki na ulicy.

– Po co?

– Żeby „ekipa ratunkowa" zobaczyła, że jesteśmy w tym domu. Nie wiadomo, czy puzzle przeniosą ich w to samo miejsce co nas. Jeśli wylądują gdzie indziej, będą nas szukać. Musimy zrobić na ulicach strzałki kierujące tutaj...

– Cii... – szepnął Alik.

Rozległy się ciężkie kroki na schodach. Stuknęły drzwi. Zajrzała Berta.

– Mówiłam, że macie już spać – powiedziała surowo olbrzymka. – Koniec rozmów. Spać!

„Ekipa ratunkowa" jechała gigantycznym autem już od wielu godzin. Na szczęście szosa była zupełnie pusta. Tylko raz spotkali olbrzyma idącego poboczem, ale nie zwrócił na nich uwagi. Kierowanie wielkim samochodem było piekielnie męczące. Byli wykończeni.

– Może zrobimy postój i coś zjemy? – powiedział błagalnie Budyń.

– Zgadzam się – jęknął Blubek, który był najbardziej zmęczony.

– Dobra, zatrzymajmy się – zdecydował Kuki. – I tak dziś nie dotrzemy do miasta. Budyń, widzisz jakiś parking?

– Tak, szefie. Za chwilę skręćcie w prawo… Teraz!

Kuki i Gabi obrócili kierownicę.

– Stop! – zawołał Budyń. – Stop!!! Bo walniemy w drzewo!

Blubek nacisnął hamulec. Auto się zatrzymało.

Wyłączyli silnik i z ulgą wysiedli.

Byli na leśnym parkingu. Drzewa zasłaniały ich od strony drogi, więc jeśli jakiś olbrzym będzie jechać, to ich nie zauważy.

– Jest okej – powiedział Kuki. – Możemy tu przenocować.

– I zjeść coś pysznego! – zawołał Budyń. – Dawajcie to cudowne pudełko.

Gabi wyjęła śniadaniówkę i stukała w ikony na wieczku. Z pojemnika zaczęły wyskakiwać małe bułeczki, pyszne serki i marchewki. A także kiełbaski dla Budynia, a nawet mleko i soki w małych buteleczkach.

– Ida jest genialna! – wołał psiak, pochłaniając piątą kiełbaskę czosnkową.

– Chciałabym, żeby już była z nami – westchnęła Gabi. – Strasznie się o nią martwię. Jest całkiem sama w Świecie Ogromnych.

– Może znalazła Alika? – szepnął Kuki.

– Albo olbrzymy ją dopadły i gdzieś uwięziły. I nigdy jej nie znajdziemy.

Patrzyli ponuro w ciemność. Parking otaczały gigantyczne drzewa. Na niebie fruwały wielkie czarne nietoperze. Poczuli się bardzo mali w tym ogromnym świecie.

– Chodźmy spać – powiedział Kuki. – Jutro musimy wcześnie wyruszyć.

Następnego dnia w czasie śniadania Berta powiedziała do Idy i Alika:

– Zostaniecie sami w domu. Idziemy z Gustawem odwiedzić jego brata. On ma alergię na wszystko co małe, więc nie możemy was zabrać. W kuchni macie kanapki i ciasto. Obiad zjemy wieczorem.

Ida prawie krzyknęła z radości, kiedy to usłyszała. Będą z Alikiem cały dzień sami i mogą bez przeszkód narysować znaki!

– Tylko zachowujcie się porządnie – mruknął Gustaw. – Nie zniszczcie czegoś.

– I nie wychodźcie z domu – dodała Berta. – Ani kroku za drzwi!

Kiedy wielkoludy wyszły, Ida natychmiast zawołała:

– Alik, potrzebujemy pędzla i zielonej farby. Macie coś takiego?

– W piwnicy są różne narzędzia. Ale tam jest trochę niebezpiecznie.

– Co jest niebezpiecznego w piwnicy?

– Pająki. Są naprawdę duże.

– Trudno. Chodź!

Otworzyli wielkie drzwi i zaczęli schodzić po stromych schodach. Stopnie były wysokie, więc musieli sobie pomagać przy schodzeniu. Szli niemal w ciemnościach, bo nie mogli dosięgnąć do włącznika światła. Co jakiś czas ocierali się o pajęczyny grube jak sieci rybackie.

W końcu dotarli do piwnicy. Było tu jaśniej, bo przez okno wpadało trochę światła.

Na półkach leżały różne narzędzia: młoty, obcęgi i piły, wszystkie okropnie wielkie. W zardzewiałym pojemniku były gwoździe. Na podłodze stała jakaś olbrzymia maszyna.

– Wujek Gustaw kupił nową kosiarkę – powiedział Alik. – Mówił, żebym jej nie dotykał, bo jest bardzo droga.

– A gdzie są farby?

– Tam...

Alik pokazał na najwyższą półkę. Stały tam wielkie puszki. Obok leżało kilka pędzli.

– Jak my się tam dostaniemy?

– Ja wejdę – powiedział Alik. – Dobrze się wspinam. Tylko nie dam rady zejść z puszką.

– Po prostu ją zrzucisz.

– Pęknie!

– Coś ty. Puszki są twarde.

– No dobrze, spróbuję. Ale jak wujek Gustaw zobaczy, że ruszaliśmy jego rzeczy, to będzie zły.

Alik zaczął się wdrapywać na półkę. Choć był mały i chudy, wspinał się naprawdę szybko.

– Super się wspinasz! – zawołała Ida. – Jak himalaista.

Alikowi komplement sprawił przyjemność, ale starał się tego nie okazywać.

– Kto to jest himalaista? – spytał.

– Ktoś taki, kto chodzi po górach. Himalaje to u nas największe góry. Może tam pojedziesz, jak wrócimy na Ziemię.

Alik wszedł na najwyższą półkę. Najpierw złapał pędzel.

– Uważaj! – zawołał i rzucił go.

Ida odskoczyła, bo pędzel spadł na podłogę metr od niej.

– Mam go! – zawołała. – Teraz rzuć farbę. Tylko musi być zielona.

Alik zaczął oglądać wielkie puszki, które sięgały mu do ramion.

– Jest… Zieleń trawiasta. – Patrzył niepewnie na wielką puszkę. – Naprawdę chcesz, żebym to zrzucił?

– Nie ma innego wyjścia.

– No to się schowaj.

Ida kucnęła za pojemnikiem z gwoździami. Na wszelki wypadek zasłoniła oczy.

– Uwaga! Rzucam! – krzyknął Alik.

Coś załomotało, a potem rozległ się okropny huk.

Ida odsłoniła oczy.

– Rozwaliła się – jęknęła.

Na podłodze leżała zgnieciona puszka. Wieko odpadło, a farba się rozlała.

Alik zaczął błyskawicznie schodzić z półki. Zeskoczył na podłogę i patrzył przerażony. Wszystko było ochlapane zieloną farbą. Najbardziej nowa kosiarka.

– Co myśmy zrobili! – krzyknął rozpaczliwie. – Wujek Gustaw dostanie szału, jak to zobaczy. Będziemy ukarani!

– Może uda się to wytłu…

– To twoja wina! – przerwał jej Alik. – Ty mi kazałaś to zrobić!

– Poczekaj…

Chłopak nie słuchał. Wybiegł z piwnicy. Ida niepewnie patrzyła na rozlaną farbę. Zanim coś zdecydowała, rozległ się krzyk Alika:

– Ratunku! Na pomoc! Pająki!

Ida na sekundę zamarła. Okropnie bała się pająków! Ale zaraz złapała wielki pędzel i popędziła do wyjścia. Zobaczyła Alika, który stał w połowie schodów. Ledwo go było widać, bo spadła na niego ogromna pajęcza sieć. Nie mógł się poruszyć. Nad uwięzionym chłopakiem kołysało się kilka pająków wiszących na długich niciach. Miały rozmiar ziemskich kotów, a ich długie włochate nogi wyglądały przerażająco. Ida wspięła się na schody. Stanęła obok Alika i zaczęła wymachiwać pędzlem. Uderzyła najbliższego pająka, który zaczął uciekać w górę po swej nici.

Dziewczynka zaczęła rozdzierać sieć. Szło ciężko, bo sieć była lepka i mocna. Usłyszała szelest. Obejrzała się. Po schodach wspinały się pająki. Całe mnóstwo! A z góry, z ciemności, opadały następne, zjeżdżając po niciach jak komandosi. Jeden spadł Idzie na głowę, ale zepchnęła go.

– Uważaj, żeby cię nie ugryzły! – krzyknął Alik. – Bo wtedy się zasypia.

Ida zdzierała z chłopca ostatnie sznury pajęczej sieci. Jeszcze jeden i będzie wolny! Nagle zobaczyła pająka większego niż inne. Lazł po schodach w ich stronę. Wybałuszał wielkie oczy.

– Wynoś się! – zawołała Idalia.

Pająk się zatrzymał, ale tylko na chwilę. Znów ruszył w stronę dzieci. Dziewczynka cisnęła w niego wielkim pędzlem. Trafiła i pająk stoczył się po schodach.

Ida jednym szarpnięciem zerwała ostatni sznur. Alik był wolny.

– Uciekajmy!

Zaczęli szybko wspinać się po schodach. Na ostatnim stopniu Ida się potknęła i przewróciła. Omal nie stoczyła się w stronę pełznących za nimi pająków. Na szczęście Alik złapał ją za rękę. Wybiegli z piwnicy i zatrzasnęli drzwi.

Popędzili do jadalni i siedli na dywanie, dysząc ciężko.

– Dzięki – powiedział cicho Alik. – Jesteś odważna.

– Wcale nie. Bałam się tych pająków. One były naprawdę wielkie. – Ida wytarła o dywan dłonie, do których przylepiły się kawałki pajęczej sieci. – Przepraszam za ten głupi pomysł ze zrzucaniem farby – powiedziała. – Wiesz… Jak wujek Gustaw to zobaczy, powiemy, że farba spadła sama. Przecież mogła sama spaść! No nie?

– Mogła.

– Najgorzej, że teraz nie mamy czym malować znaków – westchnęła Ida.

– A może zrobimy je kredą?

– Masz zieloną kredę?

– W różnych kolorach. Poczekaj.

Alik pobiegł na strych. Po chwili wrócił, dźwigając wielkie pudełko z kredami.

Ida wyjęła zieloną kredę i dodatkowo białą.

– Chodź. Zaczynamy akcję!

– Szefie!!!

– Co, Budyń!? – zawołał Kuki.

– Widzę miasto!

Kuki i Gabi podciągnęli się na kierownicy i wysunęli głowy. Zobaczyli na horyzoncie ogromne budynki. Były daleko, ale przynajmniej mieli pewność, że jadą w dobrym kierunku. Że zbliżają się do Idalii!

– Naprzód! – zawołał radośnie psiak. – Gaz!

Auto skoczyło do przodu. Pędzili naprawdę szybko. Silnik wył i jęczał. Samochód podskakiwał na nierównościach. Jeśli w Świecie Ogromnych były ograniczenia prędkości, to z pewnością je przekraczali. Gnali tak przez pięć minut, kiedy usłyszeli jakiś pisk. Stawał się coraz głośniejszy. Zbliżał się. Po chwili zmienił się w głos syreny. IJU-IJU-IJU!

– Budyń, co to jest? Widzisz coś?

Psiak zerknął w lusterko.

– Jedzie za nami jakieś auto. Migają mu światła. To policja!

– Policja!?

– Tak. Chyba nas gonią!

– Blubek, gaz! Musimy uciec!

Blubek wcisnął pedał gazu do podłogi. Pędzili jak szaleni. Na szczęście droga była prosta.

Kukiemu zrobiło się głupio, że uciekają przed policją jak gangsterzy. Ale przecież to nie byli zwykli policjanci. To były olbrzymy! Jeśli ich dopadną, to nigdy nie powrócą na Ziemię.

– Szefie… Zbliżają się! Są szybsi od nas!

– Musimy się ukryć. Budyń, widzisz jakąś boczną drogę!?

– Tak! Jak powiem „teraz", skręcajcie w prawo! Uwaga… Teraz!

Gabi z Kukim obrócili kierownicę i zjechali z szosy. Samochód zaczął podskakiwać jak piłka. Widocznie droga, na którą wjechali, była dziurawa i wyboista. Była też pełna zakrętów, bo Budyń co chwilę się wydzierał:

– W lewo, w prawo!

Wycie syreny na chwilę ucichło. Już myśleli, że zgubili pogoń, ale po chwili znów usłyszeli sygnał. IJU-IJU-IJU! Patrol olbrzymów zauważył, że zjechali z szosy, i ruszył za nimi. Zbliżał się.

– Blubek! Szybciej! Bo nas dorwą! – krzyczał Kuki. – Gaz!

– Jest wciśnięty do dechy!

– Szefie! Rzeka! – wrzasnął Budyń. – Przed nami jest rzeka!

– A most jest?

– Nie ma.

– Przejedziemy przez tę rzekę?

– Chyba tak. Albo nie. Nie wiem!

– Dobra! Jedziemy! – krzyknął Kuki, który nic nie widział przed sobą.

Auto wjechało do rzeki. Chlusnęła woda, zalewając szyby. Silnik wył, koła mieliły błoto. Wjeżdżali coraz głębiej. Nagle auto się zatrzymało, a potem zaczęło się zanurzać.

– Toniemy! – jęknął Budyń.

Woda lała się do kabiny, sięgała już do okien. Myśleli, że to koniec. Że utoną.

Wtedy z trzaskiem otworzyły się drzwi. Coś złapało Gabi i Kukiego i wyciągnęło z kabiny. Wrzasnęli ze strachu, bo zobaczyli, że trzymają ich wielkie łapy olbrzyma. Miał na głowie czapkę z daszkiem. Podał złapanych drugiemu olbrzymowi. Potem wielkolud znów wszedł do rzeki i wyciągnął z auta Blubka. Na Budynia nikt nie zwracał uwagi, widocznie olbrzymy uznały, że to mysz albo robak.

Wsadziły pojmanych do czarnego samochodu z napisem STRAŻNICY DROGI. Dzieci nawet nie próbowały się bronić, bo i tak nie miały szans.

Zawyła syrena. Samochód Strażników ruszył. Kuki zdążył jeszcze zobaczyć, jak Budyń wyłazi na dach zatopionego auta. Psiak trzymał w zębach tornister.

Karton po ciastkach przesuwał się chodnikiem. Hop! Hop! Podskakiwał jak żywy.

Co chwilę się zatrzymywał. Wtedy wysuwała się spod niego mała ręka i rysowała na ulicy zieloną strzałkę. Potem karton ruszał dalej.

To Ida wpadła na pomysł, by iść pod kartonem. W ten sposób żaden olbrzym (ani kot) ich nie widział. Wycięli w dnie pudła otwory na nogi i maszerowali ukryci jak rycerze w zbroi. Co parę kroków rysowali strzałki. Starali się iść pod ścianami domów, żeby jakiś olbrzym przypadkiem ich nie rozdeptał. Na szczęście, kiedy wielkoludy się zbliżały, drżał chodnik, mieli więc czas, by się odsunąć.

Na razie nikt nie zwrócił uwagi na chodzący karton. Narysowali na kilku ulicach zielone strzałki kierujące do ich domu. Byli zmęczeni, bo w kartonie było okropnie duszno. Nagle usłyszeli jakiś trzask. Potem drugi, długi i huczący.

– Co to jest? – spytała zaniepokojona Idalia.

– Burza! Musimy uciekać, bo deszcz jest dla nas niebezpieczny.

– Niebezpieczny?

– Tu krople są tak wielkie, że mogą nam zrobić guza albo coś gorszego.

Wychylili się spod kartonu. Niebo zasnuły ciemne chmury. Zaczęły spadać pierwsze krople deszczu. Były tak duże, że ich uderzenia bolały.

Wielki oficer pochylił się nad dziećmi.

– Kim jesteście i skąd się tu wzięliście?

Kuki, Gabi i Blubek milczeli. Umówili się, że będą udawać niemowy.

Godzinę temu radiowóz przywiózł ich na posterunek Strażników Drogi. Był to wielki betonowy budynek stojący obok szosy. Strażnicy zanieśli dzieci do pokoju o zakratowanych oknach. Postawili je na metalowym stole.

Przyszedł olbrzym w grantowym mundurze z wielką złotą odznaką. Długo patrzył na trójkę małych istot, wybałuszając oczy za zdumienia. Wreszcie mruknął:

– Co to za dziwadła? Jeszcze czegoś takiego nie widziałem!

Potem zaczął pytać, kim są i skąd się wzięli w tonącym samochodzie. Kuki, Blubek i Gabi nie odpowiadali.

– Może oni nie potrafią mówić, panie kapitanie – powiedział jeden ze Strażników.

– Ale czemu są tacy obrzydliwie mali?

Oficer spojrzał groźnie na „maleństwa" i ryknął:

– Kim wy jesteście!? Mówcie!

Dzieci milczały.

– To chyba jakieś mutanty, panie kapitanie. Coś z nimi jest nie tak i nie rosną.

– Żeby tylko to nie było zaraźliwe – szepnął drugi Strażnik.

– Co ma być zaraźliwe? – burknął oficer.

– No to, że oni są tacy mali. To może być jakaś choroba. Kurczliwość złośliwa czy coś takiego. Jeszcze się zarazimy i też się zmniejszymy.

Oficer spojrzał niepewnie na dzieci i szybko się odsunął.

– Masz rację. Trzeba się ich stąd pozbyć. Zawiadomię główną komendę. Niech ich zabiorą na badanie. Na razie zamknijcie ich w celi. Tylko potem dokładnie umyjcie ręce.

Oficer wybiegł. Strażnicy założyli gumowe rękawice. Jeden złapał Blubka i wsadził do blaszanego wiadra. Drugi włożył tam Gabi i Kukiego. Olbrzymy wyszły, niosąc wiadro w wyciągniętych rękach, jak najdalej od siebie. Otworzyły celę na końcu korytarza. Postawiły wiadro na podłodze i błyskawicznie wybiegły, zatrzaskując drzwi. Popędziły do łazienki. Zdjęły rękawice i pod strumieniem wody starannie umyły wielkie łapy.

Dzieci ostrożnie wysunęły głowy z wiadra. Gabi zapytała:

– Kuki, co…

– Ciii… Gadajmy po cichu – szepnął Kuki. – Lepiej, żeby nie wiedzieli, że umiemy mówić.

– Te olbrzymy mają chyba kiepski słuch – powiedział Blubek. – Strasznie krzyczą.

– Po prostu są wielkie, więc głośno mówią.

– Co robimy? – spytała Gabi.

– Najpierw wyjdźmy z tego śmierdzącego wiadra.

Pomagając sobie wzajemnie, wyszli z pojemnika. Rozejrzeli się po wielkim pomieszczeniu. Podłoga i ściany celi były z betonu. Światło wpadało przez okratowane okno umieszczone wysoko pod sufitem.

– Jak myślicie, co oni z nami zrobią? – szepnął Blubek.

– Nie słyszałeś? – powiedziała Gabi. – Chcą nas wysłać na badania.

– Co to znaczy?

– A oglądałeś taki film *ET*?

– Nie.

– Tam złapali małego kosmitę i wzięli na badania. Chcieli go pociąć na kawałki, żeby sprawdzić, co ma w środku.

– I pocięli?

– Nie. Uratował go jeden chłopak.

– Ciekawe, kto nas uratuje.

– Jedyna nadzieja w Budyniu – szepnął Kuki. – Jak nas zabierali, to widziałem, że się wydostał z auta. Miał tornidron.

– Ale jakim cudem Budyń ma nas znaleźć?

– Nie wiem. Ale on jest spryciarzem. Jestem pewny, że jakoś nas z tego wyciągnie.

– Mam nadzieję – westchnęła Gabi. – Ciekawe, gdzie Budyń jest teraz...

Budyń był bardzo blisko. Unosił się w tornidronie nad posterunkiem.

Gdy aresztowano jego przyjaciół, natychmiast wskoczył do latającego tornistra i rozkazał mu lecieć za samochodem. Ale wiał silny wiatr i tornidron z trudem przebijał się przez wichurę. W efekcie Budyń przyleciał, kiedy dzieci wprowadzono już do posterunku.

Psiak krążył w tornidronie nad budynkiem, zastanawiając się, jak uwolnić przyjaciół. Na razie nic nie przychodziło mu do głowy. Nagle usłyszał grzmot. Spojrzał niespokojnie w niebo. Od północy nadciągały ciemne chmury. Niebo przecinały błyskawice. Wiatr stał się jeszcze gwałtowniejszy, miotając tornidronem. A potem zaczął padać deszcz. Woda lała się jak z prysznica.

Budyń musiał się schować w tornistrze, żeby olbrzymie krople go nie zmiażdżyły. Ale tornidron szybko wypełnił się wodą. Silnik jęczał z wysiłku, a po chwili się zatrzymał. Śmigło przestało się obracać. Tornidron spadł na wielkie drzewo rosnące przed posterunkiem. Paski zahaczyły o gałęzie i tornister zawisł na nich jak zepsuty latawiec.

– Naprzód! – krzyczał Budyń. – Leć!

Jednak zalany wodą silnik nie chciał się uruchomić. Tornidron kołysał się na gałęzi, kilkadziesiąt metrów nad ziemią! A Budyń nie potrafił zejść z drzewa. Przecież był psem, a nie wiewiórką!

Ida i Alik biegli ulicą, zasłaniając się przed deszczem kartonem. Woda płynęła ulicą wartkim strumieniem. Dzieci z trudem przechodziły przez wielkie kałuże. Dla nich były to jeziora, tak głębokie, że czasem musieli pływać, by się nie utopić. Przejechał ogromny samochód, rozbryzgując wodę. Alik i Ida upadli w błoto. Alik podniósł się z trudem i pomógł wstać Idzie. Byli niemiłosiernie umorusani.

– Schowajmy się tam! – zawołał Alik.

Wspięli się na schody jakiegoś sklepu. Usiedli na najwyższym stopniu. Woda płynęła poniżej nich, a daszek osłaniał od deszczu. Dom Berty i Gustawa był niedaleko, za rogiem, ale musieli przeczekać ulewę.

Ida patrzyła smętnie na ulicę. Deszcz zmył wszystkie znaki narysowane kredą. Cała ich praca poszła na marne. Nie było mowy, by namalować nowe, zanim ulice nie wyschną. Zresztą, uciekając, zgubili kredę.

Deszcz powoli przestawał padać. Niebo pojaśniało.

– Chodź – powiedział chłopiec. – Musimy wracać.

Wstali i ruszyli do domu, omijając wielkie kałuże. Przez dziurę w płocie weszli do ogrodu. W oknach domu świeciło się światło.

– Oni wrócili… – jęknął przestraszony Alik. – Będzie awantura, że wyszliśmy z domu.

– Wejdziemy po cichu – szepnęła Ida. – Może nie zauważyli, że nas nie ma.

Alik zarzucił lasso na klamkę. Otworzyli drzwi i weszli ostrożnie do korytarza. Szli na palcach. TRACH! Trzasnęły drzwi pokoju.

– Tu jesteście!

Odwrócili się. Za nimi stała Berta.

– Gdzie wyście byli, co? Mówiłam, że nie wolno wam wychodzić.

Ida i Alik milczeli.

Rozległ się łomot kroków i wybiegł Gustaw.

– A, są małe łobuzy!... Mówcie natychmiast, kto to zrobił? Kto oblał farbą moją nową kosiarkę? Kto ją zniszczył!? – wrzeszczał. – Taka droga kosiarka! Czy wy myślicie, że pieniądze spadają z nieba? No? Słucham!? Które z was to zrobiło?

Alik milczał, patrząc w podłogę. Był wystraszony. Ida powiedziała niepewnie:

– A może ta puszka zielonej farby sama spadła?

– Mam was, kłamczuchy! – ryknął Gustaw. – Skąd wiecie, że farba była zielona? Bo wy ją zrzuciliście, co!? Marsz do pokoju i będziecie stać w kącie do wieczora.

– Ależ, Gustawie... Oni są zmęczeni i głodni...

– Powiedziałem. A ty, Berto, nie broń tych niszczycieli. Do kąta i stać tam do wieczora.

Ida i Alik powlekli się do swojego pokoju. Wielki Gustaw poszedł z nimi, więc musieli posłusznie stanąć w kątach twarzami do ściany.

– I nie próbujcie oszukiwać. Będę sprawdzał, czy stoicie!

Mruknął jeszcze coś pod nosem i poszedł.

Ida natychmiast się odwróciła i usiadła na podłodze. Alik stał bez ruchu.

– Siadaj! – szepnęła Ida. – Przecież on nie widzi.

Ale chłopiec nawet nie drgnął, stał nadal w kącie.

– Wiesz, jak wrócimy na Ziemię, to nigdy nie będziesz stać w kącie. Tam nie dają dzieciom takich kar.

Alik milczał. Stał nieruchomo z twarzą przyciśniętą do ściany. Minęło pół godziny. Za oknami pociemniało i zapadł zmrok. Usłyszeli kroki. Ida szybko się zerwała i stanęła w kącie.

Weszła Berta. Przyniosła tacę z talerzami i kubkami parującej herbaty.

– No już starczy tego stania, biedactwa. Zjedzcie kolację, potem zaraz do łóżek. Przecież musicie być wyspani, bo jutro wstajecie wcześnie do szkoły.

– Jak to do szkoły!? – zawołała zdumiona Ida.

– A co myślisz? Będziesz chodzić do szkoły tak jak Mały. Jutro cię zapiszę do tej samej klasy. Więc wyśpij się porządnie. Dobranoc.

Olbrzymka postawiła tacę i wyszła. Słyszeli, jak sapiąc, schodzi po schodach. Kiedy jej kroki ucichły, Ida szepnęła do Alika:

– Ty naprawdę chodzisz do szkoły z olbrzymami?

– Tak. Muszę.

– Jak tam jest?

Chłopak spojrzał ponuro.

– Jest strasznie. Wszystkie dzieci są wielkie i muszę robić, co mi każą. Inaczej obrywam.

– Od kogo?

– Najbardziej od Giguna i jego bandy.

– Co to za Gigun?

– Najwyższy chłopak w szkole. Ma chyba siedem metrów. Zawsze jest najlepszy i wygrywa wszystkie zawody. Ale inni też są niebezpieczni. Na przykład taka dziewczyna, którą nazywają Szafa. Jest wielka i lubi mnie gnębić.

– Ja nie pozwolę, żeby mnie gnębili! – zawołała Ida.

– A co zrobisz? Przecież oni są więksi.

– Czemu nie powiesz nauczycielowi, że cię biją?

– Nauczyciele bronią dużych. Mali nie mają szans. A ja jestem najmniejszy – westchnął Alik. – Teraz ty będziesz. Musisz bardzo uważać.

Ida pomyślała, jak to fatalnie, że nie ma żadnej broni ani mocy magicznej. Zaraz by się powiększyła i sprała wszystkie olbrzymy. Nagle coś sobie przypomniała.

– Alik. Powiedz, co to jest Amplus?

– Skąd o nim wiesz? – zdziwił się Alik.

– Pani Berta pytała o to lekarza. Okropnie się zdenerwował.

– Amplus to specjalne lekarstwo – szepnął chłopak. – Kto je zażyje, rośnie od razu pół metra! Albo więcej. Ono jest straszliwie drogie i tajne. Tylko najbogatsi je dostają. Innym mówią, że Amplus nie istnieje. Ale ja jestem pewny, że on jest! Marzę, żeby kiedyś go znaleźć i stać się ogromnym!

– Nie będzie ci to potrzebne. Przecież na Ziemi nie ma olbrzymów. A my tam niedługo wrócimy, rozumiesz?

Alik zerknął na nią i nie odpowiedział.

Nad posterunkiem Strażników Drogi zapadł zmrok. Ponure niebieskie światło paliło się tylko w oknie celi. Budyń skulony w tornistrze obserwował budynek. Silnik w tornidronie wciąż nie chciał się uruchomić. Martwy i bezużyteczny pojazd wisiał na czubku drzewa. Budyń nie mógł nic zrobić. Jedynym pocieszeniem była śniadaniówka. Psiak nacisnął nosem symbol kiełbaski i po chwili chrupał swój przysmak. Ale przypomniał sobie, że jego szef pewnie głoduje w więziennym lochu. Więc zjadł tylko pół kiełbaski, zostawiając resztę dla Kukiego. O ile zdoła go jutro uwolnić.

Ida leżała w łóżku dla lalek. Nie mogła usnąć. Myślała o strasznej szkole, do której jutro miała pójść. O olbrzymich dzieciach, które będą ją gnębić. Myślała też o Gabi, Kukim i Blubku. I o Budyniu. Czy ją odnajdą? Czy w ogóle tu przybędą? A może zostawią ją tutaj na zawsze…

Spojrzała w okno, jakby liczyła, że zobaczy jakiś znak. Sygnał od przyjaciół. Ale za oknem panował mrok. Ida poczuła się okropnie samotna. Chciało jej się płakać, ale z całych sił się powstrzymywała. Wtuliła twarz w poduszkę. W końcu zasnęła. Śniło jej się, że błądzi w wielkim ciemnym pokoju i nie może odnaleźć drzwi.

– Pobudka! – Berta stała w drzwiach i wołała: – Wstawać, maluchy! Bo spóźnicie się do szkoły. Szybko!

Zaspana Idalia rozglądała się nieprzytomnie. Przez chwilę nie mogła się połapać, gdzie jest. Dopiero kiedy spojrzała na wielką Bertę, obudziła się na dobre.

– Szybko się ubierajcie i schodźcie na śniadanie – powiedziała olbrzymka.

W jadalni na stole stały dwie miski z płatkami, tak wielkie, że Ida mogłaby się w nich wykąpać. Obok talerze z klopsami rozmiaru piłki. I marchewki wielkie jak parasole. Na szczęście Berta była w kuchni zajęta szykowaniem kanapek do szkoły. Więc zjedli z Alikiem, ile potrafili, i resztę oddali ptakom.

Po śniadaniu Berta zawołała Idę.

– Mała! Mam dla ciebie niespodziankę!

– Niespodziankę? – Ida patrzyła niepewnie.

– Tak. Na pewno bardzo ci się spodoba.

Olbrzymka wyjęła z szafy wielkie pudło. Były w nim buty. Ale jakie! Miały metrowe koturny! Wyglądały jak nogi słonia.

– To buty dla ciebie, Mała – powiedziała Berta. – Wkładaj!

– Ja mam to włożyć? – jęknęła Ida. – Przecież te obcasy są za wysokie. Ja się zabiję, jak będę w tym chodzić.

– Nic ci się nie stanie. Mały ma takie same buty. Wkładaj.

– Nie chcę!

– To bardzo niegrzecznie, moja Mała – powiedziała surowo olbrzymka. – Wydałam dużo pieniędzy, żebyś była trochę większa, a ty marudzisz? Proszę to zaraz włożyć i żadnych dyskusji! Jak tu wrócę, macie być gotowi do wyjścia.

Olbrzymka poszła do kuchni.

Ida spojrzała na Alika.

– Ty naprawdę nosisz takie buty?

– Tak, na zajęciach WF-u. Wtedy wyglądam na większego i mniej się ze mnie śmieją.

Alik wyciągnął z szafy buciory na koturnach podobne do tych, jakie dostała Ida. Jego były chyba jeszcze wyższe.

– A jak się to zakłada? – spytała Ida.

– Pokażę ci.

Alik wziął rozpęd i wskoczył na buty. Wcisnął w nie stopy i zaczął chodzić po pokoju. Wyglądał dziwnie, ale poruszał się szybko.

Ida, tak jak Alik, dała susa i wskoczyła na swoje buciory.

Zawiązała grube sznurowadła i niepewnie zrobiła pierwszy krok. Potem drugi. Trzeciego już nie zrobiła, bo się potknęła i upadła.

– Próbuj jeszcze raz! – zawołał Alik.

Idalia spróbowała wstać, ale w butach na metrowym koturnie wstać trudniej niż w rolkach. Ida wymachiwała nogami jak wywrócony żółw. Mały chichotał.

– Nie śmiej się ze mnie! – krzyknęła Ida. – Pomóż mi wstać! Słyszysz?

Alik podał jej rękę i pomógł się podnieść. Rozzłoszczona dziewczynka postanowiła, że albo nauczy się chodzić w tych przeklętych butach, albo je wyrzuci. Choćby miała za karę stać sto dni w kącie.

Zaczęła chodzić po pokoju, stawiając wielkie kroki jak struś. Kilka razy się potknęła, ale utrzymała się na nogach. Po chwili obiegła pokój w tempie sprintera.

– Już umiem! – krzyknęła. – Jak chcesz, możemy się ścigać. Chcesz?

– Dobra! – zwołał Alik. – Dwa razy wkoło stołu. Meta w drzwiach!

– Start!

Zaczęli biegać dookoła stołu. Alik wyprzedził Idalię. Sadził większe kroki i prześcignął ją. Ale Ida była uparta. Przyspieszyła i zaczęła gonić chłopaka. Na drugim okrążeniu przemknęła po wewnętrznej jak wyścigowe ferrari i wyprzedziła Alika. Chłopak nie dawał za wygraną. Dogonił ją, ale Ida zręcznie zablokowała mu drogę i do mety dobiegła pierwsza.

– Wygrałam! – zawołała. – Jestem lepsza!

Zerknęła na Alika i zaraz przestała krzyczeć. Bo chłopak stał z opuszczoną głową i wyglądał, jakby miał się rozpłakać. Podeszła do niego.

– Co masz taką minę? Przecież to tylko zabawa. Alik, o co chodzi…?

– O nic…

– Powiedz.

– Ja zawsze przegrywam – szepnął chłopak. – Zawsze jestem najgorszy i najmniejszy. Zawsze!

Idzie zrobiło się go żal. Była zła, że wygrała te idiotyczne wyścigi.

– Wcale nie jesteś najgorszy – powiedziała. – Tak myślisz, bo tu są same olbrzymy. Ty nie jesteś od nich gorszy, tylko inny. Jak wrócimy do naszego świata, wcale nie będziesz najmniejszy.

– My nigdy tam nie wrócimy – powiedział ponuro chłopak. – Nie wierzę.

Zanim Ida odpowiedziała, weszła Berta.

– Jesteście gotowi? To bierzcie tornistry i idziemy do szkoły.

Tornistry miały rozmiar kubłów na śmieci. Były też okropnie ciężkie, bo w środku były wielkie zeszyty i książki. Na szczęście miały kółka, więc dało się je ciągnąć. Ale i tak Ida zatęskniła do swojego tornidrona. Pomyślała o Gabi i reszcie przyjaciół. Gdzie oni są teraz?

– Ktoś idzie – szepnęła Gabi.

Za drzwiami celi słychać było kroki. Trzasnęły zamki i drzwi się otworzyły. Wszedł olbrzymi Strażnik. Trzymał klatkę, w jakiej przewozi się małe zwierzęta. Na dłoniach miał gumowe rękawice.

– Pojedziecie do głównej komendy w mieście – mruknął. – Już tam zbadają, co z was za ptaszki.

Olbrzym włożył do klatki Kukiego, potem Gabi i Blubka. Zamknął drzwiczki, przesunął zasuwkę i ruszył do wyjścia. Klatkę trzymał jak najdalej od siebie. Widocznie wciąż się bał, że jak dotknie małych, to się skurczy.

Przed posterunkiem stał samochód, ten sam, którym tu przyjechali. Strażnik położył klatkę na tylnej kanapie i zatrzasnął drzwi. Drugi Strażnik siadł za kierownicą.

– No to koniec... – jęknął Blubek.

– Ciii... – Kuki zasłonił mu usta. – Bo się dowiedzą, że umiemy mówić.

– I co z tego? Budyń nas teraz nie odnajdzie. Te olbrzymy nas potną na kawałki i...

– Cicho...

Warknął silnik i samochód ruszył. Podskakiwał na wybojach, więc dzieci musiały z całej siły trzymać się prętów klatki. W końcu wyjechali na szosę i ruszyli na północ, w stronę miasta.

Na drzewie obok posterunku wisiał żółty tornister. Budyń patrzył z rozpaczą, jak samochód z jego przyjaciółmi odjeżdża. Zawołał błagalnie:

– Leć za nimi!

Tornidron nawet nie drgnął.

– Rusz się! Leć za nimi. Proszę!

Wtedy coś zawarczało. Śmigło się poruszyło, zaczęło się obracać. Najpierw powoli, potem coraz szybciej! Tornidron szarpnął się, zakołysał, a potem zerwał się z drzewa jak ptak.

– Udało się! – krzyczał Budyń.

Zobaczył samochód Strażników znikający za drzewami.

– Szybko! Za nimi! – zawołał psiak. – Szybciej!

Berta, Alik i Idalia weszli do ogromnego budynku szkoły. Zatrzymali się w wielkim holu.

– Zostańcie tu – powiedziała Berta. – Muszę porozmawiać z dyrektorem.

Weszła za wysokie czarne drzwi.

Ida rozglądała się niepewnie. W holu biegały setki olbrzymich dzieci. Nawet najmniejsze miały cztery metry wzrostu. A większość była dużo wyższa. Dziewczynka przypomniała sobie, jak nie chciała iść do ziemskiej szkoły. A teraz do niej zatęskniła. Tam wszyscy mieli normalny rozmiar i nie zachowywali się tak okropnie.

Olbrzymie dzieci goniły się, wrzeszczały i biły. Panował taki hałas, że Ida i Alik musieli zatkać uszy. Nagle wszystkie olbrzymy się zatrzymały i odsunęły z szacunkiem.

Do holu wszedł chłopak większy od innych. Miał chyba siedem metrów wzrostu albo więcej. Za nim szła dziewczyna, prawie tak samo duża, a na dodatek bardzo szeroka w ramionach.

– Uważaj – szepnął Alik. – To Gigun i Szafa. Nie patrz na nich. Stój bez ruchu. Może nas nie zauważą.

ŁUP! ŁUP! Podłoga drżała, kiedy para gigantycznych dzieci przechodziła obok nich.

Ida patrzyła pod nogi, jak kazał jej Alik. Nagle łomot kroków ustał. A potem donośny głos zahuczał:

– A co to jest?

Ida spojrzała w górę. Gigun i Szafa stali nad nimi.

– Ej... Mały! Głuchy jesteś!? – ryknął olbrzym zwany Gigunem. – Zapytałem, co to jest! To coś obok ciebie.

Ida zerknęła na Alika. Chłopiec drżał ze strachu. W końcu wyjąkał:

– To... To jest...

– Gadaj głośniej!

– To jest... Mała. Będzie chodzić do naszej klasy.

– Co!? – wrzasnął Gigun. – Ma do nas chodzić następny kurdupel? – Odwrócił się do wielkiej dziewczyny. – Szafa! Słyszałaś? Ten robal będzie twoją koleżanką.

Olbrzymka gapiła się na Idę.

– Stracimy przez nią punkty za wzrost – mruknęła. Miała ochrypły głos. Pochyliła się nad Idą. – Nie chcemy ciebie tutaj. Wypad, karzełku.

Ida stała bez ruchu. Nie odzywała się.

– A może ją trochę powiększyć? – mruknęła Szafa. – Co myślisz, Gigun? Jakbym złapała za te chude nóżki, a ty za ręce, to może udałoby się ją rozciągnąć.

– Możemy spróbować – zarechotał Gigun.

Szafa wyciągnęła łapę.

– Zostaw mnie! – krzyknęła Ida.

– O, robal umie mówić.

Szafa złapała dwoma paluchami dłoń dziewczynki.

Ida ją udrapała jak rozzłoszczony kociak.

– Ała! – wrzasnęła Szafa. – Podrapała mnie! Jeszcze zakażenia dostanę! Gigun! Trzeba ją nauczyć szacunku! Spuść łomot temu robalowi!

– Czekaj. – Gigun spojrzał na Alika i mruknął: – Ty ją tu przyprowadziłeś? Mieszka w waszym domu?

– Tak... – szepnął Alik.

– Przez was stracimy punkty za średnią wzrostu – syknął Gigun. Wypluł na rękę gumę do żucia. Była to klejąca się buła rozmiaru ziemskiego arbuza. Pochylił się i podał ją Alikowi. – Przyklej jej to do głowy. Będzie trochę wyższa. No już!

Alik chwycił gumę. Patrzył niepewnie.

– Rób, co ci każę! – wrzasnął Gigun. – Przyklej jej to do głowy! Dalej!

Ida spojrzała na Alika. Chłopak trzymał w ręku wielką bryłę gumy i drżał ze strachu.

– Nie słyszysz, co ci rozkazałem!? – ryknął olbrzym. – Przyklejaj. Na czubek głowy!

Szafa rechotała. Gigun patrzył groźnie.

Alik odwrócił się w stronę Idy. Zaczął unosić ręce z gumą do żucia.

– Alik... Nie rób tego! – szepnęła Ida.

– No dalej! – wrzasnął Gigun. – Przyklej jej to do głowy! Już!

W tej chwili stuknęły drzwi. Wyszła Berta, a za nią jakiś olbrzym w czarnej marynarce. Gigun szybko się odsunął. Olbrzym uśmiechnął się do niego.

– Dzień dobry, chłopcze! – powiedział. – Wszystkiego dobrego z okazji urodzin!

– Dziękuję, panie dyrektorze – burknął Gigun.

Olbrzym uśmiechał się do niego promiennie.

– A co słychać u taty?

– Wszystko gra.

– To świetnie. Pozdrów go ode mnie.

Gigun mruknął coś i razem z Szafą szybko odeszli. Olbrzymi dyrektor spojrzał na Idę, ledwo sięgającą mu do kolan. Zmarszczył się z wyraźnym obrzydzeniem.

– Strasznie jest mała – westchnął. – Ale dobrze, pani Berto. Zrobię to dla pani i przyjmę ją do szkoły. Choć to naprawdę wielkie poświęcenie.

Dyrektor zerknął na Alika i mruknął groźnie:

– A ty co trzymasz? W szkole nie wolno żuć gumy!

Berta szybko się pochyliła, wyrwała z ręki chłopca gumę i wyrzuciła do kosza.

– Mały, zaprowadź ją do klasy.

– Oto nasza nowa uczennica – powiedział wielki chudy nauczyciel, wskazując Idę.

W sali rozległo się buczenie i tupanie. Dwadzieścioro olbrzymich dzieci wyrażało swoje niezadowolenie. Najgłośniej tupali Szafa i Gigun.

Idalia stała obok butów nauczyciela, patrząc niepewnie. Uczniowie w tej klasie byli naprawdę wielcy. Najwyżsi byli Gigun i Szafa, ale reszta też była ogromna

Buczenie i tupanie nie ustawało.

– Buuuu! Nie chcemy jej!

– Rozumiem wasze niezadowolenie – powiedział nauczyciel. – Wolelibyście, żeby nowa koleżanka miała normalne rozmiary. Ale trudno. – Spojrzał w dół na Idę i burknął: – Idź na miejsce. Tam!

Dziewczynka ruszyła do krzesła, na którym siedział Alik. Była do niego przystawiona drabina. Ida wspięła się po niej. Usiadła na skrzynce, która podwyższała jej i Alika siedzenie. Rozejrzała się niepewnie. Pod oknem stały terraria i klatki, a w nich różne wielkie zwierzęta. Największy był szczur.

Idalia czuła się okropnie. Olbrzymie dzieci gapiły się na nią wrogo, niektóre marszczyły nosy, udając, że „nowa" śmierdzi. Nagle Ida poczuła uderzenie. Trafiła w nią kula papieru. Była tak wielka, że Ida omal nie spadła z krzesła. Po chwili oberwała następną kulą.

– Oni rzucają we mnie! – zawołała Ida do nauczyciela.

Olbrzym mruknął:

– Nie odzywaj się bez pytania. Możesz mówić, kiedy ci pozwolę.

– Ale oni…

– Powiedziałem ci, nie odzywaj się.

Nauczyciel ruszył do biurka. Wyjął z szuflady coś zapakowanego w błyszczący papier.

– Zanim zaczniemy lekcję, będzie mała uroczystość. Jak wiecie, nasz najlepszy uczeń ma dziś urodziny. – Podszedł do Giguna. – To prezent dla ciebie od naszej klasy.

Wręczył Gigunowi paczkę. Wszyscy zaczęli klaskać.

Olbrzymi chłopak nie powiedział „dziękuję". Zdarł ozdobny papier. W paczce były karabin na wodę i wielki karton. Gigun go otworzył i wyjął czerwony samochód, piękny sportowy kabriolet. Miał błyszczące zderzaki i prawdziwe światła. Auto miało rozmiar małego ziemskiego samochodu, ale dla olbrzymiego dziecka było oczywiście zwykłą zabawką. Gigun z głupią miną nacisnął kilka razy klakson, który przeraźliwie zatrąbił. Inni uczniowie przyglądali się zazdrośnie.

– I co, podobają ci się prezenty? – spytał nauczyciel.

– Mogą być – mruknął Gigun. – Wieczorem dostanę dziesięć razy lepsze.

– Oczywiście. Mam nadzieję, że zaprosiłeś na urodziny całą klasę.

– Tylko największych. Kurdupli nie zapraszam.

– Jasne. Życzę ci miłej zabawy.

Nauczyciel otworzył podręcznik.

– Zaczynamy lekcję. Dziś będziemy się uczyć o gatunkach zwierząt. Kto wie, jak się dzielą zwierzęta? – spytał.

Zgłosiła się Szafa.

– Zwierzęta dzielą się na duże i małe. Duże są dobre, a małe obrzydliwe.

– A czy możesz podać przykłady?

– Duże to słoń albo byk. A małe to na przykład te dwa robale, co siedzą w pierwszym rzędzie.

Wszyscy zarechotali, patrząc na Idę i Alika. Nauczyciel też się roześmiał.

Idalia powiedziała spokojnie:

– Byk to nie jest gatunek zwierząt.

– A co to jest!? – wrzasnęła Szafa.

Zanim Ida odpowiedziała, nauczyciel krzyknął do niej:

– Mówiłem ci, że masz się nie odzywać bez pytania! Dostajesz pięć punktów karnych.

Wielkolud podszedł do czarnej tablicy i coś tam zapisał. Uczniowie znów buczeli i tupali.

Ida odwróciła się do Alika i powiedziała dosyć głośno:

– Wiesz, wydaje mi się, że ta szkoła jest bez sensu.

Alik zerknął na nią i szybko odwrócił głowę.

Tornidron leciał nad samochodem Strażników, ale Budyń nie miał pojęcia, jak uwolnić przyjaciół. Auto jechało bardzo szybko, a w środku siedziały dwa olbrzymy. Nie było szansy na skuteczną akcję.

Ale wreszcie pojawiła się okazja. Samochód Strażników zwolnił i zjechał na stację benzynową. Zatrzymał się obok wielkiego dystrybutora.

Budyń szepnął:

– W lewo! I ląduj!

Tornidron skręcił na stację i wylądował za dystrybutorem paliwa. Psiak wyskoczył i ostrożnie wyjrzał.

Wielki samochód Strażników stał kilka metrów od niego. Jeden z olbrzymów wysiadł i zaczął tankować paliwo. Budyń wysunął się ostrożnie, wypatrując przyjaciół w samochodzie, ale stąd nie było ich widać.

Olbrzym skończył wlewać paliwo i poszedł do budynku zapłacić. Drugi został w samochodzie. Pies zobaczył, że okno obok kierowcy jest otwarte, i wtedy wpadł na pomysł. Genialny pomysł!

Szarpnął zębami klapę tornistra i wyciągnął śniadaniówkę. Nacisnął nosem obrazek pomidora. Przytrzymał go długo. Ze śniadaniówki zaczął wychodzić pomidorowy sos. Wtedy Budyń złapał pojemnik w zęby i wykonał zamach. FRUU! Pudełko poleciało jak bojowy granat i przez okno wpadło do samochodu. Rozległ się krzyk. Po sekundzie z auta wyskoczył olbrzymi Strażnik, mundur miał ubrudzony ketchupem. Patrzył zdumiony na samochód, z którego wszystkimi szparami wyłaził sos pomidorowy. Ogłupiały wielkolud gapił się, nie wiedząc, co robić. W końcu popędził do budynku, chyba wezwać na pomoc kolegę. Na szczęście zostawił otwarte drzwi. Budyń natychmiast dał susa do auta. Prawie się utopił w ketchupie, bo sos wypełniał wnętrze. Kundelek otarł pyszczek i przelazł na tylne siedzenie. Zobaczył klatkę, a w niej Kukiego, Gabi i Blubka.

– Szefie! Jestem! – zawołał.

Dzieci rzuciły się do prętów klatki.

– Budyń!!! Wypuść nas! – zawołał Kuki.

– Już się robi!

Pies szarpnął zasuwkę i drzwi klatki się otworzyły. Trójka przyjaciół natychmiast wybiegła.

– Budyń! Skąd się tu wziąłeś!?

– Szefie, potem pogadamy. Zwiewajmy, bo ten gigant zaraz wróci.

Kuki, Gabi i Blubek wyskoczyli z samochodu. Budyń został w środku.

Kuki zobaczył, że Strażnicy wybiegają z budynku stacji.

– Budyń, oni wracają! – wrzasnął Kuki. – Wyłaź! Szybko!

Psiak wyskoczył z samochodu.

– Uż estem, efie! – zawołał nieco niewyraźnie, bo w zębach trzymał śniadaniówkę. Podał ją Kukiemu. – Przecież nie mogłem zostawić im tego cudownego pudełeczka!

W tej chwili rozległ się krzyk:

– Oni uciekają! Uciekają!

Olbrzymy pędziły w ich stronę.

Kuki chwycił tornidrona i cała czwórka rzuciła się do ucieczki. Pobiegli za budynek stacji benzynowej. Był tu bar, kilka metalowych stołów i parasole. Wszędzie wisiały wielkie balony reklamowe z napisem JEDZ BIGBAGI.

Ukryli się pod stołem. Po chwili załomotały kroki i przybiegli dwaj Strażnicy. Jeden minął bar i pobiegł dalej. Ale drugi olbrzym się zatrzymał i czujnie nadsłuchiwał. Potem zaczął zaglądać pod stoły i krzesła.

– Zaraz nas znajdzie – jęknęła Gabi.

– Kuki! Lustro! – szepnął Blubek.

– Co?

– Lustro obronne! Wyjmij je!

Kuki zaczął szarpać klapę tornistra, żeby dostać się do lustra. Zatrzask się zaciął i nie chciał się otworzyć.

W tej chwili Strażnik zauważył dzieci.

– Tu jesteście! – Odwrócił się i wrzasnął do kolegi: – Mam ich!

Przybiegł drugi z olbrzymów. Obaj przykucnęli i wysunęli wielkie łapy w stronę dzieci.

– Mamy was, ptaszki!

Kuki otworzył wreszcie tornister. Błyskawicznie wyszarpnął lustro i obrócił w stronę Strażników. Odbicia olbrzymów pojawiły się w zwierciadle.

Strażnicy zastygli z wyciągniętymi rękoma. Rozcapierzone paluchy znieruchomiały nad głowami dzieci. A potem stała się rzecz niesamowita. Olbrzymy jednocześnie się zerwały i każdy zaczął sam siebie okładać wielkimi pięściami! TRACH! TRACH! ŁUP! Uderzali samych siebie wielkimi łapami, aż unosił się kurz.

Kuki wysunął ręce z lustrem. Odbicia olbrzymów migotały w zwierciadle.

Wielkoludy na chwilę zastygły. A potem ryknęły:

– Złapię cię!

Każdy wyszarpnął zza pasa wielkie kajdanki i założył je... na własne ręce. TRACH! TRACH! Kajdany się zatrzasnęły na łapach olbrzymów.

Strażnicy aresztowali samych siebie!

Stali ogłupiali, gapiąc się na swoje skrępowane ręce. Dzieci też na chwilę zamarły, patrząc ze zdumieniem na unieruchomionych przeciwników. Wreszcie Kuki oprzytomniał:

– Wiejemy, bo czar zaraz minie!

Schował lustro i cała czwórka rzuciła się do ucieczki.

Gabi jeszcze się obejrzała i zobaczyła, jak olbrzymy próbują uwolnić swoje ręce.

Dzieci uciekły za narożnik stacji benzynowej i nie bardzo wiedziały, co dalej zrobić. Budynek stał przy autostradzie, dookoła były puste kamieniste pola. Nie mieli gdzie się ukryć. Budyń mógł odlecieć tornidronem, ale oczywiście nie zamierzał tego zrobić. Przecież nie mógł zostawić przyjaciół.

Nagle Gabi zawołała:

– Polecimy balonem! Chodźcie!

Pociągnęła przyjaciół do kołyszącego się obok budynku balonu reklamowego. Miał chyba pięć metrów i napis JEDZ BIGBAGI. Był przymocowany do betonowej podstawy grubym sznurem.

– Budyń! Przegryziesz tę linę?

– Jasne!

Psiak rzucił się do sznura i zaczął gryźć. Lina była napięta, co ułatwiało zadanie.

– Idą tu! – wrzasnął Blubek.

Zza narożnika wyszli Strażnicy. Ręce mieli już wolne. Kuki natychmiast wyjął lustro, ale olbrzymy założyły przeciwsłoneczne okulary.

– Uwaga! – pisnął Budyń, który przegryzł sznur niemal do końca. – Łapcie linę, bo go nie utrzymam!

Blubek, Kuki i Gabi złapali sznur. FRUUU! Balon poleciał w górę. Budyń trzymał sznur zębami, bujając się jak ogon latawca. Kuki chwycił psiaka i schował do kaptura bluzy. Unieśli się na wysokość stu metrów i porwani wiatrem pofrunęli nad polami.

W szkole trwała duża przerwa. Olbrzymi uczniowie biegali po korytarzu i wrzeszczeli. Niektórzy rzucali papierowymi kulami albo się bili. Ida i Alik stali pod ścianą, starając się nie wchodzić wielkoludom w drogę.

– Alik... – szepnęła Ida.

– Nie mów tak do mnie – mruknął chłopak. – Powiedziałem ci, że ja nie mam imienia! Mów do mnie Mały, rozumiesz?

– Nie będę tak mówić! Ty masz imię! Alik!

– Cicho! Przestań! Bo jeszcze ktoś usłyszy.

– I co z tego!? – zawołała Idalia. – Nie możesz się tak wszystkiego bać.

Chłopiec spojrzał na nią ze złością.

– A co? Chcesz się bić z tymi olbrzymami? No to dalej. Idź!

– Nie o to chodzi. Jak oni widzą, że się trzęsiesz, to będą cię gnębić. Ich to bawi, że się boisz. Rozumiesz?

Alik nie odpowiedział. Odwrócił się plecami do Idy.

W tej chwili rozległ się donośny głos Giguna:

– Odsunąć się! Wszyscy na bok!

Olbrzym szedł korytarzem z czerwonym samochodem w ręku. Wszyscy posłusznie się odsuwali.

Gigun postawił auto na podłodze. Nacisnął włącznik i samochód zaczął pędzić przez korytarz. Nie miał zdalnego sterowania, ale po drugiej stronie złapała go Szafa, odwróciła i puściła w stronę Giguna. Auto jeździło bardzo prędko. Inne dzieci patrzyły z zazdrością.

Szafa puściła samochód krzywo, uderzył w ścianę i wywrócił się. Gigun go podniósł i uważnie obejrzał. Była rysa na zderzaku. Olbrzym mruknął coś niezadowolony i podszedł do Alika. Postawił przed nimi auto.

– Karaluch, właź tam! – zawołał. – Będziesz nim kierować. No właź!

Alik bez słowa wszedł do zabawki. Była akurat na jego rozmiar. Usiadł i chwycił kierownicę. Patrzył niepewnie na Giguna.

– Pamiętaj, jak je rozwalisz, to dostaniesz bęcki!

Olbrzym nacisnął włącznik. Auto pomknęło przez korytarz. Przerażony Alik ściskał kierownicę, starając się jechać prosto, ale zabawką nie było łatwo kierować. Parę razy ledwo uniknął zderzenia ze ścianą. Olbrzymie dzieci wrzeszczały z radości.

– Zawracaj! – krzyknął Gigun.

Alik z trudem przekręcił kierownicę i popędził w stronę olbrzyma.

Nagle ktoś otworzył drzwi klasy. Żeby uniknąć zderzenia, Alik gwałtownie skręcił. Auto zawirowało. TRACH! Uderzyło w ścianę. Alik wypadł i potoczył się po podłodze.

Idalia pobiegła i uklękła obok chłopca.

– Nic ci nie jest...?

– Nie... Nic mi się nie stało...

Chłopak z trudem podniósł się z podłogi.

– Krew ci leci z nosa. Wytrzyj...

Ida podała Alikowi chusteczkę. Chłopiec próbował zatamować krew.

– Na pewno nic cię nie boli?

– Nie.

– Może przyniosę ci wody? – spytała Ida. – Chcesz?

– Dziękuję. Nie…

Podeszli Gigun i Szafa. Gigun oglądał swój samochód, który miał wgniecione drzwi.

– Ty karaluchu! – wrzasnął do Alika. – Miałeś uważać. Rozwaliłeś mi auto.

– To nie moja wina.

– Twoja. To auto kosztuje dużo forsy. Będziesz musiał mi zapłacić. Stówę!

– Ja nie mam pieniędzy.

– To się postaraj.

Pochylił się i chciał złapać chłopca, ale Ida go zasłoniła.

– Zostaw go! – krzyknęła. – Alik przez ciebie mógł się zabić!

– Co ten robak gada? – zapytał zaskoczony Gigun. Chyba pierwszy raz ktoś się odważył na niego krzyknąć.

Podeszła Szafa.

– Słyszałeś, Gigun? Ona powiedziała o nim Alik.

Olbrzym spojrzał na Idę.

– Nie wiesz, że on nie ma imienia? – warknął. – Nie możesz tak mówić.

– Mogę mówić, co chcę! – krzyknęła Idalia.

– Zaraz zobaczymy. – Gigun chwycił podręcznik do matematyki leżący na parapecie. Zawiesił dłoń z książką nad Idą. – Chyba mi to zaraz wypadnie z ręki – zarechotał.

Dziewczynka spojrzała na gigantyczną księgę kołyszącą się nad jej głową. Ważyła chyba dziesięć kilo. „Jak to rzuci, to rozgniecie mi głowę!" – pomyślała.

Na szczęście w tej chwili zabrzmiał dzwonek. Z klasy wyszedł nauczyciel.

– Zbiórka! – zawołał. – Zajęcia z WF-u! Idziemy do sali gimnastycznej! Tempo!

Sala gimnastyczna była ogromna. Miała rozmiar ziemskiego stadionu.

Uczniowie i uczennice przebrali się w stroje sportowe. Teraz wyglądali na jeszcze większych. Mieli potężne nogi i muskularne ramiona. Ida i Alik założyli buty na wielkich koturnach, ale i tak byli pięć razy mniejsi od reszty.

89

Rozległ się przeraźliwy gwizdek.

– Zbiórka w dwuszeregu! – ryknął nauczyciel. – Zrobimy wyścigi. Podzielcie się na dwie drużyny. Kapitanowie wybierają zawodników.

Kapitanami byli Gigun i Szafa. Kolejno wskazywali, kogo chcą w swojej drużynie. Idy i Alika oczywiście nikt nie chciał. Jako jedyni nie zostali wybrani. Stali samotnie na środku sali.

– Ich też musicie wybrać – polecił nauczyciel.

– To ja biorę tego małego karalucha! – zawołała Szafa.

– Dobra… Ty chodź do mnie – mruknął Gigun, wskazując Idę.

Wyścig był sztafetą. Każdy zawodnik musiał obiec salę i klepnąć kolejnego, który startował wtedy do biegu. Drużyna Szafy nazywała się Tytani, a ekipa Giguna Kolosy. Ida i Alik biegli w ostatniej parze, oczywiście w przeciwnych drużynach.

Nauczyciel stanął na białej linii i krzyknął:

– Start!

Pierwsze pobiegły dwie olbrzymie dziewczyny. Podłoga łomotała pod ich stopami. Wszyscy ryczeli:

– Dawaj! Tempo! Gaz! Ty-ta-ni! Ko-lo-sy!

Wygrała olbrzymka z drużyny Szafy. Klepnęła kolejnego wielkoluda, który błyskawicznie wystartował. W drużynie Kolosów biegł olbrzymi chłopak, prawie tak wysoki jak Gigun. Dogonił przeciwnika, odepchnął go i dobiegł do mety pierwszy. Rozległy się wrzaski Tytanów: „Faul!”, ale nauczyciel nie reagował. Pobiegli kolejni zawodnicy. Utrzymywał się mniej więcej remis, raz pierwszy przybiegał Tytan, raz ktoś z drużyny Kolosów. W przedostatniej parze biegli kapitanowie. Wystartowali niemal jednocześnie. Gigun natychmiast wyprzedził Szafę. Gnał tak szybko, że na ostatnim zakręcie miał sto metrów przewagi. Niestety wszedł w zakręt za prędko, poślizgnął się i wywrócił. ŁUP! Padł na podłogę, aż sala zadrżała. Zanim się podniósł, Szafa go dogoniła. Gigun próbował ją złapać za nogę, ale olbrzymka go przeskoczyła i popędziła do mety. Gigun się zerwał i pognał za nią.

Szafa minęła metę pierwsza. Klepnęła Alika, rycząc:

– Leć, karaluchu!

Alik pobiegł.

Gigun wpadł na metę i uderzył Idę tak, że przeleciała kilka metrów w powietrzu.

– Goń go! – wrzeszczał. – Musisz go dorwać!

Ida pobiegła za Alikiem. Na chwilę zapomniała, że jest w szkole olbrzymów. Lubiła biegać i lubiła wygrywać, więc po prostu pędziła najszybciej jak umiała. Dogoniła Alika na drugim zakręcie. Biegli obok siebie. Kibice krzyczeli przeraźliwie. Ida próbowała wyprzedzić Alika, ale ten się nie dawał. Nagle na ostatniej prostej coś trzasnęło i Alik się przewrócił. Ida się obejrzała i zobaczyła, że chłopak leży bezradnie na podłodze. Odpadł koturn z jego lewego buta.

Rozwścieczona Szafa wydzierała się:

– Karaluch! Wstawaj! Leć!

Chłopak ściągnął buty i zaczął biec na bosaka. Był teraz niższy o metr od Idy, nie miał szans jej dogonić.

Dziewczynka była już blisko mety, ale nagle się zatrzymała. Gigun zaryczał:

– Co robisz!?

Ida spokojnie wyjęła stopy z butów i zeskoczyła na podłogę. Teraz oboje z Alikiem byli równego wzrostu. Chłopiec ją dogonił. Ida pozwoliła się wyprzedzić. Potem pobiegła za chłopcem, ale trzymała się krok za nim. Alik wpadł na metę pierwszy, a Ida druga.

Nauczyciel wrzasnął:

– Wygrała drużyna Tytanów!

Szafa i jej drużyna ryczeli z radości. Nawet zaczęli podrzucać w górę Alika, który fruwał pod sufit jak piłka.

Zawodnicy z ekipy Giguna gwizdali i buczeli przeraźliwie. Rozległ się dzwonek. Nauczyciel zawołał:

– Koniec lekcji! Idźcie się przebrać.

Wszyscy ruszyli do szatni.

Alik chwycił Idę za rękę. Nic nie powiedział, tylko długo na nią patrzył. W końcu szepnął:

– Chodź. Musimy się trzymać razem, bo chyba będą problemy.

W szatni spróbowali naprawić but Alika. W tym czasie większość uczniów wyszła i szatnia opustoszała. Nagle usłyszeli szelest. Podnieśli głowy.

Przed nimi stali Gigun i Szafa. Widocznie już się pogodzili, bo przyszli razem.

– Naprawdę mnie wkurzacie – mruknął olbrzym. – Chyba zasługujecie na lanie...

– Zostaw nas w spokoju – powiedziała Idalia.

Wtedy Gigun nagle się pochylił i złapał małych za ramiona. Zrobił to tak szybko, że nie zdążyli uciec. Trzymał Idę w prawej ręce, a Alika w lewej. Ida się wyrywała i drapała.

– Puszczaj! – krzyczała. – Zostaw nas!

Olbrzym nie zwracał na to uwagi. Trzymając miotające się dzieci, wyszedł na korytarz. Szafa pomaszerowała za nim. Rozejrzeli się, sprawdzając, czy nie ma nauczyciela, i pobiegli do klasy. Lekcje już się skończyły i w sali było pusto.

Olbrzym postawił małych na podłodze. Szafa starannie zamknęła drzwi klasy.

Ida stała napięta, gotowa do walki albo ucieczki, ale Gigun ich nie atakował. Podszedł do terrarium. Wyjął wielkiego szczura i postawił go na podłodze. Potem oboje z Szafą błyskawicznie podbiegli do biurka nauczyciela i usiedli na nim, podnosząc wysoko nogi.

Szczur był wielki jak ziemski wilk. Szczerzył długie zęby. Zobaczył Idę i Alika i ruszył w ich stronę.

Dzieci rzuciły się do ucieczki. Szczur olbrzym pobiegł za nimi. Gigun i Szafa rechotali radośnie.

Ida i Alik biegli slalomem pomiędzy stołami. Były zbyt wysokie, żeby na nie wejść, a Szafa zabrała drabinę. Mogli więc tylko uciekać. Niestety buty na koturnach zostały w szatni, więc szczur był od nich szybszy. Dogonił ich i zapędził w kąt klasy.

Alik wyskoczył przed Idę i zasłonił ją. Patrzył ze strachem na wielkiego zwierzaka, ale nie uciekał. Szykował się do walki. Zobaczył leżący na podłodze ołówek, który miał chyba metr długości. Chłopak go podniósł i wysunął przed siebie jak włócznię.

Szczur zbliżał się do niego powoli. Alik machnął gigantycznym ołówkiem. Grafit drasnął napastnika, który odskoczył, piszcząc wściekle. Alik wysunął broń.

– Wynoś się! – krzyknął. – Uciekaj!

Szczur krążył wokół nich, ale nie miał odwagi zaatakować. Chłopak wymachiwał „włócznią".

Ida rozglądała się w poszukiwaniu broni dla siebie. Niczego odpowiedniego nie widziała, ale w kącie stał kosz na śmieci. Podbiegła do niego i zaczęła ciągnąć. Kosz był upiornie ciężki.

W tej chwili szczur skoczył na Alika. Ten uderzył go „włócznią". TRZASK! Ołówek się złamał.

Rozzłoszczony zwierzak wyszczerzył zęby. Już miał się rzucić na bezbronnego chłopaka, kiedy Ida pchnęła kosz. TRACH! Kosz przewrócił się na szczura. Zakrył go zupełnie. Szczur był uwięziony! Skakał w pułapce, ale nie mógł się wydostać.

Alik i Ida krzyczeli z radości.

Wtedy Gigun zszedł z biurka. Kopnął kosz, który poleciał jak piłka, i szczur był znów wolny. Zwierzak był bardzo zły. Odwrócił się i ugryzł Giguna w nogę. Szafa parsknęła śmiechem, a Gigun ryknął ze złości. Wystraszony szczur uciekł pod biurko.

Wtedy olbrzym porwał z ławki karabin na wodę, który dostał na urodziny. Wycelował go w małych. Trysnęła woda. Strumień miał siłę strażackiej sikawki, zwalił więc małych z nóg. Ida i Alik zerwali się i ukryli pod krzesłem. Gigun popędził za nimi, ale poślizgnął się na wodzie. Ratując się przed wywrotką, złapał się stołu. Karabin na wodę spadł na podłogę. Alik złapał go. Z trudem podniósł ciężką zabawkę i skierował na Giguna.

– Oddaj to! – ryknął olbrzym i uniósł pięść.

Wtedy Alik nacisnął spust. Trysnęła woda. Strumień trafił Giguna w twarz.

– Przestań! – wrzeszczał wielkolud.

Jednak Alik wciąż strzelał strugami wody prosto w olbrzyma. Krzyczał przy tym i śmiał się. Ida patrzyła na niego zdumiona. Wyglądało na to, że Alik nie boi się olbrzyma.

Gigun zasłonił oczy, a drugą ręką wyrwał Alikowi wodny karabin. Cisnął nim o ścianę. Zabawka się roztrzaskała. Olbrzymi chłopak był teraz naprawdę wściekły. Zacisnął pięści i pochylił się nad małymi. Ida krzyknęła:

– Alik, uciekamy! Do samochodu! – Pociągnęła chłopaka do czerwonego auta stojącego obok ławki Giguna. – Wsiadaj!

Alik wskoczył na miejsce kierowcy. Ida usiadła obok. Nacisnęli włącznik i auto ruszyło.

– Zostawcie mój samochód, karaluchy! – zaryczał Gigun i rzucił się w ich stronę.

W tej chwili otworzyły się drzwi. Do klasy zajrzał nauczyciel.

– Co tu się dzieje?

– Alik! Uciekamy stąd! – zawołała Ida.

Chłopak błyskawicznie obrócił kierownicę i ruszył do drzwi. Auto przemknęło obok nóg nauczyciela i wyjechało na korytarz. Gigun i Szafa popędzili za nim. Kiedy mijali nauczyciela, ten chciał ich zatrzymać. Ale w tej chwili przybiegł szczur, złapał zębami jego spodnie i zaczął szarpać. Nauczyciel machał nogą, próbując odczepić gryzonia.

Czerwone auto mknęło korytarzem.

Gigun i Szafa biegli za uciekinierami, łomocząc buciorami jak stado bawołów.

Olbrzym ryczał:

– Oddawajcie mój samochód!

Ida wołała:

– Jedź, Alik! Nie zatrzymuj się!

Przemknęli przez korytarz. Dalej były schody. Alik zamknął oczy, ale nie zatrzymał auta. Podskakując na stopniach, zjechali na sam dół. Samochód był cały. Oni też.

– Udało się! – krzyknęła Ida.

Popędzili przez wielki hol w stronę wyjścia. Słyszeli, jak Gigun biegnie po schodach, rycząc:

– Zatłukę was! Dopad…

Nagle wrzask ucichł i rozległ się okropny huk. Ida się obejrzała. Zobaczyła, że olbrzym się potknął i turla się ze schodów jak piłka. Podniósł się, rycząc z wściekłości, i pognał za autem.

Ida i Alik dojechali do drzwi wyjściowych. Mieli szczęście, bo ze szkoły wychodził dyrektor. Przemknęli obok niego i wyjechali na szkolne podwórze. Było słychać wrzaski Giguna, który biegł za nimi.

– Alik! Nie zatrzymuj się! – krzyknęła Ida.

– Nie mam zamiaru!

Zabawka wyjechała na ulicę.

Gigun i Szafa wybiegli ze szkoły i popędzili za uciekinierami.

– Szybciej! – krzyczała Ida.

Ale auto nie mogło już przyspieszyć. Zabawka pędziła z najwyższą prędkością.

Alik ściskał kierownicę z całych sił. Włosy frувały mu na wietrze. Pęd auta sprawiał mu chyba przyjemność. Wyprostował się i krzyczał jak wojownik pędzący do walki:

– Naprzód! Szybko! Nie boję się!

Wjechali na ulicę pełną przechadzających się olbrzymów. Samochód jechał slalomem, omijając ich nogi. Jeden z wielkoludów zauważył ich i próbował zatrzymać parasolem.

– Ida, uważaj! – zawołał Alik i ostro skręcił.

Zeskoczyli z wysokiego krawężnika i wylądowali na jezdni między pędzącymi prawdziwymi autami. Teraz jazda stała się potwornie niebezpieczna. Gigantyczne samochody mogły łatwo rozgnieść zabawkę. Już sam pęd wielkich aut mógł ich wywrócić.

Rozwścieczony Gigun biegł chodnikiem. Prawie ich doganiał.

Czerwony samochód pędził ulicą pod prąd. Kilka aut przejechało ponad nim, na szczęście zabawka zmieściła się pod wielkimi pojazdami.

Wjechali na skrzyżowanie i tutaj zdarzyło się nieszczęście. Koła zabawki wpadły w tramwajowe tory. Zakleszczyły się i nie mogły się wydostać. Silnik jęczał. Alik rozpaczliwie próbował się uwolnić, ale auto tkwiło w pułapce.

Jezdnia zadygotała. Usłyszeli dzwonienie. Nadjeżdżał tramwaj wielki jak dom. Alik raz jeszcze nacisnął gaz, ale zabawka nie była w stanie się wyrwać.

MAGNUS
28
28E

– Uciekamy!

Oboje wyskoczyli z samochodu i popędzili w stronę chodnika. Usłyszeli za sobą trzask rozgniatanego przez tramwaj auta.

Przybiegł Gigun. Zobaczył zniszczoną zabawkę i ryknął z wściekłości. Dostrzegł Alika i Idę na przeciwległym chodniku. Wrzeszcząc, pognał w ich stronę.

Dzieci zaczęły uciekać. Wzdłuż ulicy ciągnął się płot otaczający jakiś magazyn. Na szczęście trafili na małą dziurę tuż nad chodnikiem. Przecisnęli się przez nią. Gigun z Szafą podbiegli do płotu, ale byli za wielcy, by przejść przez otwór. Pognali w stronę bramy.

Po drugiej stronie płotu Idalia i Alik przykucnęli i oddychali ciężko. W końcu Ida ostrożnie wyjrzała przez dziurę.

– Nie ma ich – powiedziała. – Chyba możemy wyjść.

– Mogą się czaić w ukryciu – szepnął Alik. – Lepiej poszukajmy innego wyjścia.

Za płotem był plac, na którym składowano materiały do budowy. We wszystkie strony ciągnął się labirynt regałów z cegłami, rurami i workami cementu. Wiatr rozwiewał kurz i śmieci. Nie było widać żadnego olbrzyma.

Dzieci ruszyły między regałami na drugą stronę placu.

– Wiesz co, Alik? – powiedziała Ida. – Byłeś bardzo odważny.

– Ty też.

– Bałam się.

– Ja też się bałem.

– Ale oblałeś tego drania wodą... To było super...

Przerwała, bo usłyszeli ciężkie kroki. Zastygli oboje i nadsłuchiwali. Ktoś szedł po drugiej stronie regału. Zabrzmiał głos Szafy:

– Gigun, wracajmy... Tu jest ohydnie.

– Muszę ich znaleźć.

– Spóźnisz się na urodziny.

– Muszę ich dorwać.

Ida i Alik zaczęli się cofać. Potrącili jakąś blachę, która zabrzęczała. Zza regału wychylił się Gigun.

– Tu są karaluchy! – wrzasnął.

Ida i Alik wskoczyli pod półki z cegłami.

Gigun ryczał:

– Szafa, pilnuj z drugiej strony! Ja ich stąd wypłoszę.

Złapał jakiś drąg i zaczął machać pod regałem. Alik i Ida musieli uciekać. Przebiegli pod półkami i wypadli na otwartą przestrzeń. Nagle pojawiły się wielkie buciory.

– Są tu! – wrzasnęła Szafa, która czaiła się po tej stronie. – Mam ich!

Pochyliła się i próbowała złapać dzieci, ale odskoczyły w dwie strony. Ominęły nogi olbrzymki.

– Chodź! Schowamy się tam! – zawołał Alik.

Pobiegli w stronę stosu rur i ukryli się w jednej z nich. Rura była ogromna. Dzieci bez trudu mieściły się w niej na stojąco.

Przybiegli Gigun i Szafa.

– Karaluchy wlazły do nory... – mruknęła olbrzymka. – O, tu. – Kopnęła rurę, w której siedzieli Alik i Ida.

Gigun się pochylił i zobaczył dzieci. Oczywiście nie mógł wejść do ich kryjówki, więc wcisnął rękę, by wyciągnąć zbiegów. Dzieci się cofnęły i Gigun nie mógł ich dosięgnąć.

– Chcecie tam siedzieć, karaluchy? – warknął. – To siedźcie!

Olbrzym chwycił duży kamień i wbił go w rurę, zamykając wyjście.

– Chodź, Szafa... Niech tam siedzą do rana!

Ida i Alik usłyszeli kroki odchodzących. Odczekali chwilę i ostrożnie podeszli do otworu. Wielki kamień całkiem zablokował wyjście. Alik spróbował go wypchnąć, Ida mu pomagała, ale kamień nawet nie drgnął. Był zakleszczony w rurze.

– Chodź, spróbujemy z drugiej strony – szepnęła Ida.

Pobiegli na drugi koniec pułapki. Niestety tutaj rurę zamykała pokrywa z grubej blachy. Nie było szans, żeby ją usunąć. Pułapka była zablokowana z obu stron. Byli uwięzieni w ciemnym tunelu.

Dzieci bezradnie usiadły. Cała odwaga z nich wyparowała. Nie wiedziały, co robić.

Balon frunął nad polami. Kuki, Blubek i Gabi lecieli w miarę wygodnie, bo zawiązali na linie pętlę. Siedzieli jak na huśtawce. Wiatr rozwiewał im włosy.

– Szefie, a w jaki sposób wylądujemy!? – zawołał Budyń, wychylając się z kaptura od bluzy Kukiego.

– No... chyba przebijemy ten balon.

– Spadniemy!

– Trzeba poczekać, aż na dole będzie coś miękkiego! – krzyknęła Gabi. – Piasek... Albo woda!

Ale zanim wybrali odpowiednie lądowisko, balon sam zaczął opadać. Chyba uciekał z niego gaz. A może jakiś olbrzymi komar go przekłuł? Spadali coraz szybciej.

Pod nimi było kamieniste pole bez roślin. Przez środek biegła czarna linia. Kiedy zbliżyli się, zobaczyli, że to tory kolejowe. Wiatr znosił ich w tamtą stronę. Lecieli kilkadziesiąt metrów nad torami, kiedy usłyszeli huk. Hałas narastał, zbliżał się. Zobaczyli nadjeżdżający pociąg! Był monstrualnie wielki! Wagony miały rozmiar ziemskich domów. A balon właśnie opadał na tory!

– Wpadniemy pod lokomotywę! – wrzasnął przerażony Blubek.

Zaczęli szarpać linkę i bujać nogami, żeby balon poleciał dalej. Ale w ten sposób tylko przyspieszyli opadanie.

Pociąg nadjeżdżał z łomotem kół. Wszyscy krzyczeli ze strachu. Na szczęście lokomotywa minęła ich, zanim spadli na tory. Uderzyli w ścianę wielkiego wagonu. Okno w pierwszym przedziale było otwarte i pęd powietrza wepchnął ich do wnętrza. Balon wleciał do przedziału i pękł z hukiem.

Rozległ się głośny krzyk, a potem ktoś zawołał:

– Mówiłam, żebyś nie otwierała okna!

W przedziale siedziała młoda olbrzymka, a obok chyba jej córeczka. Dziewczynka miała twarz czterolatki, ale rozmiary hipopotama.

Gabi, Blubek i Kuki z Budyniem spadli na podłogę przedziału, na szczęście wyścielaną dywanem. Na razie nikt ich nie zauważył. Na podłodze stał wielki kosz wypełniony zabawkami. Kuki wskazał, żeby się tam schować. Wspięli się do kosza, kryjąc się między ogromnymi maskotkami.

W tym czasie mama olbrzymka zamknęła okno i uspokajała dziecko.

– Nie becz! Nic się nie stało. Po prostu wpadł balonik. Pobaw się lalkami.

Chwyciła kosz i postawiła na siedzeniu. Sama wzięła gazetę, wielką jak prześcieradło, i zaczęła czytać.

Kuki szepnął:

– Nie ruszajcie się. Udajemy lalki!

Zastygli jak kamienie. Nawet Budyń nie poruszał ogonem.

Wielka dziewczynka otarła łzy i zajrzała do kosza. Zobaczyła nieruchome dzieci. Gapiła się na nie zdziwiona. W końcu wyciągnęła skamieniałą Gabi.

– Mamo, to nie są moje zabawki! – zawołała.

– Co? – spytała zza gazety olbrzymka.

– Tu są cudze zabawki!

– Przestań zmyślać. Baw się i mi nie przeszkadzaj!

Mała olbrzymka mruknęła coś i uniosła Gabi. Jej paluchy ściskały „lalkę” boleśnie. Gabi się bała, że dziecko rzuci ją na podłogę albo będzie jej chciało odkręcić głowę.

Ale gigantyczna czterolatka postawiła „lalkę” na stoliku pod oknem. Potem wyjęła Blubka i Kukiego. Chłopcy starali się być sztywni jak z drewna. Mała olbrzymka ustawiła ich obok Gabi i znów zajrzała do kosza. Pisnęła z radości na widok Budynia i zaraz go wyciągnęła.

Psiak nawet nie drgnął. Dziecko pogłaskało go jak ulubioną maskotkę i postawiło na stoliku. Cała czwórka stała jak sparaliżowana, zupełnie bez ruchu. Olbrzymia dziewczynka oglądała ich uważnie. Najbardziej spodobali się jej Gabi i Budyń, więc przesunęła ich do przodu. Potem dotknęła głowy Gabi.

– Mamo! – zawołała. – Czy mogę obciąć lali włosy?

– Możesz – mruknęła olbrzymka zza gazety.

Dziecko uśmiechnęło się i zaczęło szukać czegoś w koszu. Gabi zobaczyła, że wyciąga kolorowe nożyczki. Ostrza miały pół metra! Gabi patrzyła na nie z przerażeniem.

Mała olbrzymka pochyliła się nad „lalką", mrucząc:

– Pobawimy się we fryzjera. Ciach-ciach!

Wysunęła dłoń z nożycami. Gabi krzyknęła:

– Nieee! Nie rób tego!

Dziewczynka zamarła. A potem zawołała:

– Mamo! Ta lala mówi!

– Dobrze… Nie przeszkadzaj mi ciągle! – krzyknęła zza gazety jej mama.

– Ale ona się porusza.

– Czy ty się nie możesz bawić przez chwilę sama!?

Wielka dziewczynka odwróciła się do Gabi i szepnęła:

– Lalka! Powiedz coś jeszcze.

– Coś – mruknęła Gabi. Była już zupełnie zrezygnowana.

– A umiesz śpiewać?

W odpowiedzi Gabi zaczęła śpiewać kołysankę o księżycu. Poruszała przy tym rękoma, a nawet kilka razy się obróciła. Wyglądała jak mechaniczna lalka. Kuki i Blubek nie mogli już wytrzymać bez ruchu, więc też zaczęli się ruszać jak roboty. Kuki nawet próbował śpiewać, fałszując okropnie. Wielkie dziecko gapiło się na nich z otwartymi ustami. Było zachwycone.

– A piesek? – spytała. – Umie piesek śpiewać?

Budyń milczał.

– Już wiem. Trzeba go nacisnąć, żeby się włączył.

Wysunęła rękę rozmiaru łopaty. Budyń natychmiast zaczął śpiewać.

– „Pieski małe dwa… Tralalala”.

Olbrzymia dziewczynka zaczęła się śmiać. Potem się pochyliła i pocałowała psiaka.

– Lubię cię – powiedziała i zaczęła śpiewać razem z Budyniem: – „Pieski małe dwa…”

– Przestań się wydzierać – jęknęła olbrzymka zza gazety.

– Ja śpiewam z pieskiem! – zawołała jej córeczka.

– Co?

Wielka mama wyjrzała wreszcie zza gazety. Na szczęście w tej chwili otworzyły się drzwi przedziału i zajrzał konduktor.

– Bilety do kontroli.

Olbrzymka wyjęła dwa bilety i podała konduktorowi. Ten je przedziurkował. Dziecko patrzyło na to z zaciekawieniem i na chwilę przestało się interesować „lalkami". Kuki szepnął:

– Uciekamy!

Zeskoczyli ze stolika na kanapę, a stamtąd na podłogę. Błyskawicznie przebiegli obok butów konduktora i wypadli na korytarz. Rozległ się krzyk małej olbrzymki:

– Lalki uciekły! Nie ma ich! Uciekły!

Kuki, Gabi, Budyń i Blubek biegli korytarzem wagonu jak spłoszone myszy. Usłyszeli dzwonienie i piszczenie kółek. Z drugiej strony jechał wózek z napojami i jedzeniem pchany przez wielką kelnerkę.

Kuki dał znak. Kiedy wózek się zbliżył, wskoczyli na najniższą półkę. Leżały tam kanapki owinięte folią i kubki z popcornem. Wyżej stały butle z napojami. Oczywiście wszystko było olbrzymich rozmiarów. Uciekinierzy skulili się za kanapkami, dysząc ciężko po biegu. Wózek pojechał dalej.

Kelnerka wołała:

– Napoje, kanapki, popcorn! Kto chce kupić?

Co chwila ktoś ją wzywał i olbrzymka sięgała po towary z wózka. Dzieci się bały, że lada moment je zauważy.

– Schowajmy się tam – szepnęła Gabi.

– Gdzie?

– W tych pojemnikach z kukurydzą! Szybko!

Dzieci i pies wdrapali się do papierowych kubków z popcornem, które miały rozmiar ziemskich kubłów na śmieci. Każdy zagrzebał się w kukurydzy w swoim pojemniku. Wózek jechał dalej, podzwaniając butelkami. Nagle jakiś pasażer zawołał:

– Cztery soki i popcorny!

Olbrzymia kelnerka zatrzymała wózek. Podała butelki, a potem wyjęła cztery kubki z popcornem. Akurat te, w których siedzieli Kuki, Gabi, Blubek i Budyń!

Poczuli, jak się unoszą. Potem jakieś ręce złapały pojemniki. Działo się to tak szybko, że nie mieli czasu uciec.

TRACH! Kubki zostały postawione na stoliku. Kuki wysunął ostrożnie głowę. W przedziale siedziały dwa wielkoludy i dwie olbrzymki, jedna ruda, druga blondynka. Za oknem Kuki zobaczył wodę, bo pociąg jechał przez most rozpostarty nad rzeką.

Nie wiedzieli, co robić. Uciekać? Zauważą ich i złapią. Ale jak nie umkną, te olbrzymy ich pożrą razem z popcornem! Zanim coś wymyślili, cztery wielkoludy prawie jednocześnie sięgnęły po popcorn. Ruda olbrzymka zanurzyła dłoń w kukurydzy i wrzasnęła przeraźliwie:

– Tu jest mysz! Zobaczcie! Mysz w popcornie!

Pokazała pojemnik, w którym z kukurydzy wystawał czubek głowy Kukiego.

POP

Pozostałe olbrzymy natychmiast zerknęły do swoich kubków i też zaczęły wrzeszczeć:

– Myszy! Tu są myszy! Albo szczury!

Olbrzymka rzuciła się do okna. Otworzyła je i wyrzuciła kubek z popcornem. Pozostałe wielkoludy zrobiły to samo. TRACH! TRACH! Papierowe naczynia wylatywały za okno. Pęd powietrza je porwał. Dzieci i Budyń spadali, rozpaczliwie trzymając się pojemników. Popcorn sypał się dookoła. Wrzeszczeli ze strachu.

Nagle chlusnęła woda. To pojemnik z Blubkiem wpadł do rzeki. Po nim do wody wleciały kolejne. Wysoko nad nimi huczał pociąg jadący po żelaznym moście. Stukot kół się oddalał, pociąg po chwili zniknął.

Papierowe kubki porwał prąd. Płynęły rzeką, chwiejąc się i podskakując na wzburzonej wodzie.

Kuki wysunął głowę i krzyknął z przerażenia. Rzeka była szeroka chyba na kilometr. Do brzegów było potwornie daleko, a prąd rwał szybko, miotając ich kruchymi „statkami". Chłopak się obejrzał. Trzy pozostałe pojemniki unosiły się na wodzie, ale nie było widać żadnego z przyjaciół. Zaczął krzyczeć:

– Gabi! Blubek! Budyń!

Z najbliższego naczynia wychyliła się Gabi, po chwili ukazała się rozczochrana głowa Blubka. Kuki z niepokojem patrzył na trzeci pojemnik, w którym powinien płynąć pies. Nikt się tam nie pojawiał. Może kundelek wypadł?

– Budyń! Jesteś tam? Budyń!!! – wołał przerażony Kuki.

W tej chwili z kubka wychyliła się psia głowa. Budyń kaszlał i pluł popcornem.

– Jestem, szefie! – wychrypiał. – Od dziś nienawidzę popcornu!

Byli więc wszyscy. Na razie się uratowali. Ale do prawdziwego ocalenia było jeszcze daleko. Płynęli w papierowych naczyniach środkiem olbrzymiej rzeki. Woda pędziła jak szalona, a ich „statki" zaczynały przeciekać.

– Kuki! Co robimy!? – krzyknął Blubek.

– Trzymajmy się tych przeklętych kubków, póki nie zaczną tonąć. Potem spróbujemy dopłynąć wpław do brzegu.

– Nie damy rady! – zawołał Blubek. – Jest za daleko. Prąd nas zniesie!

– Wiosłujcie rękoma, żeby się przybliżyć.

Zaczęli machać dłońmi, próbując podpłynąć bliżej brzegu. Ale prąd był silniejszy. Spychał ich „łódki" nieubłaganie na środek rzeki. A co gorsza, pojemniki powoli zanurzały się w wodzie.

– Szefie! Mój Titanic zaraz utonie! – pisnął Budyń.

Kuki nie wiedział, co robić. Nagle Gabi krzyknęła:

– Tornidron!

– Co?

– Włącz śmigło, tornidron nas pociągnie.

Faktycznie! Kuki zapomniał, że ma na plecach latający tornister! Oczywiście byli zbyt ciężcy, żeby w nim lecieć (z wyjątkiem Budynia). Ale tornidron mógł ich pociągnąć do brzegu jak holownik. Kuki uderzył dłonią włącznik. Z tornistra wyskoczyło śmigło.

– Do brzegu! – zawołał Kuki. – Leć do brzegu!

Śmigło zaczęło wirować. Kuki musiał pochylić głowę, żeby płaty wirnika nie obcięły mu uszu. Czuł jak tornidron szarpie, próbując się unieść. Pociągnął Kukiego i jego „łódka" skierowała się do brzegu. Chłopak złapał szybko rękę Gabi. Potem zdołał jeszcze chwycić pojemnik z Blubkiem. Budyń pozostał z tyłu. Psiak zaczął gwałtownie machać łapami. Zbliżył się do Gabi, która złapała jego ogon. Teraz płynęli razem jak wagony ciągnięte przez lokomotywę.

Ale pojemniki nabierały coraz więcej wody. Najpierw zatonął „statek" Blubka, potem kolejne. Teraz musieli płynąć wpław, trzymając się za ręce (albo za ogon w przypadku Budynia). Na szczęście bliżej brzegu prąd był słabszy, a tornidron silnie ich ciągnął. Po paru minutach dopłynęli do olbrzymich trzcin. Przebrnęli przez nie, grzęznąc po pas w mule, i wreszcie stanęli na twardym gruncie. Kuki wyłączył śmigło. Wszyscy padli na ziemię, dysząc ciężko. Leżeli tak przez kilka minut, kompletnie bez sił. Najgorzej wyglądał Blubek, który opił się wody i był cały brudny od mułu.

– Kuki! To jakaś kompletna masakra! – jęknął. – Pociąg prawie nas rozjechał. Przerośnięty bachor zrobił z nas lalki. Olbrzymy chciały nas pożreć! A teraz mało się nie utopiliśmy. Planujesz jeszcze dużo takich atrakcji? Bo ja mam już dosyć… Mam po prostu dosyć!

– Zawsze mieliśmy niebezpieczne przygody… – powiedział niepewnie Kuki.

– Teraz nie jest jak zawsze! – wrzasnął histerycznie Blubek. – Jest sto razy gorzej. Tysiąc razy!!! Jesteśmy wciąż zagrożeni i nie mamy nic do obrony. Ani magii, ani żadnej porządnej broni. Jest gorzej niż kiedykolwiek. – Blubek się zerwał. – My tutaj zginiemy, rozumiecie? Nie wrócimy nigdy do domu. Nie uda się nam. Nie mamy szans!

– Blubek! Nie histeryzuj! – powiedział Kuki. – Po prostu musimy być ostrożniejsi i... Ej! Dokąd idziesz?

– Mam dosyć! – krzyknął jego przyjaciel. – Nie chcę się więcej narażać. Chcę się gdzieś schować!

– Blubek! Zwariowałeś? Gdzie chcesz się tu schować? Zaczekaj!

Ale Blubek go nie słuchał. Wpadł w histerię i pędził przez łąkę jak zwariowany. Przedzierał się przez wysoką trawę, nie wiadomo dokąd i po co.

Pobiegli za nim. Trawa była olbrzymia, więc szybko stracili Blubka z oczu. Krzyczeli:

– Blubek! Opanuj się! Wracaj!

Ale chłopak nie odpowiadał.

– Blubek!!!

Gabi, Kuki i Budyń brnęli przez wysoką trawę, szukając przyjaciela. Potrącali wielkie kwiaty, z których sypały się ogromne płatki. Fruwały wokół nich gigantyczne osy i ważki.

– Blubek! Wracaj! – krzyczeli.

Nagle usłyszeli dziwny dźwięk. Jakby rytmiczne stukanie i klekot.

Zatrzymali się zaniepokojeni. Wysoka trawa zasłaniała im widok. Stukanie było coraz głośniejsze. Trzaskały gałązki. Coś się do nich zbliżało.

Potem rozległ się przeraźliwy krzyk:

– Ratunku! Na pomoc! Ratunku!!!

To wrzeszczał Blubek.

Popędzili tam, skąd dochodził krzyk. Po chwili zobaczyli Blubka, a przed nim gigantycznego ptaka na wysokich nogach. Ptak miał czerwony dwumetrowy dziób. Kłapał nim, wydając głośny klekot. Próbował złapać przerażonego Blubka, który uskakiwał, krzycząc przeraźliwie:

– Ratunku! Na pomoc!

– Co to jest....? – jęknął Kuki.

– Wygląda jak bocian...

– Chyba jak dźwig!

Bocian był rzeczywiście tak wielki, że przypominał dźwigi na budowie. Był po prostu przerażający. Mimo to rzucili się Blubkowi z pomocą. Kuki chciał wyciągnąć lustro obronne, ale zanim zdjął tornister, ogromny bocian skoczył i pochwycił Blubka. KŁAP! Na szczęście złapał kaptur od bluzy. Zacisnął dziób i uniósł wrzeszczącego chłopaka jak złowioną żabę.

Kuki skoczył i zdążył złapać czerwoną nogę bociana. Gabi chwyciła drugą. Budyń zacisnął zęby na bucie Blubka. Wtedy bocian rozpostarł wielkie skrzydła i uniósł się w górę. Polecieli wszyscy ponad łąkę.

Ptak ciężko machał skrzydłami, wznosząc się coraz wyżej. W dziobie trzymał złowionego Blubka. Kuki i Gabi dyndali, obejmując ptasie nogi. Kuki nie miał szans na wyjęcie lustra. Zresztą jego użycie na tej wysokości skończyłoby się katastrofą. Lecieli w milczeniu, oniemiali ze strachu, nawet Blubek przestał wrzeszczeć.

Kuki zdołał schować Budynia w kapturze bluzy. Potem zamknął oczy, bo miał lęk wysokości. Przypomniało mu się, jak rodzice opowiadali bajki o bocianach, które przynoszą dzieci. Wyglądało na to, że teraz się to spełniło… Tyle że „ich" bocian miał rozmiar samolotu, a oni nie byli niemowlakami.

Ida i Alik wciąż siedzieli uwięzieni w stalowej rurze. Czas dłużył im się okropnie, byli też bardzo głodni. Ida myślała ponuro o śniadaniu, które oddali ptakom. Chętnie by je teraz zjadła...

– Alik, masz coś do jedzenia? – spytała.

– Chyba tak.

Chłopiec sięgnął do kieszeni. Wyjął kawałek ciastka i podzielił go na pół. Zjedli, ale oczywiście głodu tym nie zaspokoili.

– Co my teraz zrobimy? – szepnął Alik.

– Wołajmy „na pomoc". Może jakiś olbrzym będzie tu przechodzić i nas wypuści.

Podeszli do wylotu rury zatkanego kamieniem. Zaczęli krzyczeć:

– Ratunku! Na pomoc!

Krzyczeli długo, ale żaden olbrzym się nie pojawił. W rurze głos odbijał się echem. Huczał tak strasznie, że przestali krzyczeć. Alik usiadł bezradnie.

– Nigdy stąd nie wyjdziemy – jęknął. – Nie ma szans. Będziemy tu siedzieć do końca życia.

– Nie! Ja nie chcę tu siedzieć! – zawołała Ida. – Musimy się wydostać! Musimy!

Ze złością kopnęła w ścianę rury. Stopa ją zabolała, ale poczuła, że rura drgnęła. Uderzyła drugi raz. Rura znowu się poruszyła. Leżała na brzegu stosu, więc nic jej nie blokowało z jednej strony.

– Alik, pomóż mi. Musimy ją rozruszać.

– Co nam to da?

– Jak się potoczy, to może kamień wypadnie. No chodź!

Zaczęli razem skakać na okrągłą ścianę. Nagle coś zgrzytnęło i rura poturlała się jak kredka po stole. Jednocześnie rozległ się straszliwy huk. To cały stos rur się rozsypał i wszystkie potoczyły się z łomotem.

Dzieci wirowały jak w zorbie. Hałas był straszny. Sto rur staczało się z pochyłego placu. Wreszcie uderzyły w betonowy płot. TRACH! Uderzenie było tak silne, że część płotu się przewróciła. Rury wytoczyły się na ulicę i tu się w końcu zatrzymały.

Ida szepnęła:

– Alik, żyjesz?

– Tak... Ale wszystko mnie boli – jęknął chłopiec.

– Mnie też...

Dzieci, poobijane i oszołomione, podniosły się z trudem.

– Zobacz! – zawołała Ida. – Kamień wypadł!

Rzeczywiście, kamień blokujący wyjście wyleciał. Zobaczyli niebieskie niebo. Byli wolni!

Natychmiast wybiegli ze swego więzienia.

Znajdowali się na ulicy po drugiej stronie placu.

– Alik, trafisz stąd do domu?

Chłopiec rozejrzał się.

– Spróbuję... – powiedział niepewnie.

Bocian machał skrzydłami, aż furczało powietrze. Lecieli kilkaset metrów nad ziemią. Lot trwał długo. Kuki i Gabi, którzy trzymali się ptasich nóg, czuli, że tracą już siły i niedługo spadną. Nagle usłyszeli odległy hałas. Kuki niepewnie otworzył oczy i spojrzał w dół. Lecieli nad miastem. Rozpościerał się pod nimi labirynt ulic z ogromnymi domami. Jeździły wielkie samochody i wędrowały setki olbrzymów. W centrum miasta stał ogromny wieżowiec z czarnego kamienia. Sterczał nad miastem jak gigantyczna góra. Ptak skierował się w jego stronę i zaczął się obniżać. Zatoczył krąg i wylądował na dachu czarnego wieżowca. Na środku było wielkie gniazdo zrobione z gałęzi. Widocznie bocian w tym dziwnym miejscu miał swój dom. W gnieździe siedziały dwa młode ptaki. Były ogromne, na widok rodzica zaczęły łakomie otwierać dzioby.

Bocian upuścił złapanego Blubka, a za nim do gniazda spadli Kuki i Budyń. Gabi zeskoczyła wcześniej i ukryła się za kominem. Całej czwórce po szalonym locie kręciło się w głowach. Przez chwilę nie byli w stanie nic zrobić. Bocian machnął skrzydłami i poleciał na następne łowy.

Dwa młode bociany patrzyły łakomie na śniadanie wrzucone do gniazda. Na szczęście oba miały ochotę na jedzenie i zaczęły się odpychać, a potem bić jak małe dzieciaki. Gabi krzyknęła:

– Uciekajcie! Kuki! Blubek! Budyń! Uciekajcie!

Kuki doszedł do siebie i pociągnął za rękę oszołomionego Blubka:

– Chodź!

Wyskoczyli z gniazda. Budyń dał susa za nimi. Pobiegli po dachu. Młode bociany przestały się bić i spoglądały na uciekające śniadanie. Potem nieporadnie machnęły skrzydłami i wyskoczyły z gniazda. Nie umiały jeszcze latać, ale na długich nogach popędziły za zbiegami.

Dzieci i pies uciekali po płaskim dachu jak wystraszone żaby. Blubka musieli ciągnąć, bo po podróży w dziobie bociana był w kiepskim stanie. Dobiegli do jakiejś konstrukcji. To były olbrzymie świetlne litery, które na przemian zapalały się i gasły.

Kuki spojrzał na nie. Chciał coś powiedzieć, ale młode ptaki już do nich dobiegały.

– Tam! – krzyknęła Gabi, wskazując błyszczącą rurę sterczącą z dachu.

Był to kanał wentylacyjny, metalowy tunel, którym do budynku dostawało się powietrze. Przypominał zjeżdżalnię na basenie.

– Włazimy tam! – krzyknął Kuki.

Po kolei wskakiwali do otworu. Pojechali w dół. Tunel zataczał kręgi. Ślizgali się naprawdę szybko.

„Mam nadzieję, że na końcu będzie coś miękkiego” – myślał Kuki.

Po minucie szalonej jazdy trochę zwolnili, bo rura biegła teraz poziomo. Na końcu był okrągły wylot. TRACH! Kuki wypadł z otworu i wylądował na twardej powierzchni. Na szczęście miał na plecach tornister, który osłabił uderzenie. Musiał błyskawicznie odskoczyć, bo zaraz po nim wylądowała Gabi, a po sekundzie z otworu wyprysnął Blubek. Na końcu pojawił się Budyń, który był najlżejszy, więc zjeżdżał najwolniej. Kuki wysunął ręce i złapał psiaka.

Zaczęli się rozglądać. Byli w długim tunelu o podłodze wyłożonej błyszczącymi deskami. Po obu stronach były metalowe ściany wysokie na kilka metrów. Na końcu stało coś dziwnego. Przypominało słupy albo kolumny ustawione tak, że tworzyły trójkąt. Najpierw jedna kolumna, potem trzy, dalej pięć. W ciemności trudno było się połapać, co to jest. Po drugiej stronie tunelu było jaśniej, wpadała tamtędy smuga światła.

– Kuki, gdzie my jesteśmy? – szepnęła Gabi.

– Nie mam pojęcia. Chodźcie, bo jeszcze przylezie jakiś wielkolud.

Ruszyli tunelem w stronę światła. Za ścianą było słychać dziwne dźwięki: łomoty, jakby toczyły się tam ciężkie głazy albo metalowe kule. Co jakiś czas rozlegał się huk, a potem śmiechy i krzyki.

– Szefie! Coś mi tu źle pachnie – szepnął psiak. – Wiejmy stąd!

Przyspieszyli kroku. Byli w połowie dziwnego korytarza, kiedy błysnęło światło. Nad ich głowami zapaliły się lampy. Skoczyli w bok, przywierając do ścian.

Na końcu korytarza pojawiła się sylwetka olbrzyma. Trzymał coś w ręku. Wziął zamach. TRACH! Cisnął ogromną kulę, która z hukiem potoczyła się w ich stronę.

– To są kręgle! – wrzasnął Blubek. – Tor do bowlingu dla olbrzymów!

– Uciekajmy!

Pobiegli w drugą stronę. Uciekali jak szaleni, ale wielka kula pędziła jeszcze szybciej.

– Na bok! – zawołał Kuki.

Rzucili się do ściany. Kula o metrowej średnicy przetoczyła się z potwornym hukiem tuż obok nich. Olbrzym był kiepskim graczem, bo nie trafił w kręgle. Figury pozostały nienaruszone. Dzieci znów zaczęły biec. Rozległ się następny huk. Toczyła się kolejna kula. Rzucili się w dwie różne strony, ale Gabi się potknęła i wywróciła. Ciężka, ogromna kula pędziła prosto na nią. Kuki skoczył i uderzył w bok kuli. Zmieniła kierunek, omijając Gabi o centymetry. Uderzyła w ścianę, odbiła się i trafiła w jedną z figur. Ta potrąciła sąsiednią i obie upadły.

Kuki pomógł Gabi wstać i cała czwórka pobiegła. ŁUP! Kolejna kula pomknęła torem.

Dzieci wbiegały właśnie między kręgle. Okrągły pocisk przytoczył się do nich.

– Uwaga!

HUK! Kula walnęła w figury. Celny rzut! Wszystkie kręgle z trzaskiem upadły. Dzieci i Budyń rzucili się na boki, by figury ich nie uderzyły. W tej chwili coś zgrzytnęło. Opadła pod nimi klapa, odsłaniając ciemny otwór. Kuki, Gabi, Blubek i Budyń runęli razem z kulami w dół.

Spadli na pas transmisyjny, który ciągnął kule z powrotem do graczy. Nie mogli nic zrobić. Starali się tylko osłaniać głowy. Po chwili kule, a za nimi dzieci, zostały wypchnięte do pojemnika. Pojawiła się olbrzymia ręka gracza, który chciał wziąć kulę. Ale zamiast niej złapał głowę Kukiego! Wielkolud wyciągnął chłopaka, patrzył na niego osłupiały. Potem go wypuścił i wrzasnął:

– Chodźcie zobaczyć! Chodźcie tu!

Inne olbrzymy zaczęły biec do niego.

Dzieci nie czekały. Najpierw Kuki, a po nim reszta wyskoczyli z pojemnika i zaczęli uciekać. Przebiegli salę kręgielni jak spłoszone myszy. Mieli szczęście, bo akurat wchodziła nowa grupa olbrzymów. Przemknęli przez otwarte drzwi obok ich nóg i wybiegli z kręgielni.

Znaleźli się na parkingu, na najwyższym piętrze budynku. Samochody były tu przywożone windą, która co chwila wypluwała kolejne wielkie auta. Dzieci i Budyń pobiegli na koniec parkingu i schowali się pod zaparkowaną furgonetką. Za nimi była betonowa balustrada. Przez otwory było widać miasto.

Usiedli, opierając się o balustradę, i ciężko oddychali. Przez kilka minut nikt się nie odzywał. Szalone zdarzenia ostatniej godziny zupełnie ich wyczerpały. Wreszcie Blubek szepnął:

– Dzięki, że mi pomogliście. Inaczej tamten ptaszor pożarłby mnie jak żabę.

– Ten bociek był właściwie fajny – powiedziała Gabi. – Dzięki niemu dostaliśmy się do miasta.

– Ale trochę był za duży – mruknął Blubek. – Poza tym…

Kuki mu przerwał.

– Posłuchajcie! Chcę wam powiedzieć coś ważnego. Czy widzieliście ten napis?

– Jaki napis?

– Te świecące litery na dachu.

Spojrzeli na niego zdziwieni.

– Litery?

– Na dachu był neon – powiedział Kuki. – Takie wielkie świecące litery, pamiętacie?

– No, były – mruknął Blubek. – Ale o co ci chodzi...?

– To był napis MAGNUS.

Patrzyli na niego, nie rozumiejąc.

– Nie pamiętacie!? – zawołał Kuki. – Korto powiedział, że puzzle są ukryte w miejscu zwanym MAGNUS. Prawda, Budyń?

– Tak, szefie. Mówił, że jeśli chcemy wrócić, musimy znaleźć puzzle. I że one są w miejscu zwanym MAGNUS. Tak mówił Korto.

– I właśnie taki napis jest na dachu. Widać go stąd, zobaczcie!

Odwrócili się. Z parkingu był widoczny fragment dachu. Świecił się na nim wielki neon: MAGNUS.

Blubek się zerwał.

– Czyli jesteśmy w miejscu, gdzie są puzzle. Możemy je odszukać i wynieść się z tego Świata Ogromnych! Łał!

– Najpierw trzeba znaleźć Idę i Alika – przypomniała Gabi.

– Ale jak? – spytał Budyń. – Przecież tu jest milion domów. Zobaczcie...

Spojrzeli przez otwory w balustradzie. Z wysokości było widać, że miasto jest ogromne. Morze wielkich domów ciągnęło się bez końca. Znalezienie tutaj dwójki małych istot wydawało się nierealne. Przecież nie mogli chodzić po ulicach i ich szukać, bo wszędzie tu było pełno olbrzymów.

– Nie mam pojęcia, jak ich znaleźć – przyznał bezradnie Kuki.

– No właśnie – mruknął Blubek. – To od początku był najsłabszy punkt naszego planu.

Ida i Alik długo błądzili nieznanymi ulicami. Kiedy wreszcie dotarli do domu, zobaczyli Bertę czekającą w otwartych drzwiach. Była okropnie zdenerwowana.

– Gdzie wyście byli!? – zawołała. – Już się bałam, że coś wam się stało. Wejdźcie... No wchodźcie! – Wciągnęła ich do domu. – Sąsiadka mi powiedziała, że zrobiliście w szkole awanturę. Podobno pokłóciliście się z Gigunem. Popsuliście mu zabawkę!

– To była jego wina! – oburzyła się Ida. – Chciał nas pobić! On jest obrzydliwy!

– Mała, czy ty wiesz, kim jest jego ojciec!? – krzyknęła Berta. – To największy człowiek w mieście. I najważniejszy! Nie możecie się kłócić z Gigunem... Będą z tego wielkie kłopoty!

– Ale on...

– Nic już nie mów... Gdzie macie buty? Co? Zgubiliście? Takie drogie buty? Tego już naprawdę za wiele! Za karę nie dostaniecie deseru! A teraz siadajcie do stołu. Obiad czeka na was od dwóch godzin!

Alik i Idalia umyli ręce i usiedli na wielkich krzesłach. Berta nalała do talerzy zupę pomidorową. Byli tak głodni, że pochłonęli całe porcje.

Berta milczała, wyraźnie czymś zmartwiona. Gustaw też się nie odzywał, tylko groźnie spoglądał na małych.

Kiedy skończyli pierwsze danie, Berta postawiła na stole wielki półmisek pierogów. Ale nie zdążyli ich spróbować, bo usłyszeli głośne pukanie do drzwi.

Berta spojrzała niespokojnie.

– Kto to może być?

Rozległo się kolejne pukanie, jeszcze głośniejsze. ŁUP! ŁUP!

Gustaw i Berta poszli sprawdzić, kto się dobija.

Dzieci zerknęły na siebie. Zeskoczyły z krzeseł i podbiegły do drzwi jadalni. Wychyliły się ostrożnie.

Zobaczyły, jak do korytarza wchodzą dwa ponure olbrzymy w czarnych płaszczach.

Alik patrzył na nich przerażony.

– Kto to jest? – spytała szeptem Ida.

– Strażnicy.

– Po co oni przyszli?

– Nie wiem, ale kiedy przychodzą, dzieje się coś złego…

Przybysze rozmawiali po cichu z Bertą i Gustawem. Do dzieci docierały tylko strzępy słów.

– Mamy nakaz, żeby ich zabrać… Nie będziemy dyskutować…

Berta zawołała głośno:

– Nie zgadzam się!

– Nie wolno się sprzeciwiać… Oni są nienaturalnie mali. Mamy ich zabrać…

– Nie zgadzam się! Nie oddam ich! – wołała Berta.

– Nie krzycz, Berto… – Gustaw wysunął się przed żonę. – Czy to na pewno konieczne? – spytał.

– Mamy urzędową decyzję. Musimy ich zabrać.

– Proszę im pozwolić zostać… – powiedziała błagalnie Berta. – Oni urosną…

– Nie będziemy dyskutować. Tu jest urzędowy nakaz.

Olbrzym w czarnym płaszczu podał Bercie jakiś dokument, ale nie chciała go przyjąć. Wziął go Gustaw.

– Niech pani spakuje ich rzeczy – rozkazał Strażnik. – Jak będą gotowi, proszę ich przyprowadzić.

Olbrzym spojrzał w głąb korytarza. Dostrzegł małych wychylających się z drzwi jadalni. Patrzył na dzieci tak, że przeszły im ciarki po plecach.

– Czekamy na nich w samochodzie – mruknął.

Strażnicy odwrócili się i wyszli.

Ida i Alik cofnęli się do jadalni. Weszli tam Berta z Gustawem. Oboje byli smutni. Olbrzymka stała zgarbiona, z pochyloną głową. Gustaw też patrzył w podłogę.

Berta powiedziała łagodnie:

– Chodźcie do mnie. Oboje.

Ida i Alik podeszli niepewnie.

– Posłuchajcie. Przyszli Strażnicy z Głównego Urzędu. Powiedzieli, że muszą was zabrać.

– Zabrać nas? – spytała Ida. – Dokąd?

– Do specjalnego miejsca, daleko stąd… – szepnęła Berta. – To znaczy, że nie będziecie już u nas mieszkać… Będziecie musieli tam pojechać i zostać…

– Ciociu Berto! Ja nie chcę tam jechać! – zawołał błagalnie Alik.

– Ja też nie chcę! – krzyknęła Idalia.

Olbrzymka patrzyła na nich bezradnie. Miała łzy w oczach.

– Ja też chciałabym, żebyście zostali… Ale musicie tam pojechać. – Pochyliła się i szepnęła: – To ojciec Giguna zażądał, żeby was zabrali. Chce, by z jego synem chodziły do szkoły tylko duże dzieci. Nie życzy sobie takich małych stworzeń jak wy. Zawiadomił urząd i kazał was odesłać do specjalnej szkoły. Daleko stąd…

Dzieci patrzyły na Bertę wystraszone. Olbrzymka otarła oczy.

– Jest mi bardzo przykro… Bardzo, rozumiecie…?

– Berto, musisz spakować ich rzeczy – powiedział cicho Gustaw. – Strażnicy czekają.

– Chodźcie – westchnęła olbrzymka.

Ida i Alik poszli z Bertą do pokoju na strychu. Olbrzymka wzięła wielką walizę i zaczęła do niej pakować rzeczy Alika i sukienki dla lalek, które kupiła Idalii.

Alik siedział bezradnie na łóżku, bez słowa, jak sparaliżowany. Twarz ukrył w dłoniach. Ida rozpaczliwie próbowała wymyślić jakiś plan. Uciekać? Ale jak? Przecież tamte olbrzymy pilnują przed drzwiami. Poza tym musiałaby zostawić Alika. Chłopak siedział nieruchomo, kompletnie pozbawiony energii. Co robić? Zanim coś zdecydowała, Berta zamknęła walizkę.

– Trzeba iść… – westchnęła.

Zeszli po schodach. Gustaw czekał w korytarzu. Kiedy Alik go mijał, olbrzym nagle mruknął:

– Posłuchaj, Mały… Chciałem ci powiedzieć, że… Że czasem niepotrzebnie się na ciebie złościłem. Dobry dzieciak z ciebie. Lubiłem cię… I wiesz, ty wcale nie jesteś taki mały… A zresztą to nie jest ważne… – Gustaw zerknął na dzieci i westchnął. – Pusto tu będzie bez was…

Odwrócił się i poszedł do pokoju. Idzie zdawało się, że olbrzym zrobił się trochę mniejszy.

– Chodźcie – szepnęła Berta.

Ruszyli do drzwi. Przez szybki było widać wielki samochód, a obok dwóch Strażników w czarnych płaszczach. Patrzyli ponuro na dom. Berta już miała nacisnąć klamkę, kiedy nagle cofnęła rękę.

– Nie – powiedziała. – Nie pozwolę, żeby was zabrali... Nie oddam was tym strasznym ludziom! Nigdy! – Spojrzała raz jeszcze na olbrzymy przed domem. Potem szepnęła: – Chodźcie! Szybko!

Pociągnęła zaskoczone dzieci do tylnych drzwi, prowadzących do ogrodu. Otworzyła je. Wybiegli razem.

– Uciekajcie... – powiedziała olbrzymka. – Musicie uciec! Nie wiem, czy wam się uda, ale spróbujcie. W płocie jest dziura. Oni was nie zauważą! Idźcie do parku... Do tego wielkiego, gdzie jest karuzela. Ukryjcie się tam! – Podała im walizkę. – Tu macie coś do jedzenia i ciepłe rzeczy. – Sięgnęła do torebki. – Tu macie trochę pieniędzy! Ja do was przyjdę, znajdę was… Ale dopiero za parę dni, bo oni mogą obserwować, dokąd chodzę. Musicie jakoś sobie radzić. Tylko się ukryjcie i nie wychodźcie. Tym okropnym Strażnikom powiem, że uciekliście!

Alik chwycił rękę Berty. Chciał coś powiedzieć, ale w tej chwili rozległo się łomotanie do drzwi wejściowych. Ktoś krzyczał:

– Otwierać!

– Uciekajcie, maluchy… – szepnęła Berta. – Szybko!

Alik pobiegł w stronę płotu, Idalia ruszyła za nim. Przecisnęli się przez dziurę w ogrodzeniu i wybiegli na ulicę na tyłach domu.

Słyszeli krzyki Strażników:

– Oni uciekli! Gońcie ich!

Popędzili ulicą, ciągnąc wielką walizę. Na szczęście miała kółka, które piszczały, robiąc okropny hałas. Biegli długi czas pustymi ulicami. Prowadził Alik.

Wreszcie zobaczyli park. Przeszli przez ogromną kamienną bramę i wbiegli między drzewa. Padał deszcz, więc w parku nie było żadnego olbrzyma.

Ruszyli aleją między wielkimi kasztanowcami. Wiał wiatr, strącając z gałęzi kolczaste kasztany wielkie jak piłki. Na szczęście spadały daleko od nich.

Alik skręcił w boczną alejkę. Doszli do placu zabaw. Była tu olbrzymia karuzela z dachem i drewnianymi ławkami. Obok kołysały się ogromne huśtawki.

– Tu możemy się schować – powiedział zdyszany Alik. – Przynajmniej nie będzie na nas padać deszcz...

Podbiegli do karuzeli i wspięli się na wielkiego blaszanego konia. Usiedli i ciężko dyszeli ze zmęczenia. Żadne się nie odezwało.

Niebo nad parkiem pociemniało. Krople deszczu uderzały o blaszany dach karuzeli. Było słychać odległe grzmoty. Nadchodziła burza.

– Już wiem! – krzyknęła Gabi. – Wiem, jak znaleźć Idę!

Siedzieli od godziny na parkingu i naradzali się, próbując wymyślić jakiś plan. Nic nie przychodziło im do głowy. Nagle Gabi zaczęła krzyczeć:

– Wiem! Już wiem!

– Co wiesz? No mów!

– Poczekajcie – powiedziała Gabi. – Muszę najpierw coś sprawdzić.

Otworzyła tornister i zaczęła czegoś szukać.

– Jest! – Wyjęła samopiszące pióro. – Nie zgubiliśmy go!

– Po co ci pióro? – zdziwił się Kuki.

– Przypomniałam sobie, jak Ida mówiła, że to pióro można wysłać w dowolne miejsce. I rozkazać, by tam napisało to, co chcesz.

– Zgadza się – potwierdził Budyń. – Ida chciała w ten sposób poprawiać błędy w swoich sprawdzianach.

– Więc jeśli rozkażemy, żeby to pióro poleciało do Idalii, to ono ją znajdzie. I napisze dla niej wiadomość – powiedziała Gabi. – To będzie jak SMS!

– Myślisz, że ją znajdzie? – spytał Kuki.

– Tak. Idalia nadała mu moc magiczną, więc pióro powinno ją odszukać.

– Dobra. Spróbujemy.

– Ale co ma być w tej wiadomości?

Kuki się zastanowił.

– Puzzle są prawdopodobnie w tym budynku. Więc jeśli Idalia nie jest uwięziona, to powinna tutaj przyjść.

– Dobrze.

Gabi uniosła pióro i zaczęła coś do niego szeptać. Kiedy skończyła, rzuciła je w górę. Pióro zawisło w powietrzu, jakby wahało się, dokąd lecieć. Nagle złota stalówka rozjarzyła się jak płomień. Potem pióro się obróciło i wyfrunęło z parkingu. Widzieli, jak leci nad miastem, zmieniając się w małą świecącą iskierkę. Po chwili pióro zniknęło za ciemnymi chmurami.

– Mam nadzieję, że ją odnajdzie – szepnęła Gabi.

– Ale Ida nie umie czytać – powiedział Budyń. – Zapomnieliśmy o tym!

– Wierzę, że jakoś sobie poradzi. Ona jest mądra.

Ida i Alik leżeli na twardej podłodze karuzeli przykryci kocami, które znaleźli w walizie. Padał deszcz i wiał zimny wiatr, a wielkie drzewa trzeszczały ponuro. Co jakiś czas z gałęzi spadały ogromne kasztany, łomocząc o dach karuzeli.

– Co my teraz zrobimy? – szepnęła Ida.

Alik nie odpowiedział. Milczał, od kiedy schronili się w parku.

– Alik... A może...

– Zamknij się! – krzyknął chłopak. – Nie odzywaj się do mnie! – Zerwał się. – To wszystko twoja wina! Po co ty się w ogóle tu zjawiłaś!? Przez ciebie straciłem dom i wszystko! Złapią nas i wywiozą do tego okropnego miejsca. Wszystko przez ciebie!

– Posłuchaj, Alik... Na pewno niedługo przybędą moi przyjaciele. Wrócimy do naszego świata... Tylko musimy...

Alik jej przerwał:

– Wciąż o tym mówisz, a nikt nie przybywa! – Chłopiec patrzył na Idę ze złością. – Już ci nie wierzę. Okłamałaś mnie! Nigdzie nie uciekniemy! Nie ma żadnego innego świata.

– A właśnie, że jest…

– Nie wierzę ci!

Alik położył się i zakrył kocem po czubek głowy.

Ida zamilkła. A może Alik ma rację? Może Gabi i reszta o nich zapomnieli i nikt nie przybędzie im z pomocą? Zostaną na zawsze w Świecie Ogromnych.

Spojrzała w niebo w nadziei, że zobaczy jakiś znak. Coś, co doda jej otuchy. Ale widziała tylko ciemne chmury płynące nad olbrzymimi drzewami. Poczuła się zupełnie bezradna w tym ogromnym świecie. Zbierało jej się na płacz, ale z całych sił się powstrzymywała. Chciała tak jak Alik schować się pod kocem, kiedy nagle coś zauważyła.

Na niebie błysnęło jakieś światełko… Pojawiła się mała iskierka.

Ida otarła oczy i patrzyła uważnie. Iskierka się zbliżała. Frunęła w stronę karuzeli.

Dziewczynka zerwała się i patrzyła z napięciem.

Po chwili zobaczyła błyszczący przedmiot lecący w jej stronę. Na jego końcu lśniło złociste światło.

– To moje pióro!!! – krzyknęła Ida.

Alik wysunął głowę spod koca.

– Co mówisz…?

W tej chwili pióro wleciało pod dach karuzeli. Ida chciała je pochwycić, ale zręcznie się wymknęło. Sfrunęło na podłogę i zaczęło na niej pisać.

Ida i Alik wpatrywali się w nie jak zahipnotyzowani. Pióro szybko pokrywało deski literami, na końcu zrobiło kropkę i sfrunęło na dłoń Idy.

– To list on nich! – zawołała dziewczynka. – Rozumiesz? Wiadomość od moich przyjaciół. To znaczy, że oni tu są. Alik! Umiesz czytać? Potrafisz to odczytać?

– Tak…

– No to czytaj! Szybko!

Chłopak zaczął czytać:

– „Ida! Jesteśmy w mieście Ogromnych. Szukamy ciebie i Alika. Przyjdźcie do wielkiego domu z napisem MAGNUS. Jeśli jesteś uwięziona, napisz gdzie i wyślij pióro. Tęsknimy do ciebie. Gabi, Kuki, Blubek i Budyń”.

Kiedy Alik odczytał wiadomość, Idalia zaczęła krzyczeć z radości. Potem wyskoczyła z karuzeli i zaczęła biegać dookoła jak szalona. Padał deszcz, ale ona nie zwracała na to uwagi. Biegała i śmiała się! Po prostu oszalała z radości.

– Wiedziałam, że mnie nie zostawią! – krzyczała. – Wiedziałam, że tu przylecą! To są moi najlepsi przyjaciele. Nie wierzyłeś, że przybędą, a oni już tu są. Uratują nas! Zabiorą nas na Ziemię! Na pewno znajdziemy sposób, żeby tam wrócić.

Alik patrzył na Idę oszołomiony. Dziewczynka w końcu przestała biegać. Wskoczyła na karuzelę zdyszana i szczęśliwa.

– Alik! Wiesz, gdzie jest ten MAGNUS?

– Tak. To największy budynek w mieście. Widać go z każdego miejsca. Tam są różne sklepy.

– Już wiem! – zawołała Ida. – Byłam tam z Bertą na zakupach…

– Tak. To jest to miejsce.

– Jak daleko jest z parku do MAGNUSA?

– Daleko. Trzeba iść chyba godzinę.

– Dobra. Idziemy!

– Zaraz?

– Pewnie! Ja już nie mogę się doczekać, kiedy ich zobaczę. Walizę zostawimy tutaj, nie będzie nam potrzebna. Weźmiemy tylko parasol. Chodź!

Zeskoczyli z karuzeli. Idalia otworzyła olbrzymi parasol, który całkiem ich zakrył, i ruszyli parkową aleją.

– Ustalmy plan działania – powiedział Kuki. – Kto ma pomysł, co dalej robić?

– Jeśli Ida odczytała wiadomość, to przyjdzie tutaj – powiedziała Gabi. – No więc musimy na nią czekać.

– Ale ktoś powinien iść na zwiady, żeby sprawdzić, co jest w tym budynku. I znaleźć puzzle.

– Chodzenie między olbrzymami raczej nie jest bezpieczne – mruknął Blubek.

– Ja mogę pofrunąć w tornidronie – zaoferował się Budyń. – W razie kłopotów polecę wysoko i te giganty mnie nie dorwą.

– Naprawdę chcesz ryzykować?

– Chyba muszę, szefie. Przecież was tornidron nie uniesie.

– Dobrze. Ale bądź ostrożny. Jesteśmy w potwornie niebezpiecznym miejscu.

– Będę uważał.

– Czekamy na ciebie przez godzinę. Jak nie wrócisz, pójdziemy cię ratować, choćbyśmy mieli walczyć z armią olbrzymów.

– Miło to słyszeć, szefie. Na wszelki wypadek weźcie lustro. Ja i tak nie mam ręki, żeby je trzymać.

Kuki wyjął z tornistra lustro obronne. Budyń wskoczył do środka.

– No to lecę. Naprzód!

Śmigło zawirowało i tornidron odleciał. Psiak pomachał im ogonem na pożegnanie. Tornister przefrunął nad parkingiem i przez automatycznie otwierane drzwi wleciał do budynku.

– Boję się o niego – westchnął Kuki. – Budyń nawet na Ziemi jest dość mały, a co dopiero tutaj.

Kiedy Budyń wleciał do wnętrza budynku, hałas prawie go ogłuszył. Zewsząd dobiegała głośna muzyka i huczące głosy olbrzymów. Wieżowiec był okrągły jak beczka i potwornie wysoki. Środek był pusty, a na dole tryskała wielka fontanna. Dookoła każdego piętra biegła galeria z mnóstwem sklepów. Między piętrami jeździły ruchome schody i szklane windy. Wszędzie było pełno olbrzymów, które robiły zakupy.

Budyń szepnął:

– W dół. Ale powoli, żebym mógł wszystko obejrzeć!

Śmigło zmniejszyło obroty. Tornidron powoli opadał, zatrzymując się co chwilę obok kolejnych pięter. Na szczęście olbrzymy nie zwracały na Budynia uwagi. Chyba myślały, że jest latającą reklamą.

Budyń wypatrywał puzzli na sklepowych wystawach. Ale na razie nie widział niczego, co by je przypominało. Najwięcej było sklepów z butami na ogromnych obcasach. Było też dużo sklepów z wysokimi kapeluszami. Widocznie wielkoludy chciały być jeszcze większe.

Kiedy Budyń doleciał do piątego piętra, usłyszał hałas. Grupa olbrzymich dzieci wybiegła ze sklepu z grami i zabawkami. I wtedy psiak coś zauważył.

– Stop! – szepnął. – Ląduj obok tego sklepu!

Tornidron skręcił, podlatując do wystawy. Zawisł tuż nad podłogą.

– Jest! – zawołał Budyń.

Na wystawie leżało pudło z puzzlami. Było czerwono-złote. Wyglądało tak samo jak karton w domu nauczycielki. Tylko było ogromne. Gigantyczne!

– To chyba puzzle, których szukamy! – szepnął psiak. – Na pewno!

Był niesamowicie dumny, że to on odkrył magiczny przedmiot. Dzięki niemu powrócą na Ziemię! Już sobie wyobrażał, jak wszyscy mówią: „Budyń, jesteś genialny!”.

Kusiło go, żeby wlecieć do sklepu i sprawdzić wszystko dokładnie. Ale to było zbyt ryzykowne. Musi zawiadomić szefa i resztę. Razem na pewno wykombinują, jak zdobyć te puzzle.

Rozejrzał się uważnie, by zapamiętać miejsce, gdzie jest sklep.

– Piąte piętro... – mruczał. – Obok drzwi stoi automat do łowienia maskotek... Na pewno tutaj trafię! Możemy lecieć! Start!

Ale tornidron się nie poruszył. Budyń poczuł, że coś trzyma jego pojazd. Błyskawicznie się odwrócił. Nad nim stał olbrzym w długim fartuchu, a obok kubeł na kółkach. Olbrzym miał metalowe szczypce do zbierania odpadków. Złapał nimi tornidrona. Pewnie myślał, że to jakiś śmieć! TRACH! Olbrzym wrzucił tornister do kubła! Razem z Budyniem! Wszystko stało się tak szybko, że psiak nie zdążył zareagować. Wylądował w wielkim pojemniku na śmieci. TRZASK! Zamknęło się wieko.

Budyń był uwięziony.

Załomotały kółka. Sprzątacz pociągnął kubeł.

Budyń rozejrzał się przerażony. Musiał się stąd wydostać. Ale jak? Kubeł miał grube ściany i ciężkie wieko. Pełno w nim było papierów, puszek i innych śmieci.

Wjechali chyba do windy, bo coś zadzwoniło i psiak poczuł, że opadają w dół. Kundelek rozpaczliwie myślał, jak się uwolnić z pułapki. Nic nie przychodziło mu do głowy.

Winda się zatrzymała. Budyń skulił się w tornidronie. Był przygotowany, by wyfrunąć, jak tylko otworzy się klapa pojemnika. Ale nikt jej nie otwierał. Kubeł został wyciągnięty z windy i po chwili znalazł się na ulicy. Ktoś go uniósł i gdzieś wstawił. TRACH! Zawarczał silnik ciężarówki. „Więzienie" Budynia się zakołysało. Kundelek poczuł, że gdzieś jedzie.

– Szefie! Na pomoc! – jęknął. – Chcą mnie wywieźć na wysypisko śmieci! Na pomoc!

Ale oczywiście nikt nie mógł go usłyszeć.

Ogromna śmieciarka załadowana kubłami pojechała w stronę głównej ulicy.

Ida i Alik szli ulicą ukryci pod parasolem. Nagle usłyszeli głośne syczenie. Unieśli parasol, by zobaczyć, co to takiego, i krzyknęli ze strachu.

Przed nimi stał wielki kot. To był ten sam kocur, który napadł Idę pierwszego dnia. Zauważył dzieci i przyglądał im się uważnie.

– Masz ten straszak? – szepnęła Ida.

– Tak. – Alik błyskawicznie wyjął klakson naśladujący szczekanie.

Wielki kot ruszył w ich stronę.

Chłopak podniósł straszak i nacisnął gumową gruszkę. Rozległo się: Hau! Hau!

Kot się zatrzymał. Patrzył niespokojnie, ale nie uciekał.

Alik jeszcze raz nacisnął klakson. Znów rozległo się przeraźliwie szczekanie: Hau! Hauuu!

Jednak kot nawet nie drgnął. Gapił się na nich, mrużąc ślepia, i dzieciom się zdawało, że szyderczo się uśmiecha.

– On się już nie boi – jęknął Alik. – Połapał się, że to oszustwo!

– Spróbuj jeszcze raz!

Alik po raz trzeci nacisnął klakson. Szczekanie zabrzmiało jeszcze głośniej. Wtedy ogromny kot skoczył i wyrwał Alikowi straszak. Zaczął go ze złością niszczyć. Uderzał łapami uzbrojonymi w wielkie pazury, aż połamał klakson na kawałki.

– Uciekajmy! – krzyknęła Ida.

Dzieci popędziły ulicą. Kot pobiegł za nimi. Słyszeli, jak pazury zgrzytają o bruk. Był coraz bliżej.

– Tam się schowajmy! – krzyknął Alik.

Skręcili do narożnego domu z napisem BAR. Zaczęli łomotać w drzwi, krzycząc: „Ratunku!". Ale nikt nie otwierał. Bar był nieczynny.

Przybiegł kot.

Alik pochylił parasol i wycelował ostry czubek w napastnika.

Kot się zatrzymał.

Parasol był ogromny i Alik ledwo go trzymał. Ida skoczyła z pomocą. Oboje ściskali jedyną broń osłaniającą ich przed drapieżnikiem. Kocur zmrużył oczy i szykował się do skoku.

Śmieciarka jechała przez miasto, podzwaniając blaszanymi pojemnikami. Budyń zamknięty w kuble bezskutecznie próbował się uwolnić. Najpierw skakał na ścianę swego więzienia, licząc, że pojemnik się wywróci. Nic z tego. Psiak był za mały, a kubeł za wielki. Potem spróbował wspiąć się do klapy zamykającej wyjście. Bez skutku. Ściany były gładkie i śliskie. Spadł kilka razy i dał spokój.

Wtedy kundelek postanowił spróbować ostatniego sposobu. Ostatniej deski ratunku! Chciał polecieć w tornidronie i uderzyć w wieko kubła. Może uda się je wyłamać albo otworzyć? Był tylko jeden problem. Jeśli śmigło uderzy w twardą blachę, to pęknie i tornidron przestanie latać. Budyń wymyślił na to sposób. Schował się w tornistrze, zamknął go i krzyknął:

– Obróć się do góry nogami!

Silnik warknął, żyroskopy się przestawiły. Tornidron zrobił koziołka i ustawił się śmigłem w dół.

– Leć do tyłu! Szybko! – zawołał psiak.

Tornidron wisiał do góry nogami, więc rozkaz „do tyłu" oznaczał, że poleci w górę. Śmigło pchnęło pojazd jak silnik rakiety. Tornidron uderzył w pokrywę kubła. TRACH! Uderzenie było potężne, coś trzasnęło i pies poczuł, że leci w górę. Siła tornidrona wyrwała zatrzask, unosząc klapę!

Tornister wzleciał ponad samochód. Budyń był wolny!

– Odwróć się! – krzyknął.

Tornidron zrobił koziołka i ustawił się śmigłem do góry. Teraz leciał normalnie, unosząc się kilkanaście metrów nad ulicą.

Pies wysunął głowę i się rozejrzał. Śmieciarka już zniknęła za zakrętem. Wieżowca z napisem MAGNUS nie było widać, bo domy zasłaniały widok. Budyń już chciał polecieć wyżej, kiedy zauważył coś na końcu ulicy. Wychylił się i przyjrzał uważnie. A potem krzyknął przeraźliwie:

– Naprzód! Leć! Szybko! Szybko!!!

Kot skoczył. Wbił pazury w parasol i wyszarpnął strzęp czarnego materiału.

Ida i Alik cofnęli się. Rozwścieczony drapieżnik znów zaatakował. Wymachiwał łapami, rozdzierając materiał. Parasol był już prawie łysy. Zostały tylko druty i drewniana rączka. Kocur miauczał i syczał. Był większy od Idy i Alika. Musieli tę walkę przegrać.

Dzieci cofały się, aż w końcu oparły się plecami o ścianę. Nie miały już dokąd uciekać.

– Ida, posłuchaj – szepnął Alik. – Ruszymy naprzód i będziemy szczekać!

– Szczekać?

– Tak! Udawajmy psy. Może on się wystraszy.

Ścisnęli z całych sił rączkę parasola. Rzucili się na kota, udając szczekanie psów:

– Hau! Hauuuu!

Zaskoczony kocur gwałtownie się cofnął, a Ida i Alik się wywrócili. Wypuścili parasol, który poturlał się po chodniku.

Kot natychmiast skoczył w ich stronę. Dwoma łapami przycisnął dzieci do bruku.

Próbowali się wyrwać, ale napastnik trzymał ich mocno. Odwrócili głowy i ujrzeli żółte zmrużone ślepia. Kot syknął, odsłaniając ostre zęby.

„To koniec – pomyślała rozpaczliwie Idalia. – Pożre nas jak myszy!"

Nie mogli już nic zrobić.

I wtedy usłyszeli:

– Ida! Jestem!

Dziewczynka spojrzała w górę, ponad głowę kota. I krzyknęła przeraźliwie:

– Budyń!

Nadlatywał tornidron, wystawała z niego głowa psiaka.

– Budyń!!! Ratuj nas! – wołała Idalia.

Gigantyczny kot puścił dzieci. Odwrócił się w stronę nowego napastnika. Budyń z rozpędu uderzył tornidronem w bok kocura. Ten machnął łapą, wściekle miaucząc. Ale tornister zrobił zwrot i Budyń zaatakował z drugiej strony. Kot miotał się i wściekał, próbując dopaść latającego przeciwnika. Ale psiak uskakiwał, zręcznie manewrując tornidronem.

– Budyń! Uważaj… W górę! – krzyczała Ida.

– Poradzę sobie! – zawołał Budyń. – Porządny pies jeszcze nigdy nie przegrał z kotem. Nawet z napompowanym! Poradzę sobie!

Kiedy to mówił, kot skoczył jak wystrzelony z katapulty i chwycił pazurami tornidron. Pojazd runął na chodnik. Kundelek wypadł, a za nim potoczyła się śniadaniówka.

Kot z wściekłością zaczął rozrywać tornister. Poszarpał go na strzępy. Tornidron przestał istnieć.

Budyń i dzieci odskoczyli, ale nie mieli dokąd uciec. Za nimi była ściana.

Drapieżnik porzucił zniszczony tornister i ruszył w stronę dzieci.

Budyń wysunął się przed nie. Wyszczerzył zęby, szykując się do rozpaczliwej walki. Przy olbrzymim kocurze wyglądał jak malutka myszka.

Nagle Idalia skoczyła i podniosła z chodnika śniadaniówkę. Krzyknęła:

– Alik! Co u was lubią koty?

– Myszy. I ryby!

– Myszy nie mam. Ale ryby się znajdą…

Ida zaczęła stukać w ikonę na śniadaniówce. Uderzała szybko, wiele razy, a potem rzuciła pudełko w stronę kota.

Zwierzak spojrzał na nie i otworzył pysk ze zdziwienia. Bo ze śniadaniówki zaczęły wyskakiwać sardynki w oleju! Wędzone rybki wylatywały jedna za drugą! Pachnące przekąski spadały przed koci pysk. Kocur wciągnął zapach, a potem pochylił się i łapczywie pożarł sardynkę. Oblizał się i połknął następną.

– Zwiewajmy – szepnęła Ida. – Teraz!

Przemknęli obok zwierzaka zajętego pożeraniem rybek i popędzili ulicą. Kot ich nie gonił. Wyglądało na to, że woli sardynki od dzieci.

Połykał rybki wciąż wyskakujące z magicznego pudełka.

Uciekinierzy przebiegli pięćset metrów w sprinterskim tempie i ukryli się za rogiem ulicy. Tam Idalia objęła psiaka i go pocałowała.

– Dzięki, Budyń! Tak się cieszę, że jesteś. Nawet nie wiesz, jak za wami tęskniłam! Powiedz, gdzie są Gabi, Kuki i Blubek?

– W wielkim domu, który nazywa się MAGNUS. Dostałaś nasz list?

– Tak. Właśnie do was szliśmy, kiedy napadł nas kot.

– Szef i reszta na was czekają. Ja poszedłem na zwiady. Miałem małe kłopoty, ale znalazłem się we właściwym czasie w odpowiednim miejscu, no nie?

– Pewnie… – Ida spojrzała na Alika, który gapił się osłupiały na mówiącego psa. – To jest Budyń – powiedziała dumnie. – Najfajniejszy pies na świecie, który umie mówić! A to jest Alik. Zaginione dziecko.

– Więc go znalazłaś!? – zawołał Budyń.

– Tak.

– To super. Cześć, Alik – powiedział Budyń. A potem dodał tajemniczo: – Ja też coś znalazłem. Coś bardzo ważnego.

– Co?

– Potem wam wszystko opowiem. Ale teraz trzeba zawiadomić szefa, co się z nami dzieje. Czy masz pióro?

– Tak.

– To wyślij wiadomość: że was znalazłem i że spotkamy się na piątym piętrze MAGNUSA. Przed sklepem z zabawkami. To bardzo ważne!

– Czemu tam?

– Bo tam jest coś, czego bardzo potrzebujemy. Zaraz to wytłumaczę, ale najpierw wyślij wiadomość.

Ida uniosła pióro i szepnęła:

– Wróć do Gabi i napisz tak: „Czekajcie na piątym piętrze przy sklepie z zabawkami. Tęsknię do was! Ida. Oraz Alik i Budyń".

Rzuciła pióro w górę. Pofrunęło, znikając po chwili za dachami domów.

Dzieci i pies ruszyli ulicą między ogromnymi budynkami. Prowadził Alik, który znał drogę do MAGNUSA. Chłopiec wciąż zerkał na małego psiaka biegnącego obok nich. Chyba pierwszy raz uwierzył, że świat, o którym mówiła Idalia, naprawdę istnieje.

Świat bez olbrzymów.

– Co się dzieje z Budyniem!?

Kuki był coraz bardziej zdenerwowany. Minęła godzina, a pies nie wracał.

– Mam nadzieję, że olbrzymy go nie dopadły – szepnęła Gabi.

– Trzeba sprawdzić, co się z nim stało – zdecydował Kuki. – Chodźcie! Blubek, weź lustro.

Ruszyli w stronę wyjścia z parkingu, przebiegając pod ogromnymi samochodami. Dotarli do ruchomych schodów i zjechali na dziewięćdziesiąte dziewiąte piętro galerii. Blubek stanął na straży, a Kuki i Gabi podeszli do balustrady. Podobnie jak Budynia oszołomił ich rozmiar gigantycznego budynku. Wychylili się i wypatrywali tornidrona. Nagle usłyszeli wołanie Blubka:

– Uwaga! Chowajcie się!

Korytarzem szedł olbrzymi ochroniarz. Miał czapkę z wielkim daszkiem i czerwony mundur. Rozglądał się podejrzliwe.

Kuki, Gabi i Blubek wskoczyli pod metalowy taboret stojący obok windy.

Olbrzym się zatrzymał. A potem usiadł na taborecie, pod którym ukryły się dzieci! Wyciągnął z kieszeni gazetę i zaczął czytać.

Dzieci kuliły się pod krzesłem tuż obok wielkich buciorów ochroniarza. Nie mogły wyjść, bo olbrzym co chwilę podnosił głowę znad gazety i się rozglądał.

Nagle Gabi szepnęła:

– Zobaczcie! Tam!

Korytarzem leciało coś świecącego. Zbliżało się do nich.

– To jest pióro! Wiadomość od Idy!

Pióro ich szukało, a oni nie mogli wyjść z kryjówki! Na szczęście magiczny przedmiot wyczuł ich obecność i się zatrzymał. Stalówka się rozjarzyła i przedmiot pofrunął w ich stronę.

Olbrzym wciąż siedział na taborecie i przeglądał gazetę. Pióro podleciało i zatrzymało się obok jego głowy. Ochroniarz na razie go nie zauważył, bo siedział pochylony nad gazetą i rozwiązywał krzyżówkę.

Dzieci wysunęły się spod krzesła.

– No nie! – jęknął Kuki. – Zobaczcie, co ono robi!

Pióro zaczęło pisać na... plecach olbrzyma! Po prostu było to pierwsze płaskie miejsce, jakie znalazło, więc tam pisało wiadomość. Pokrywało mundur ochroniarza literami. Wielkolud coś poczuł, podniósł rękę i podrapał się po plecach. Pióro zręcznie umknęło i pisało dalej. Kiedy postawiło kropkę, ochroniarz pacnął się w plecy. Trafił wielką łapą w pióro. TRACH! Przedmiot pękł i jak martwy komar spadł na podłogę. Ochroniarz oczywiście nie widział wiadomości zapisanej na swoich plecach. Wstał i odszedł korytarzem. A wiadomość od Idalii odchodziła razem z nim!

Kuki patrzył bezradnie.

– Co robimy?

– Musimy przeczytać ten list! – szepnęła Gabi. – Idziemy za nim!

Wyszła spod krzesła i popędziła za olbrzymem. Kuki i Blubek pobiegli za nią. Skradali się za wielkimi buciorami ochroniarza jak mrówki za słoniem w filmie rysunkowym. Ale ten olbrzym był prawdziwy i naprawdę wielki.

Alik i Ida z Budyniem ukrytym pod bluzą weszli do MAGNUSA. Budynek już pustoszał. Zbliżała się szósta godzina, o której zamykano sklepy. Ostatnie olbrzymy wychodziły z torbami pełnymi zakupów. Sprzątacze wielkimi odkurzaczami czyścili korytarze.

Niezauważone przez nikogo dzieci wjechały ruchomymi schodami na piąte piętro.

Przeszły chyba kilometr kolistym korytarzem i wreszcie dotarły do drzwi sklepu z zabawkami.

Kukiego, Gabi ani Blubka nie było.

– Dlaczego ich nie ma? – zaniepokoiła się Ida.

– Może wiadomość jeszcze nie dotarła. Chodźcie tutaj. – Budyń wyskoczył na podłogę i poprowadził dzieci do wystawy sklepu. – Zobaczcie! – powiedział dumnie. – Tutaj są puzzle!

Budyń wyjaśnił im po drodze, że w Świecie Ogromnych istnieją drugie puzzle, dzięki którym można wrócić na Ziemię.

Ida przycisnęła nos do szyby. Wpatrywała się w czerwono-złoty karton.

– Pudło jest faktycznie podobne... Ale dużo większe.

– Tu wszystko jest duże.

– Szkoda, że nie widać obrazka na wieku. Wtedy bylibyśmy pewni, że to te puzzle.

Karton leżał na stole, zbyt wysoko, by małe istoty mogły zobaczyć wieko.

– Już wiem, co zrobić! – zawołała Ida.

Podbiegła do automatu do łowienia maskotek, który stał obok wystawy.

– Możemy się na to wdrapać – powiedziała. – Z góry zobaczymy wieko kartonu.

– Ja mogę wejść – powiedział Alik. – Umiem się dobrze wspinać.

– Pójdę z tobą!

Psiak zerknął niepewnie na wielką szafę. W środku była sterta pluszaków i wielki metalowy chwytak.

– Może lepiej poczekamy na Kukiego – pisnął.

Ale dzieci już zaczęły się wspinać na boczną ścianę urządzenia. Szło im łatwo, bo była tam kratka przypominająca drabinę.

Po chwili Ida i Alik weszli na dach automatu. Spojrzeli z góry na wystawę.

– To naprawdę te puzzle! – krzyknęła Ida. – Mają podobny rysunek. I napis jest prawie taki sam!

– Co znaczy „prawie"...!? – zawołał Budyń.

– Poczekaj, zaraz zobaczymy je dokładniej...

Dzieci zaczęły iść na czworakach po dachu maszyny, przysuwając się bliżej krawędzi. I wtedy zdarzyło się nieszczęście.

Zgrzytnął metal i opadła klapa pod nogami Alika. TRACH! Chłopiec poleciał w dół. Ida próbowała go złapać i wtedy ona także wpadła do wnętrza urządzenia.

Przelecieli pięć metrów i spadli na stos wielkich pluszaków.

Znaleźli się w środku automatu do łowienia maskotek! Nad nimi wisiała wielka metalowa łapa. Wyczołgali się ze sterty zabawek i rozglądali, szukając jakiegoś wyjścia. Ale wyjścia nie było. Otwór, przez który złowione maskotki wypadały na zewnątrz, był otoczony wysoką gładką ścianą. Nie mieli szans, by tam się dostać. Ida i Alik podbiegli do szyby. Zaczęli w nią uderzać pięściami. Gruba szyba nawet nie drgnęła.

Byli uwięzieni!

Budyń patrzył na dzieci z przerażeniem. Zawołał coś, ale przez szybę nie było go słychać.

Gabi, Kuki i Blubek skradali się za ochroniarzem. Olbrzym szedł zgarbiony, więc wciąż nie mogli przeczytać listu napisanego na jego plecach. Widzieli tylko podpis: „Ida. Oraz Alik i Budyń”.

Wreszcie olbrzym się zatrzymał. Stanął przed barem i spojrzał na spis potraw. Jego plecy się wyprostowały i teraz list były widoczny. Gabi zaczęła szybko czytać: „Czekajcie na piątym piętrze przy sklepie z zab...".

W tej chwili ochroniarz się odwrócił. Zobaczył małe stworzenia.

– Spadamy! – krzyknął Blubek.

Rzucili się do ucieczki. Olbrzym ruszył za nimi. Blubek miał lustro obronne, ale nie mogli go użyć. Przecież lustro odbijało złość, a olbrzym wcale się nie złościł. Po prostu był zdziwiony ich widokiem.

Uciekali najszybciej jak umieli, ale ochroniarz był szybszy. Sadził olbrzymie kroki i był już kilka metrów od nich. Wtedy zobaczyli windę stojącą na piętrze. Drzwi były otwarte.

Dzieci wskoczyły do kabiny. Guziki były zbyt wysoko, by mogli je nacisnąć, ale Kuki błyskawicznie zdjął but i rzucił w guzik z numerem pięć. Trafił. Syknęło, drzwi się zamknęły, a winda ruszyła. Kiedy ochroniarz dobiegł, olbrzymia kabina mknęła już w dół.

– Na które piętro jedziemy?

– Rzuciłem w piątkę, bo tam czeka Ida.

– Fakt.

– Gabi… Pamiętasz, co dokładnie było napisane na końcu listu? – spytał Kuki.

– „Czekajcie przy sklepie z zab…". Tyle zdążyłam przeczytać.

– Chyba chodzi o zabawki! – zawołał Blubek. – Sklep z zabawkami.

– Raczej tak.

– Najważniejsze, że Budyń się znalazł – powiedział z ulgą Kuki. – Musiał ich spotkać i są razem.

Zadźwięczał dzwonek. Winda zatrzymała się na piątym piętrze.

– Uwaga! – zawołał Kuki. – Jak otworzą się drzwi, od razu uciekamy!

Szklane drzwi zaczęły się rozsuwać. Jakaś olbrzymka ze stertą toreb weszła do kabiny, ale na szczęście nie patrzyła pod nogi. Wyskoczyli i popędzili korytarzem. Rozglądali się w poszukiwaniu sklepu z zabawkami.

Nagle Gabi zawołała:

– Patrzcie! Tam jest Budyń!

Zobaczyli kundelka stojącego obok wielkiej maszyny z napisem ŁAPA SZCZĘŚCIA. Pobiegli do niego. Kuki objął psiaka.

– Budyń! Tak się o ciebie martwiłem! Nic ci się nie stało?

– Nie, szefie.

– A gdzie jest Ida...? – spytała Gabi. – Spotkałeś ją?

– Tak... Znalazłem ją i Alika.

– Gdzie oni są?

W odpowiedzi Budyń spojrzał ponuro.

– Niestety są tam...

Poprowadził ich do automatu do łowienia maskotek. Zobaczyli za szybą Idę i Alika siedzących bezradnie na górze pluszaków.

Dziewczynka zerwała się i podbiegła do szyby. Krzyczała coś, ale nie było jej słychać przez szybę.

– Budyń! Jakim cudem oni tam wpadli!? – spytała przerażona Gabi.

– No... Wspięli się na tę szafę, żeby obejrzeć puzzle i...

– Puzzle!? – krzyknął Blubek. – Znaleźliście je?

– Tak. Są w tym sklepie, na wystawie.

Wszyscy spojrzeli na wystawę i zobaczyli czerwono-złote pudło.

– To chyba naprawdę są te puzzle… – szepnął Blubek.

– Na pewno – powiedział psiak. – Ida i Alik oglądali je z góry. Powiedzieli, że mają ten sam rysunek. Ale potem wpadli do tej głupiej maszyny.

– Trzeba ich uwolnić! – zawołała Gabi.

– Ale jak? – Kuki patrzył na automat. – Ta szyba wygląda na pancerną. Nie rozbijemy jej.

– Może spróbujemy ich wyłowić – powiedziała niepewnie Gabi. – To jest łapa szczęścia. Można nią wyciągać maskotki.

– To prawie nigdy się nie udaje – mruknął Kuki. – Poza tym trzeba wrzucić monetę. A nie mamy tutejszej forsy.

– No to co zrobimy?

Patrzyli bezradnie na dwójkę dzieci stojących za szybą. Byli załamani. Przebyli potwornie niebezpieczną drogę, żeby ich ratować. A teraz nie potrafili ich uwolnić z idiotycznej łapy szczęścia.

– Spokojnie – powiedział Blubek. – Ja chyba znam jeden sposób.

– Jaki?

– Czytałem w necie, że istnieje tajny kod, który pozwala obsługiwać te automaty bez forsy. Może tutaj też działa.

– Pamiętasz ten kod?

– Chyba tak… Tylko muszę dosięgnąć do sterownika.

Kuki się rozejrzał.

– Przysuniemy tamten kubeł.

Pod ścianą stał wielki kosz na śmieci. Był okropnie ciężki, ale razem jakoś go przyciągnęli do automatu. Wspięli się wszyscy na wieko. Teraz mogli dosięgnąć do konsoli sterującej. Był tam olbrzymi joystick, a obok blaszana klapka. Blubek ją uniósł.

Zobaczyli trzy guziki. Blubek zaczął je naciskać, wprowadzając tajny kod. Guziki były ogromne, więc musiał w nie uderzać pięścią. Po pięciu uderzeniach zawołał:

– Gotowe.

Coś zgrzytnęło i za szybą zaczął się przesuwać metalowy chwytak.

– Teraz macie trzy minuty, żeby łowić bez pieniędzy.

– Ja spróbuję! – zawołała Gabi.

Pomachała do Idy, pokazując, żeby się odsunęła od szyby. Potem złapała joystick. Pchnęła go w prawo.

Metalowa łapa przesunęła się i zatrzymała nad Idalią. A potem chwytak zaczął się powoli opuszczać. Gabi zawołała:

– Uważaj!

Szczypce pochwyciły dziewczynkę w pasie i zaczęły ją unosić jak pluszową zabawkę. Powoli została wyciągnięta ze stosu maskotek. Gabi zaczęła przesuwać łapę nad otwór, do którego wpadały maskotki. Ale zanim tam dojechała, zęby chwytaka nagle się rozchyliły. Ida spadła na stertę pluszaków.

– Co za świństwo! – jęknęła Gabi.

Spróbowała jeszcze dwa razy, ale Idalia za każdym razem spadała.

– To się nigdy nie uda – westchnął Kuki. – Ta maszyna to oszust! Wyciągacz kasy.

– To co zrobimy? Przecież musimy ich stamtąd wydobyć!

– Czekajcie – powiedział Blubek. – Przypomniałem sobie jeszcze jeden sposób. Można wpisać kod, który zwiększa siłę uchwytu, wtedy maskotki nie wypadają. To chyba było tak… – Blubek pochylił się nad konsolą i kilkoma uderzeniami wstukał kod. – Spróbuj teraz. Szczypce będą łapać mocniej. Ale nie gwarantuję, że ich nie zgniotą… – dodał niepewnie.

Gabi jeszcze raz chwyciła joystick. Zanim go poruszyła, przycisnęła twarz do szyby i zawołała:

– Ida! Złap się z Alikiem za ręce! Może się uda wyciągnąć was razem. Tylko owińcie się czymś, bo będzie mocny chwyt!

Dzieci za szybą ją usłyszały. Alik podbiegł do Idalii. Owinęli się oboje pluszowym wężem. Potem Alik objął Idę i czekali.

– Mam nadzieję, że ta łapa ich nie zgniecie… – szepnęła Gabi.

Metalowe szczypce zawisły nad dziećmi. Potem zjechały i złapały je. Chwyt był naprawdę mocny. Na szczęście pluszowy wąż był gruby i chronił przed zgnieceniem.

Chwytak się uniósł. Dzieci pojechały w górę.

Gabi pchnęła joystick, łapa szczęścia powoli przesuwała się w lewo. Więźniowie byli już blisko otworu do wrzucania maskotek, kiedy w maszynie coś się zacięło. Łapa zaczęła jeździć w górę i w dół. Nie wypuszczała dzieci, tylko skakała jak zwariowana sprężyna. A potem zaczęła wirować.

– Blubek, co się dzieje!? – krzyknęła Gabi.

– Upłynęły trzy minuty i kod przestał działać!

– Zrób coś! – wołał Budyń. – Bo ta łapa ich wykończy!

Dzieci kręciły się jak na szalonej karuzeli. Stalowa łapa nie chciała ich wypuścić. Blubek rzucił się do konsoli i wstukał tajny kod po raz drugi.

Gabi pchnęła joystick. Chwytak przestał wirować i przesunął się nad otwór. TRACH! Szczypce się otworzyły, a Ida z Alikiem wpadli do dziury.

Po chwili z otworu, przez który wyciąga się maskotki, wychyliły się ich głowy.

– Gabi!

– Ida!

Gabi przytuliła „siostrzyczkę”.

– Jak to dobrze, że cię znaleźliśmy – szeptała. – Wiesz, jak się o ciebie martwiliśmy?

– Ja też stale o was myślałam – powiedziała Ida. – Już się bałam, że nie traficie do tej krainy. Albo… że zapomnieliście o mnie.

– Coś ty! – zawołał Kuki. – Ciągle o tobie myśleliśmy.

– Wiesz, jakie mieliśmy niesamowite przygody? – powiedział Blubek. – Jechaliśmy na mamutobaranie! Porwał nas gigabocian. I rzucali w nas kulami do bowlingu! Po prostu masakra! Czy to ten chłopak, którego szukamy?

Wszyscy spojrzeli na Alika, który patrzył niepewnie, onieśmielony widokiem obcych. Ida podeszła do niego.

– Tak. To jest Alik – powiedziała. – Został przeniesiony do Świata Ogromnych pięć lat temu.

– Cześć, Alik. Ja jestem Gabi.

– A ja Kuki. To jest Blubek. A Budynia już znasz.

– No to co? – powiedział Blubek. – Zabieramy te puzzle i wracamy do naszego świata!

Pobiegli do wystawy i wszyscy krzyknęli z przerażenia. Bo za szybą nie było czerwono-złotego kartonu.

Puzzle zniknęły.

Stali w kompletnym milczeniu, gapiąc się na puste miejsce, gdzie przed chwilą leżał magiczny przedmiot. Ich jedyna nadzieja na powrót do domu.

– Przecież te puzzle tu były! – krzyknął Budyń. – Naprawdę tu były, szefie! Na sto procent!

– Ktoś je zabrał.

– Albo kupił – szepnęła Gabi.

– Musimy tam wejść – powiedział Kuki, próbując zajrzeć przez szybę do wnętrza sklepu.

– Ale jak?

Drzwi były zamknięte, a klamka na wysokości trzech metrów.

– Ja umiem je otworzyć.

Alik wyciągnął z kieszeni lasso. Rzucił je. Pętla zaczepiła o klamkę, chłopak uwiesił się i klamka opadła. Drzwi były otwarte.

Weszli do sklepu. Błyskawicznie podbiegli do regału z zabawkami i schowali się pod nim.

Sklep składał się z kilku ogromnych pomieszczeń. W sali, w której się ukryli, sprzedawano elektryczne samochody i modele statków. Puzzli tutaj nie było.

– Zobaczcie! Tam są jakieś kartony... – szepnęła Gabi.

W drugim pomieszczeniu stały na regałach setki kolorowych pudeł. Ale było zbyt daleko, żeby zobaczyć, czy są tam „ich" puzzle.

– Trzeba to sprawdzić... – powiedział Kuki. – Pojedziemy tam.

– Jak to pojedziemy?

– Właźcie do tego pociągu. On tam jedzie!

Na podłodze sklepu były ułożone tory. Elektryczna kolejka jeździła pomiędzy salami. Ciągnął ją parowóz, z którego leciał prawdziwy dym.

Podbiegli do torów. Zabawka właśnie nadjeżdżała. Miała ogromne rozmiary, więc bez trudu mogli się zmieścić w parowozie. Kolejka jechała szybko, ale Kuki przesunął przełącznik w semaforze. Ramię opadło i pociąg się zatrzymał. Błyskawicznie wsiedli do parowozu, a Kuki odblokował semafor. Zanim kolejka ruszyła, chłopak zdążył wskoczyć do lokomotywy.

– Ciekawe, jak wysiądziemy z tego pociągu? – spytał Blubek. – Przecież nie da się go zatrzymać od środka.

Rzeczywiście, w zabawce nie było żadnego sterownika, bo kolejką kierowało się z zewnątrz. Spojrzeli niepewnie w okno. Pociąg jechał przez sztuczne góry z plastikowymi drzewami, przetoczył się przez most i wjechał do następnej sali. Pędził szybko, więc skok z parowozu byłby niebezpieczny. Na szczęście w drugiej sali stał plastikowy dworzec i kolejka się przy nim zatrzymała. Widocznie była tak zaprogramowana, żeby stawać na stacjach. Zanim znów ruszyła, wyskoczyli i ukryli się w plastikowym budynku dworca.

– Co dalej? – spytał Blubek.

– Czekajcie. Sprawdzę, co się tu dzieje. – Kuki wyjrzał przez okno.

Na środku sklepowej sali stał duży stół. Leżała na nim sterta zabawek. Olbrzymia sprzedawczyni owijała je w ozdobny papier i przyczepiała kartoniki z jakimiś napisami. Zapakowane zabawki wrzucała do wielkiego kufra. Słyszeli, jak olbrzymka mruczy:

– Bez sensu… Po co komu tyle prezentów…?

– Patrzcie! – szepnął Kuki. – Są nasze puzzle!

Ekspedientka podniosła ze stołu czerwono-złote pudło. To był karton z „ich" puzzlami! Olbrzymka owinęła go błyszczącym papierem i cisnęła do kufra.

Spojrzeli na siebie.

– Kuki! Co robimy? – spytał Blubek.

– Idziemy tam. Ale pojedynczo i po cichu.

Odczekali, aż ekspedientka się odwróci, i pobiegli do kufra z zabawkami. Alik się potknął i upadając, uderzył w ścianę kufra. Olbrzymka podniosła głowę i rozglądała się podejrzliwie. Na szczęście nie zauważyła małych. Wróciła do pakowania.

Kuki powiedział niemal bezgłośnie:

– Musimy wejść do tego kufra i zabrać puzzle…

– Ale jak? – szepnął Blubek. – Pudło waży chyba sto kilo! Ta gigantka nas zauważy i rozgniecie jak karaluchy!

– Słuchajcie… Możemy poczekać, aż zamkną sklep – powiedziała Gabi. – Wtedy spokojnie ułożymy te puzzle.

– A jak gdzieś je zabiorą? – spytał Blubek.

– Czemu mieliby je zabrać?

– No przecież pakują te zabawki. To znaczy, że chcą je gdzieś wysyłać.

– Wejdę tam – zdecydował Kuki. – Sprawdzę, co jest w pudle. Może to wcale nie są „nasze" puzzle?

– Idę z tobą – szepnęła Gabi.

– Wszyscy idziemy! – powiedziała Ida.

– Tylko cicho! Żadnego hałasu…

Kuki schował Budynia pod bluzę i podkradł się do narożnika kufra. Była tu rzeźbiona listwa, po której zaczął się wspinać. Reszta ruszyła za nim, co chwilę nerwowo zerkając, czy olbrzymka nie patrzy. Na szczęście była zajęta pakowaniem.

Wreszcie wszyscy wdrapali się do kufra wypełnionego wielkimi paczkami. Były opakowane w identyczny sposób, więc nie było wiadomo, gdzie są „ich" puzzle. Zaczęli iść na czworakach pomiędzy kartonami i odchylać ozdobne papiery.

W paczkach były samochody i elektryczne kolejki, duży czołg i jakieś roboty. Blubek odkrył wielkie pudło z napisem PAINTBALL EXTRA. Były też figurki potworów i mnóstwo innych zabawek. Dotarli na drugi koniec kufra. Tutaj leżała wielka paczka przypominająca rozmiarem pudło z puzzlami. Kuki rozerwał ozdobny papier. Błysnął czerwono-złoty karton.

– Są puzzle!

Odchylili bardziej papier i zajrzeli. Na kartonie był taki sam obrazek jak na puzzlach, które ich tu przeniosły. Ale napis był inny: *TERRA MINORUM*.

– To inne puzzle – powiedział wystraszony Kuki.

– Nie. Wszystko się zgadza – szepnęła Gabi. – Na ziemskich puzzlach było napisane *TERRA MAGNORUM*, czyli ŚWIAT OGROMNYCH. Więc one przeniosły nas do krainy olbrzymów. Na tych jest *TERRA MINORUM*.

– Co to znaczy?

– ŚWIAT MNIEJSZYCH. Czyli te puzzle przeniosą nas z powrotem na Ziemię.

– To się okaże, jak je ułożymy… – mruknął Blubek. – A co to za kartka?

Do paczki był przyczepiony ozdobny kartonik. Takie same były dołączone do innych pudeł.

Kuki pochylił się i przeczytał napis na kartoniku: „Prezent dla naszego ukochanego Giguna".

– Co!!!? – krzyknęła Ida.

– Nie krzycz…

– Ale Gigun to…

– Mów ciszej… O co chodzi?

– Gigun to olbrzym, który chciał nas wykończyć – wyszeptała Idalia. – Ohydny drań. To na pewno prezenty dla niego, prawda, Alik?

– Tak. On ma dziś urodziny.

Alik był przerażony. Imię Giguna spowodowało, że znów zaczął się bać. Drżał ze strachu.

– To znaczy, że nasze puzzle jadą do jakiegoś wrednego Giguna? – spytał Blubek.

– Tak.

– No to trzeba…

– Uwaga! – pisnął Budyń stojący na warcie. – Chowajcie się!

Usłyszeli łomot kroków. Ktoś zawołał:

– Skończyłaś wreszcie!?

Błyskawicznie ukryli się między paczkami. Idalia nieco wysunęła głowę. Zobaczyła, jak do stołu podchodzi olbrzymka w grubych okularach. Poznała kierowniczkę sklepu, która sprzedała Bercie meble dla lalek. Za nią szły dwa olbrzymy.

– Zapakowałaś? – spytała kierowniczka.

– Tak, wszystko jest gotowe… – powiedziała sprzedawczyni.

– No wreszcie! Panowie czekają już od godziny!

Olbrzymka zatrzasnęła wieko kufra. TRACH! Olbrzymy podniosły kufer. Wyszły ze sklepu i wsiadły do windy. Kabina pojechała w dół.

W kufrze przerażone dzieci wysunęły się z kryjówek. Kuki pokazał im, żeby milczeli. Poczuli, jak winda się zatrzymuje. Potem kufer się zakołysał. Olbrzymy chwyciły go i gdzieś niosły.

Kuki wyjrzał przez szczelinę pod wiekiem. Zobaczył łapę wielkoluda zaciśniętą na uchwycie kufra. Dalej było widać parking. Olbrzymy zatrzymały się obok granatowego vana. Włożyły kufer do bagażnika. Po chwili samochód ruszył. Silnik huczał, a koła łomotały na nierównej jezdni.

– Oni nas wiozą do Giguna! – wyszeptał Alik, który drżał ze strachu.

– Powiedzcie wreszcie, kto to jest ten Gigun? – spytał Blubek.

– To największy chłopak w szkole – powiedziała Ida. – Jest ogromny i bije wszystkich. Ma bogatego ojca.

– Chodziłaś tu do szkoły? – zdziwiła się Gabi.

– Przez jeden dzień.

– I ten Gigun był w twojej klasie?

– Tak. Chciał nas wykończyć.

– Jak nas znajdzie, rozerwie nas na kawałki – szepnął Alik. – Albo zamknie w klatce i będzie się nad nami znęcać.

– Musimy uciekać – jęknął Blubek.

– Ale ten kufer jest zamknięty.

– Trzeba ułożyć puzzle. Wtedy przeniesiemy się na Ziemię.

– Blubek, co ty bredzisz? – szepnął Kuki. – Jak chcesz w kufrze ułożyć puzzle? Przecież one są za wielkie. Nie da się.

– To co robimy? Wymyśl coś, Kuki!

– Spokojnie. Tutaj są prezenty. Czyli w domu Giguna muszą otworzyć kufer, żeby je wyjąć. Wtedy uciekniemy.

– Ten drań nas zobaczy.

– No to musimy się ukryć – powiedziała Gabi.

– Gdzie?

– No… Na przykład w jakimś kartonie.

– Mam lepszy pomysł – szepnęła Ida. – Wejdziemy do nich…

– Do czego?

– Do tych figurek. Zobaczcie, są puste w środku.

W kufrze było kilka gumowych figurek. Na spodzie każda miała otwór, przez który można było wejść. Figurki były ogromne, rozmiaru dzieci.

– Co to w ogóle jest? – mruknął Blubek, patrząc na gumowe potworki.

– To są Tortugory – powiedział Alik.

– Co?

– Postaci z takiego komiksu. Są tu bardzo znane. Każdy młody olbrzym zbiera te figurki. Ta włochata nazywa się Gogorilo. Para z mieczami to Przecinaki. Jaszczurka to Orda. A ten największy to wódz, Torogor.

– Dobra, włazimy w nie – powiedział Kuki.

– Czekajcie… Trzeba zrobić dziury do oddychania i patrzenia. – Blubek wyjął scyzoryk i wywiercił w figurkach otwory na wysokości ust i oczu. – Gotowe!

Kuki chwycił Budynia.

– Włazimy razem do tego Torogora! – Wsunął się do figury wojownika z lwimi pazurami.

– Trochę tu śmierdzi, szefie – pisnął psiak.

– Ale przynajmniej można ruszać rękoma.

Kuki wsadził ręce w łapy figurki i pomachał.

– To ja wejdę do Ordy. – Gabi wpełzła do figury będącej połączeniem kobiety i jaszczurki.

– A ja mam wejść do tej ohydnej małpy? – jęknął Blubek.

– Gogorilo jest najsilniejszy! – zawołał Alik. – Wszyscy się go boją. To znaczy tak jest w komiksie.

Blubek, mrucząc coś pod nosem, wszedł do włochatego potwora o długich łapach i rogach na głowie.

– My schowamy się do Przecinaków – powiedział Alik.

Weszli z Idą do dwóch identycznych figur z mieczami w rękach.

Ledwo zdążyli się wszyscy schować, kiedy samochód zwolnił i po chwili się zatrzymał. Dzieci ukryte w figurkach zastygły w bezruchu. Trzasnął otwierany bagażnik. Olbrzymy wyciągnęły kufer i gdzieś z nim pobiegły.

Ida wyjrzała przez szczelinę pod wiekiem. Zobaczyła, że zmierzają do wielkiego domu przypominającego pałac. Wszystkie okna jarzyły się światłami. W ogrodzie wisiały kolorowe lampiony. Kiedy olbrzymy z kufrem podbiegły do złotych drzwi, te natychmiast się otworzyły. Ida zobaczyła hol z ogromnymi schodami. Stał na nich wielkolud w mundurze. Na widok przybyszy z kufrem zaczął krzyczeć:

– Czemu tak długo!? On czeka na prezenty! Wścieka się!

– Nie mogliśmy szybciej…

– Chodźcie, fajtłapy! No już!

Wielkolud w mundurze ruszył po schodach. Dwa olbrzymy pobiegły za nim, sapiąc z wysiłku. Kufer pełen ogromnych zabawek był ciężki nawet dla nich.

Weszli na piętro. Zabrzmiał gwar wielu głosów i głośna muzyka. Ida przez szczelinę zobaczyła wielką salę z długim stołem. Siedziały przy nim olbrzymy w eleganckich strojach. Dookoła biegały ogromne dzieci.

Na końcu stołu siedział największy wielkolud, jakiego Ida widziała. Był chyba dwa razy wyższy niż reszta. Obok siedziała niesamowicie gruba olbrzymka. Między nimi stał Gigun. A za nim Szafa, która pożerała jakieś ciastko.

Wielkoludy z kufrem podbiegły do nich i postawiły go, kłaniając się nisko.

Wtedy największy olbrzym wstał i przemówił uroczyście:

– Drodzy państwo! Dzisiaj jest ważny dzień. Nasz syn, nasz ukochany Gigun, kończy dziś dziesięć lat!

Rozległy się oklaski i okrzyki:

– Brawo! Brawo!

Olbrzym odwrócił się do Giguna, który stał z obojętną miną i żuł gumę.

– Życzę ci, synu, żebyś urósł wielki. Największy w mieście. Żebyś kiedyś przerósł nawet mnie… Wszystkiego najlepszego, mój mały!

– Nie jestem mały! – warknął Gigun.

– Oczywiście. Jesteś już całkiem duży. I obiecuję… – Ojciec Giguna pochylił się i szepnął: – Obiecuję ci, że wkrótce będziesz jeszcze większy.

– Wnieście tort! – ryknęła matka Giguna.

Zagrała orkiestra. Otworzyły się drzwi i weszły dwie olbrzymki niosące tort z dziesięcioma płonącymi świecami. Wszyscy zaczęli śpiewać: „Bądź wielki! Ogromny! Największy na świecie! Sto lat, Gigunie! Sto lat!”.

Głosy olbrzymów huczały tak, że ukryte w kufrze dzieci rozbolały uszy.

Tort z płonącymi świecami został ustawiony na stole.

– Zgaś! – powiedziała uroczyście matka Giguna.

Wszyscy na sali zaczęli wołać:

– Jednym dmuchem! Jednym dmuchem!

Gigun nabrał powietrza, nadął się okropnie i dmuchnął.

Powstała wichura tak potężna, że świece oderwały się od tortu i pofrunęły. Tylko jedna, wbita głęboko, nie spadła ani nie zgasła.

Szafa zarechotała.

– Nie zgasiłeś! Będziesz mieć pecha!

Wściekły Gigun trzasnął pięścią w świecę, która pofrunęła, uderzając jego matkę w czoło.

– Nie denerwuj się, kochanie – powiedziała olbrzymka. – Na pewno nie będziesz miał żadnego pecha.

– Mamo! Chcę wreszcie dostać prezenty! – wrzasnął Gigun.

– Oczywiście. Myślę, że będziesz bardzo zadowolony! – powiedziała słodko olbrzymka, a potem rozkazała: – Kufer na stół!

Służący chwycili kufer i postawili na stole.

Dzieci i Budyń znieruchomieli w figurkach. Kuki szepnął:

– Uciekamy dopiero na mój znak.

TRACH! Wieko kufra zostało podniesione.

Gigun pochylił się nad kufrem i zaczął rozrywać ozdobne papiery na paczkach. Oglądał samochody, gry i wielki czołg. Inne młode olbrzymy patrzyły zazdrośnie. Niektóre próbowały dotknąć zabawek. Wtedy Gigun walił je po rękach, wrzeszcząc:

– Won z łapami! To moje!

Figurek na razie nie ruszał. Dzieci w ich wnętrzu stały nieruchomo, czekając na znak Kukiego. Ale na razie nie było szans na ucieczkę, bo tłum olbrzymów stał nad kufrem.

Gigun wyciągnął długi pakunek. W środku był prawdziwy miecz, błyszczący i ostry. Zaczął nim wymachiwać, niemal obcinając ucho jakiemuś wielkoludowi.

– Uważaj, synku! – zawołał ojciec Giguna. – Bo jeszcze się skaleczysz!

Olbrzym odłożył miecz. Wyjął karton z puzzlami.

– Nienawidzę puzzli – mruknął pogardliwie i cisnął pudło na podłogę.

Gigunowi znudziło się wyciąganie prezentów, więc odwrócił kufer i wysypał paczki na stół. Wyleciały też figurki. Wylądowały w różnych miejscach. Ukryte dzieci nie widziały się teraz wzajemnie.

Gigun rozgrzebywał stos paczek, szukając czegoś. Potem odwrócił się i zawołał:

– Tato… Nie ma tego, co obiecałeś! Nie ma Amplusa…

– Ciii… Cicho!

– Obiecałeś mi, że dostanę Amp…

Ojciec zatkał mu usta, a mama pochyliła się, szepcząc:

– Gigunku… Pan doktor zaraz przyjdzie… Przyniesie ci to… Ale nikomu o tym nie mów. Teraz pobaw się z dziećmi… Masz mnóstwo zabawek.

Szafa przepchnęła się do stołu i uniosła wielką pakę.

– Ej… Gigun. Patrz! Dostałeś zestaw do paintballa! Może sobie postrzelamy!

– Nie mamy masek! – zawołał jakiś chłopak.

Szafa chwyciła figurkę Torogora (z Kukim w środku).

– Ustawimy te figurki w ogrodzie i będziemy walić do nich. Będzie ekstra zabawa!

– Hurra! – wrzasnęły młode olbrzymy.

Kuki zdrętwiał ze strachu. Wielkoludy chciały zrobić z nich tarcze strzelnicze!

– Bierzcie figurki! – ryknęła Szafa. – Idziemy!

Wybiegła z Torogorem w ręku.

Ogromne dzieciaki złapały pozostałe figurki. Gigun wziął torbę ze sprzętem do paintballa. Jego matka zawołała:

– Zjedzcie trochę tortu…!

Ale olbrzymie dzieci nie słuchały. Wrzeszcząc i chichocząc, wybiegły z domu. W dłoniach ściskały figurki. Na razie nie odkryły, co jest w środku.

Przed domem był taras otoczony kamienną balustradą, a dalej ogromny ogród.

Szafa podbiegła do balustrady. Postawiła na niej figurkę Torogora. Inni ustawili pozostałe figury.

– Robimy zawody! – powiedział Gigun. – Walimy do nich na zmianę. Kto pierwszy strąci wszystkie figury, wygrywa.

Wielkie dzieciaki podzieliły się na drużyny. Jedne stawały obok Szafy, inne przy Gigunie. Było sześć karabinów na żelowe kule, zwanych markerami. Wyrywali je sobie z rąk, kłócąc się, kto ma strzelać pierwszy. Szafa narysowała linię, zza której mieli strzelać.

Kuki ukryty w figurce patrzył na to z przerażeniem. Stali, cała piątka, na murze okalającym taras. Do ziemi było kilka metrów. Nie było szans, by stąd zeskoczyć. Zresztą najpierw musieliby wyjść z figurek, a wtedy tamci zaraz by ich zauważyli.

Zanim Kuki coś zdecydował, Gigun wrzasnął:

– Ja strzelam pierwszy!

Załadował do karabinu żelowe naboje. Zrobił kilka kroków.

– Ej… Nie wychodź za linię! – krzyknęła Szafa.

– Zamknij się.

Gigun wycelował i nacisnął spust.

TRACH! Czerwona plama farby rozbryznęła się na murze u stóp figury Torogora.

– Pudło! – zarechotała Szafa.

Podniosła karabin, celując w jaszczurkę Ordę. Gabi w figurce widziała, jak Szafa do niej mierzy. Kiedy żelowy pocisk poleciał, uchyliła się. Pocisk ją minął i walnął w ścianę domu.

– Ta figura się ruszyła! – ryknęła Szafa. – Widzieliście? Ona podskoczyła!

– Masz halucynacje!

Gigun podniósł karabin.

– Czekaj, my też chcemy postrzelać! – krzyczały inne olbrzymy.

– Spadajcie. Najpierw ja muszę trafić!

Szybko wystrzelił. Tym razem wycelował w Przecinaka. PAC! Pocisk trafił figurkę w rękę. Rozległ się okrzyk:

– Ała!

Gigun zastygł.

– Słyszeliście!? Ta figurka krzyczała!?

– Masz halucynacje – zrewanżowała się Szafa.

– Zamknij się.

Gigun ruszył w stronę muru.

– Patrzcie! – krzyknął.

Z gumowej figury wysunął się Alik. Trzymał się za łokieć.

– To ten karaluch! – ryknął Gigun. – Zakradł się do nas!

Młode olbrzymy podbiegły do muru. Wybałuszyły oczy na Alika, który ściskał obolały łokieć i patrzył bezradnie.

W tej chwili Szafa wrzasnęła:

– Ich jest więcej! Patrzcie… Wyłażą następne!

Z drugiego Przecinaka wysunęła się Ida. Potem z gumowych postaci wyszli Kuki i Gabi. Na końcu z kosmatego Gogorilo wylazł Blubek.

Olbrzymy patrzyły na małych oszołomione.

– Co to jest?

– Te dwa karzełki są z naszej klasy – mruknęła Szafa. – Ale tamci to jakieś nowe karaluchy…

– Na robale trzeba polować – syknął Gigun i podniósł paintballowy karabin.

– Dobra! Przyładujemy im! – zarechotała Szafa.

Dzieci stojące na balustradzie zastygły z przerażenia. Było oczywiste, że wielkie żelowe pociski zmiotą ich z muru albo rozgniotą.

Wielkoludy wycelowały markery. Wtedy Budyń wyskoczył spod bluzy Kukiego, krzycząc:

– Lustro! Blubek! Lustro!!!

Zapomnieli o nim!

Blubek jednym szarpnięciem wyciągnął z kieszeni lustro obronne i odwrócił w stronę olbrzymów. Zwierciadło błysnęło. Blubek obracał je w prawo i w lewo, żeby odbili się w nim wszyscy napastnicy.

Olbrzymy zastygły. A potem zdarzyła się rzecz niesamowita. Gigun wycelował paintballowy karabin w Szafę i nacisnął spust. TRACH! PLASK! Żelowa kula trafiła olbrzymkę w ramię. Szafa wrzasnęła i strzeliła w stronę Giguna. Dostał w nogę. Wielka plama farby rozlała się na jego kolanie. Gigun ryknął. A potem zaczął wystrzeliwać żelowe kule w stronę Szafy i innych. Wszystkie wielkoludy, które miały karabiny, zaczęły pluć pociskami z farbą w stronę kolegów. Inne okładały się pięściami.

Widocznie przy dużej grupie lustro odbijało złość tak, że napastnicy walczyli między sobą.

Olbrzymie dzieci tłukły się nawzajem, rycząc jak wściekłe słonie.

– Masz, draniu!

– Ała!

– Dostał!

– Nie żyjesz!

– Oberwiesz!

Żelowe pociski latały w powietrzu. TRACH! PLASK! BACH!

Wyglądało to jak bitwa szalonych komandosów. Pociski uderzały w przeciwników i w dom. Ściany nie były już białe. Pokrywały je plamy w różnych kolorach. Farba ściekała po murach. Dom wyglądał jak po wizycie wściekłego malarza graffiti. Co chwilę trzaskała rozbijana szyba. Blubek wciąż trzymał lustro skierowane na olbrzymy. Ich odbicia migotały w zwierciadle.

Nagle rozległ się krzyk:

– Co się tu dzieje!?

Na taras wypadli rodzice Giguna, a za nimi inne dorosłe olbrzymy.

– Zwariowaliście!? – ryczał ojciec Giguna. – Co wy robicie!?

Blubek opuścił lustro i szepnął:

– Uciekajmy!

Korzystając z zamieszania, popędzili po murze. Ida musiała ciągnąć Alika za rękę, bo był zupełnie oszołomiony.

– Chodź, Alik. Szybko!

Pobiegli na koniec balustrady. Tam mur był obrośnięty dzikim winem. Wzajemnie sobie pomagając, zsunęli się po pnączach na taras.

Lustro już nie działało, ale młode olbrzymy były tak rozwścieczone, że wciąż walczyły między sobą. Wreszcie ojciec Giguna i kilku ochroniarzy zdołali wyrwać im sprzęt do paintballa i ich uspokoić.

Wielkie dzieci wyglądały okropnie. Były brudne od farby i posiniaczone.

– Czy wyście oszaleli!? – wrzeszczał ojciec Giguna. – Paintball w domu? Całkiem zwariowaliście?

Gigun patrzył na ojca nieprzytomnie, nie bardzo wiedząc, co się stało. Inni też wyglądali, jakby dopiero się obudzili.

– Zobaczcie, jak wygląda dom! – wydzierał się ojciec Giguna. – Zniszczone ściany! Szyby wybite!

Matka Giguna wycierała chustką twarz syna.

– Już nie krzycz na niego – powiedziała. – Przecież on ma dzisiaj urodziny. Musi się trochę wyszaleć z przyjaciółmi. Chodź, Gigunku, umyję cię, bo jak farba zaschnie, trzeba będzie chyba skrobać nożem… Chodź, malutki.

– Nie jestem malutki – mruknął Gigun.

Ruszył z matką do domu, inni poszli za nimi.

Dzieci i Budyń siedzieli ukryci wśród dzikiego wina. Na razie nie mogli wyjść, bo ojciec Giguna został na tarasie i wydawał rozkazy służbie.

– Pozmywajcie wszystko. Wyszorujcie to, zanim zaschnie…

W tej chwili na taras wszedł jakiś chudy wielkolud z rudymi wąsami. Był ubrany w długą pelerynę i niósł torbę lekarską. Ukłonił się nisko.

– Witam pana.

Ojciec Giguna się odwrócił.

– Pan doktor! – zawołał. – Wreszcie się pan zjawił. Niech pan idzie ze mną.

Poprowadził gościa do domu.

Ida patrzyła na odchodzących. Poznała, że wąsaty olbrzym to koszmarny doktor, którego odwiedziła z Bertą. To on się tak wściekał, kiedy Berta wspomniała o tajemniczym lekarstwie na wzrost…

Kuki szepnął:

– Chodźcie tam. – Wskazał drzwi do jadalni.

– Chcesz tam wejść? – zdziwił się Blubek. – Dopadną nas!

– Przecież musimy zabrać puzzle.

Kuki pobiegł w stronę wielkich szklanych drzwi. Gabi, Blubek i Budyń poszli za nim.

Ida zobaczyła, że Alik stoi bez ruchu.

– Chodź! Nie bój się – szepnęła. – Gigun już poszedł. A jak wróci, to go znowu załatwimy lustrem. No chodź!

Chwyciła Alika za rękę i ruszyli do drzwi.

Wielka jadalnia była pusta. Widocznie olbrzymy poszły myć swoje dzieci. Kuki dał znak i wszyscy podbiegli do stołu, na którym leżał stos zabawek. Już mieli się na niego wdrapać, kiedy Gabi zawołała:

– Puzzle są tutaj!

Pod stołem leżał wielki czerwono-złoty karton. Ich puzzle!

– Są! – odetchnął z ulgą Blubek. – Układamy je i spadamy z tego miejsca.

Podszedł do pudła.

– Czekaj – zatrzymała go Gabi. – A co będzie, jak ktoś wejdzie, zanim je ułożymy? Zabiorą je nam i zostaniemy tu na zawsze.

– Gabi ma rację – szepnął Kuki. – Musimy je przenieść w jakieś bezpieczne miejsce. Chwyćcie je. Każdy za swój narożnik. Ty, Blubek, trzymaj lustro. Bądź gotów do akcji, gdyby jakiś przerośnięty chciał nas atakować.

Czworo dzieci złapało karton z puzzlami. Pudło było okropnie ciężkie. Zdołali je unieść, ale nie było mowy, żeby z nim iść.

– Nie damy rady! – stęknął Kuki, odkładając karton na podłogę.

– Możemy je wieźć – powiedział Blubek.

– Wieźć? Czym?

– Poczekajcie…

Blubek położył lustro na podłodze i wszedł głębiej pod stół. Stał tam czołg, jeden z prezentów Giguna. Zabawka miał rozmiar ziemskiego samochodu. Obok leżał sterownik.

– Mam nadzieję, że to jeździ…

Blubek wcisnął włącznik i poruszył joystickiem.

Coś zawarczało i gąsienice zaczęły się obracać. Czołg ruszył.

– Łał! To naprawdę jeździ…! – zawołał Blubek.

Podszedł Kuki.

– A jak chcesz wieźć w nim karton? Przecież czołg nie ma bagażnika.

– Fakt…

Alik wyciągnął z kieszeni lasso, które służyło mu do otwierania drzwi.

– Możemy ciągnąć karton na holu! – zawołał.

– Masz rację.

Przywiązali pudło z puzzlami do czołgu.

– Wsiadamy!

– Chwila – zatrzymał ich Blubek. – Muszę wypróbować, jak się tym kieruje.

Wcisnął start. Zgrzytnęły gąsienice i czołg ruszył. Blubek przechylił joystick. Ogromny pojazd zaczął jeździć wokół dzieci. Karton na linie sunął za czołgiem, podskakując na nierównościach.

– Fajnie jeździ! – zawołał Blubek. – Super zabawka! Można…

Nagle coś trzasnęło. Jakieś szkło pękło z hukiem.

Blubek zatrzymał czołg. Podbiegł do niego i jęknął rozpaczliwe.

– Co się stało!? – zawołał Kuki.

Blubek bez słowa wskazał podłogę. Leżały na niej odłamki rozbitego lustra.

– Zniszczyłeś lustro obronne!? – wrzasnął Kuki. – Rozjechałeś je!!!

– Przepraszam! Nie zauważyłem.

– Nie zauważyłeś? Zniszczyłeś naszą jedyną broń. Jesteśmy bezbronni! Co my teraz zrobimy?

Wszyscy podbiegli do rozbitego lustra, które gąsienice czołgu zmieliły niemal na pył. Przez dłuższą chwilę nikt się nie odzywał. Wreszcie Gabi powiedziała:

– Trudno… Stało się. Broń chyba już nie będzie nam potrzebna. Przecież zaraz ułożymy puzzle i wrócimy na Ziemię.

– No dobra… – westchnął Kuki. – Wchodźcie do czołgu. Poszukamy jakiegoś spokojnego miejsca.

Gabi, Budyń, Alik i Ida z trudem wcisnęli się do pojazdu, który w środku miał mało miejsca. Kiedy do kabiny wszedł Kuki, zrobiło się okropnie ciasno. Na szczęście Blubek postanowił, że usiądzie ze sterownikiem na wieży, bo stamtąd będzie łatwiej kierować.

– Jazda!

Silnik zawarczał. Czołg szarpnął karton z puzzlami i pociągnął go. Sunęli po marmurowej podłodze, zgrzytając gąsienicami.

– Dokąd mam jechać? – spytał Blubek.

Kuki wychylił się z wieżyczki.

– Jedź tam. – Pokazał drzwi po prawej stronie jadalni.

Blubek przesunął joystick. Czołg skręcił i wjechali do długiego korytarza. Było tu pusto, a lampy na suficie świeciły ponurym niebieskim światłem. Kuki wychylił się z wieżyczki. Zobaczył na końcu korytarza otwarte drzwi. Blubek zatrzymał czołg kilka metrów od nich. Nadsłuchiwali.

– Chyba nikogo tam nie ma – szepnął Kuki. – Jedź tam…

Pojazd wjechał przez uchylone drzwi do pokoju. Pudło z puzzlami podskoczyło na progu i wślizgnęło się do wnętrza. Blubek nacisnął stop. Zatrzymali się.

Pokój był wielki, z kryształowym żyrandolem pod sufitem. Na środku stało olbrzymie biurko, a obok dwa fotele. Przy oknie była ustawiona wielka kasa pancerna ze skomplikowanymi zamkami.

– Okej. Tu możemy układać puzzle – powiedział Kuki.

– Tylko szybko, bo jeszcze ktoś przyj…

W tej chwili usłyszeli kroki. Ktoś szedł korytarzem. Spojrzeli nerwowo na drzwi.

– Ktoś tu lezie... Szlag by to trafił! – jęknął Blubek.

– Chowajcie się! Tam!

Kuki pociągnął Gabi pod wielką kasę pancerną. Reszta pobiegła za nimi. Kasa była ogromna i stała na grubych nogach rzeźbionych w lwie łapy. Było pod nią dość miejsca, by się skryć.

– Szefie, puzzle zostały! – pisnął Budyń.

W zdenerwowaniu zapomnieli o puzzlach i czołgu. Zostały pod biurkiem

– Jak ktoś tam zajrzy, to je zauważy – powiedział wystraszony Blubek.

– Może nie zajrzy... – szepnął Kuki. – A jeśli nawet, to pomyśli, że jakiś wielki dzieciak się tu bawił...

W tej chwili stuknęły drzwi, załomotała podłoga. Do pokoju weszli ojciec Giguna i rudy lekarz. A za nimi wmaszerował Gigun.

– Zamknij drzwi – mruknął ojciec.

Gigun pchnął drzwi, które zatrzasnęły się z hukiem.

Dzieci pod kasą pancerną cofnęły się w cień.

Doktor i ojciec Giguna siedli w fotelach. Gigun usiadł na biurku. Wciąż miał ślady farby na czole i ubraniu.

Lekarz otworzył torbę i wyjął coś ze środka. Błysnęło światło. Doktor trzymał w ręku kryształowy flakon z czarnym płynem.

– Amplus – powiedział uroczyście.

– Ciszej! Nie tak głośno… – Ojciec Giguna zerknął nerwowo na drzwi i spytał szeptem: – Ile jest porcji?

– Dwadzieścia cztery dawki. Starczy na rok dla pana i dla syna. Ale trzeba pamiętać, że to Amplus w wersji forte… Mocniejszy od tego, który przyniosłem ostatnio. Trzeba ostrożnie dawkować. Siedem kropli na miesiąc.

– Czemu tylko tyle?

– Bo inaczej rośnie się zbyt szybko.

– To super! – zawołał Gigun. – Chcę rosnąć szybko.

– Ale wtedy inni zauważą… Poza tym to ryzykowne…

– Ile się rośnie po jednej dawce? – spytał ojciec Giguna.

– Dwadzieścia centymetrów.

– Czyli urośniemy dwa metry na rok?

– Mniej więcej.

– Dwa metry!? – zawołał Gigun. – Ja chciałbym urosnąć więcej!

– Nie wydzieraj się! – uciszył go ojciec. – Z okazji urodzin weźmiesz... dziesięć kropli. Ale dopiero jutro...

– Chcę teraz!

– Nie ma mowy! Jeszcze goście zauważą, że urosłeś...

– Ja właśnie chcę, żeby zauważyli! Niech kurduple widzą, że jestem od nich większy!

– Powiedziałem ci! Zażyjesz jutro.

Ojciec Giguna chwycił flakon z czarnym płynem i podszedł do kasy pancernej.

Ukryte pod nią dzieci cofnęły się najdalej jak mogły.

Na drzwiach sejfu była tarcza służąca do wpisywania kodu. Olbrzym obrócił ją parę razy. Otworzyły się ciężkie drzwi. Ojciec Giguna wstawił flakon z lekarstwem do sejfu. Potem wyciągnął worek z czymś brzęczącym i zatrzasnął pancerne drzwi.

– To pana zapłata – mruknął, podając worek lekarzowi.

Zabrzęczały monety, a może sztabki złota. Doktor ukłonił się nisko. Schował worek do torby i cała trójka wyszła z pokoju.

Dzieci nadsłuchiwały oddalających się kroków.

– Chodźcie – szepnęła Gabi.

– Poczekaj chwilę... – zatrzymał ją Kuki. – Oni mogą wrócić.

– Ciekawe, co ten lekarz im sprzedał – mruknął Blubek.

– Ja wiem – powiedział Alik.

– Co?

– To Amplus. Lekarstwo na wzrost. Ono jest zabronione i bardzo drogie. Tylko najbogatsi go używają. Dlatego są najwięksi!

– Naprawdę się po tym rośnie?

– Tak... – szepnął Alik. – Rośnie się od razu i bardzo dużo... Można być po tym naprawdę wielkim. Zawsze marzyłem, żeby je dostać...

– Dobrze, że nie dostałeś – powiedziała Idalia. – Twoi rodzice na pewno wolą, żebyś miał normalny rozmiar.

Wysunął się Budyń.

– Szefie, ułóżmy te puzzle – pisnął. – Bo chętnie bym wrócił na kolację do domku.

– Okej.

Wyszli spod kasy pancernej, ale wtedy na korytarzu znów zabrzmiały kroki. Ciche, jakby ktoś się skradał.

Cofnęli się pod sejf. Tylko Alik i Ida, którzy byli zbyt blisko drzwi, wskoczyli pod biurko.

Poruszyła się klamka, drzwi się uchyliły i do pokoju wślizgnął się Gigun.

Olbrzym podbiegł do sejfu. Złapał tarczę, którą wybierało się tajny kod, i obrócił ją kilkakrotnie. Drzwi sejfu się otworzyły.

Gigun wyjął flakon z lekarstwem i ostrożnie postawił go na biurku.

Alik i Ida skulili się, chowając się za czołgiem. Wiedzieli, że jeśli Gigun ich znajdzie, rozerwie ich na strzępy. Przecież nie mieli już lustra!

Gigun patrzył łapczywie na czarny płyn we flakonie. Wyciągnął szklany korek.

– Wezmę trzy dawki… – mruknął. – Albo pięć! Urosnę metr…

Chciał podnieść flakon, ale w tej chwili coś zawarczało. To Alik dotknął niechcący sterownika i czołg ruszył! Pojazd wyjechał spod biurka, uderzając Giguna w nogę. Olbrzym wrzasnął ze strachu i odskoczył. Spoglądał zdumiony na czołg krążący po pokoju.

Potem ukląkł, by sprawdzić, co jest pod biurkiem. Zobaczył Alika i Idę.

– To wy!? – ryknął. – Szpiegujecie mnie? Zatłukę was!

Zanim Alik i Ida coś zrobili, olbrzym zanurkował pod biurko i ich złapał. W prawej ręce trzymał Idę, a w lewej ściskał Alika.

– Dranie! Śmierdziele! Tym razem mi nie uciekniecie – syknął.

Był tak wściekły, że ledwo mówił. Trzymając dzieci, wstał gwałtownie. TRACH! Gigun uderzył głową w biurko. Mebel zadygotał jak po uderzeniu taranem. Flakon z lekarstwem zakołysał się i przewrócił. Czarny płyn chlusnął prosto na Alika. Struga lekarstwa oblała chłopca, który zamknął oczy i wrzeszczał na całe gardło.

Gigun puścił dzieci i próbował łapać butelkę. Za późno. Lekarstwo już wypłynęło, oblewając małego Alika! Płyn piekł go jak pokrzywa. Przenikał przez skórę chłopca. Z każdym oddechem wchodził do jego nosa i ust.

Ida zawołała:

– Alik, uciekajmy!

Ale chłopiec stał bez ruchu jak skamieniały.

Gigun oprzytomniał. Spojrzał na niemal pusty flakon, a potem na Alika, po którego twarzy ściekało lekarstwo.

– Koniec z wami! – ryknął – Teraz naprawdę koniec!

Olbrzym podniósł pięść wielką jak skała.

Alik wrzasnął, ale nie ze strachu. Krzyczał, bo działo się z nim coś niezwykłego. Nagle zaczęły rosnąć mu włosy. Po sekundzie zaczęły się powiększać jego uszy. A potem nos, oczy i głowa... Po chwili Alik cały zaczął rosnąć! Jego nogi się wydłużały, a ramiona potężniały. Stawał się coraz wyższy. Piął się w górę jak dziwne drzewo, które rośnie w jedną chwilę.

Gigun patrzył na to osłupiały. Wybałuszał oczy i niemal przestał oddychać. Bo Alik rósł nieustannie. Wciąż się powiększał na wysokość i szerokość. Olbrzymiał! Po chwili był tak wielki jak Gigun! I wciąż się powiększał. Wraz z nim rosły jego buty i rzeczy, widocznie straszliwe lekarstwo działało także na przedmioty. Głowa Alika sięgała już sufitu. I kiedy się zdawało, że chłopak rozsadzi pokój, jego rośnięcie ustało. Gigantyczny Alik stał nieruchomo. Oszołomiony mrugał i rozglądał się nieprzytomnie.

Wszyscy patrzyli na niego zdumieni, zadzierając w górę głowy. Bo Aleksander był naprawdę wielki.

Gigun gapił się na niego z przerażeniem. Nagle rzucił się do drzwi. Wybiegł na korytarz i zaczął uciekać jak oszalały. Było słychać, jak krzyczy przeraźliwie ze strachu. Po chwili łomot jego kroków ucichł.

Wielki Alik stał na środku pokoju, oglądając ze zdumieniem swoje olbrzymie dłonie.

– Jestem ogromny… – szepnął. – Wielki! Największy!!!

Alik zaczął krzyczeć i skakać z radości. Uderzył głową w sufit. To go otrzeźwiło. Spojrzał na podłogę, gdzie stały dzieci i Budyń. Wyglądali przy nim jak krasnoludki.

– Alik! Czy to na pewno ty…? – szepnęła Ida.

– Tak…

– Jak… Jak się czujesz?

Alik spojrzał na nią półprzytomnie.

– Trochę… boli mnie głowa.

– Rany! Co my teraz zrobimy? – szepnął Blubek. – Przecież on nie może tak polecieć na Ziemię.

– A znasz jakiś sposób, żeby go pomniejszyć? – spytała Gabi.

– Nie.

– No to trzeba zabrać go takiego, jaki jest…

Powoli dochodzili do siebie po tym niesamowitym zdarzeniu.

– Musimy stąd uciekać! – zawołał Kuki.

– Nie możemy tutaj złożyć puzzli? – spytał Blubek.

– Zwariowałeś? Przecież Gigun zawoła pomoc, zaraz tu przyleci banda olbrzymów.

– Szefie! Alik chyba pokona teraz każdego olbrzyma!

– Może pokonać jednego albo dwóch. Ale jak przyjdzie stu z bronią, to ich nie pokona.

– Fakt. Trzeba się stąd wynosić.

Kuki zanurkował pod biurko i z trudem wyciągnął karton z puzzlami.

– Alik, pomóż mi!

Olbrzymi chłopak pochylił się i bez trudu podniósł pudło. Dla niego był to malutki kartonik.

– Idziemy.

Wybiegli. Alik w drzwiach musiał się schylić, żeby nie zawadzić głową o futrynę. Ruszyli korytarzem. Na razie nie było widać żadnego olbrzyma, ale z daleka dobiegały jakieś krzyki i łomot kroków.

Kuki zawołał do olbrzymiego Alika:

– Jeżeli pojawi się Gigun albo Strażnicy, będziesz musiał z nimi walczyć. Będziesz walczyć?

– Tak. Będę.

– Tylko uważaj, jak chodzisz, żeby nas nie podeptać! – krzyknął Blubek.

Dotarli do drzwi wyjściowych. Wybiegli do ogrodu.

– Alik, wolniej! – wołała Ida. – My mamy krótsze nogi!

– Niektórzy nawet dużo krótsze! – pisnął Budyń.

Pobiegli w stronę bramy. Zauważyli, że w ogrodzie jest mnóstwo dziwnych rur wbitych w trawnik. Łączyły je elektryczne przewody.

– Blubek, co to jest? – spytał Kuki.

– Fajerwerki. Pewnie chcieli je odpalić na urodziny tego drania.

Skręcili w aleję prowadzącą do wyjścia. I wtedy usłyszeli krzyk:

– Tam są! Tam!

To był głos Giguna. Olbrzym wybiegł z domu w towarzystwie ojca. Za nimi pędzili dwaj Strażnicy. Po chwili ze wszystkich stron zaczęły się zbiegać olbrzymy. Zablokowały drogę do bramy. Otoczyły uciekinierów.

– To on, tato! – krzyczał Gigun. – Ukradł lekarstwo i się powiększył!

Wszyscy patrzyli ze zdumieniem na Alika. Był większy od wszystkich. Tylko ojciec Giguna dorównywał mu wzrostem.

– Musimy się przebić do bramy – szepnął Kuki. – Alik! Naprzód…

– Nie bój się! – zawołała Ida. – Pokonasz ich!

Alik ruszył powoli w stronę olbrzymów blokujących drogę do wyjścia. Dzieci i Budyń szli za nim.

– Zatrzymajcie go! – krzyknął ojciec Giguna.

Dwaj Strażnicy w czarnych płaszczach zastąpili Alikowi drogę. Chłopiec się zatrzymał. Strażnicy się rozdzielili i zaczęli podchodzić do niego z dwóch stron. Alik był od nich większy, ale patrzył niepewnie.

– On chyba nie umie się bić – szepnął Blubek.

Nagle obaj Strażnicy skoczyli na Alika i złapali go za ręce. Próbowali przewrócić go na ziemię.

– Alik! Broń się! – krzyknęła Ida. – Walcz, Aleksander!

Wtedy chłopiec wyprostował się i z całej siły odepchnął Strażników. Przelecieli dziesięć metrów jak trafieni armatnią kulą i upadli na trawnik. Alik patrzył zdumiony, jakby zaskoczyła go własna siła. Jeden Strażnik zerwał się i zaczął uciekać. Drugi był odważniejszy. Rzucił się ponownie na Alika. Olbrzymi chłopak jedną rękę miał zajętą, bo trzymał w niej puzzle. Ale drugą złapał Strażnika za kołnierz. Podniósł go jak piórko i cisnął na najbliższe drzewo. Olbrzym wylądował w gałęziach wielkiej akacji. Próbował się wyplątać z kolczastych gałęzi, ale nie mógł.

Gigun wrzasnął:

– Tato, ty zrób z nim porządek! Załatw go!

Ojciec Giguna spojrzał niepewnie na wielkiego Alika. Ruszył w jego stronę. Wszyscy patrzyli, czekając, co się stanie. Gigun szedł za ojcem, kryjąc się za jego plecami. Ruszyła też Szafa, ale trzymała się w bezpiecznej odległości.

Ojciec Giguna podszedł do Alika.

– Ukradłeś moje lekarstwo? – warknął. – Myślisz, że możesz mnie okradać? Mnie!?

Zbliżał się do chłopaka. Alik cofał się wystraszony. Gigun wrzasnął:

– On się boi! Chodźcie wszyscy! Razem na niego! Stłuczemy go!

Wszystkie olbrzymy: dorośli i dzieci, ruszyły w stronę Alika.

Ojciec Giguna złapał go za ramię.

– Teraz dostaniesz w skórę, smarkaczu! – zawołał i uniósł rękę.

Chłopak patrzył na niego ze strachem. Stał nieruchomo. Ida krzyknęła:

– Aleksander! Broń się! Walcz!

Wtedy Alik jakby się zbudził. Spojrzał na ojca Giguna i szepnął:

– Nie zrobi mi pan nic złego.

Rzucił pudło z puzzlami na trawę i chwycił olbrzyma za ramiona. Przez chwilę się mocowali jak zapaśnicy sumo. Ojciec Giguna był naprawdę wielki i bardzo silny, ale Alik był jeszcze mocniejszy! Po chwili walki uniósł wielkoluda w górę, wysoko nad głowę. Ojciec Giguna miotał się i wyrywał.

– Ratunku! – wrzeszczał. – Ratujcie mnie!

Wtedy inne olbrzymy ruszyły z pomocą. Potykając się o wyrzutnie fajerwerków, szły ze wszystkich stron na Alika.

Dzieci patrzyły na to ze strachem. Wiedziały, że jeśli wielkoludy jednocześnie zaatakują, to Alik będzie bez szans. Nagle Kuki krzyknął:

– Już wiem!

Skoczył w stronę wyrzutni fajerwerków. Były połączone przewodami, gotowe, by je wystrzelić.

– Blubek, pomóż mi to odpalić! Szybko!

Blubek podbiegł.

– Odsuń się!

Chwycił dwa przewody i zetknął ich końce. TRZASK! Zaiskrzyło. Popłynął prąd. A potem TRACH! TRACH! Zaczęły eksplodować sztuczne ognie. Ogromne fajerwerki strzelały ze wszystkich stron. Wielkie ogniste kule wybuchały między olbrzymami. Niektóre trafiały w plecy wielkoludów. Inne eksplodowały tuż obok ich głów. Olbrzymy zaczęły krzyczeć i uciekać. Alik puścił ojca Giguna. Wielkolud rąbnął w ziemię, aż się zatrzęsła. Zerwał się i zaczął uciekać.

Fajerwerki wciąż strzelały. TRZASK! SYK! TRACH! Niebo rozjarzyło się od kolorowych ogni.

– Alik! Uciekajmy! – zawołała Ida.

Alik się pochylił, kolejno podnosił przyjaciół z trawnika i wkładał do kieszeni. Budynia i Idę wsadził do kaptura. Chwycił puzzle i zaczął biec. Pędził przez ogród między wybuchającymi fajerwerkami. Wśród dymów i ogni wyglądał jak olbrzymi wojownik na polu bitwy.

Dobiegł do bramy. Była zamknięta. Wielki chłopak ją kopnął. Wtedy pękły zamki i brama się otworzyła.

Już miał wybiec, kiedy na jego drodze stanął Gigun.

Był niższy od Alika o kilka metrów, ale miał w ręku miecz. Ostrą, błyszczącą broń, którą dostał na urodziny. Wysunął miecz i podchodził powoli do Alika. Nagle się zamachnął i zadał cios. Ostrze przecięło ze świstem powietrze.

Na szczęście Alik miał w ręku pudło z puzzlami. Zasłonił się nim jak tarczą. Miecz uderzył w karton. TRACH!

Alik odskoczył. Oparł się plecami o mur okalający ogród. Gigun zobaczył, że przeciwnik nie ma dokąd uciec. Wysunął wielki miecz i szykował się do ostatecznego pchnięcia. Wtedy z kaptura Alika wyskoczył Budyń. Dał susa, frunąc w powietrzu jak latająca wiewiórka. Wylądował na głowie Giguna. A potem ugryzł go w ucho! Przy olbrzymie psiak był mały jak szerszeń. I równie niebezpieczny. Wpił zęby w ucho wielkoluda, warcząc:

– Ostre mam ząbki, co, draniu?

Gigun zaczął wrzeszczeć. Rzucił miecz i próbował oderwać napastnika szarpiącego mu ucho. Wtedy Alik złapał Giguna za ramiona. Jednym ruchem obrócił go do góry nogami. Gigun znalazł się głową nad trawnikiem. Budyń puścił jego ucho i skoczył na trawę. Alik wziął zamach i rzucił Giguna. Olbrzym poszybował jak oszczep, a po chwili rozległ się plusk i jego wrzask. Gigun wpadł do bagnistej sadzawki pełnej wielkich ropuch i pijawek.

– Dzięki! – zawołał Alik do Budynia, potem schował psiaka do kieszeni i wybiegł przez rozbitą bramę.

Na niebie wciąż wybuchały fajerwerki.

Alik z przyjaciółmi w kieszeni szedł główną ulicą miasta. Zmierzał do parku, bo uznali, że tam będą najlepsze warunki do ułożenia puzzli. Minęli po drodze kilku olbrzymich przechodniów, którzy gapili się z podziwem i zazdrością na wielkiego Alika. Niektórzy się kłaniali. Chłopak był z tego powodu wyraźnie dumny. Szedł wyprostowany, z podniesioną głową.

Po drodze musieli przejść ulicą, przy której stał dom Berty i Gustawa. Na rogu siedział kocur, ten sam, który na nich napadł. Oczywiście przy ogromnym Aliku był tylko małym kotkiem. Na widok chłopaka miauknął wystraszony i zwiał do domu.

Alik nagle się zatrzymał.

Ida wychyliła się z kieszeni.

– Co się stało…?

– Ja…

– Co?

– Chcę się z nimi pożegnać. I chciałbym, żeby zobaczyli mnie takiego… Takiego dużego.

Nie czekając na odpowiedź, Alik podszedł do niebieskiego domu. Nacisnął dzwonek.

Po chwili drzwi się otworzyły i wyjrzeli Berta i Gustaw. Na widok olbrzymiego Alika krzyknęli ze zdumienia.

Chłopiec powiedział nieśmiało.

– Dzień dobry, ciociu. Dzień dobry, wujku. Nie bójcie się, to ja.

Para olbrzymów patrzyła oszołomiona na wielkiego chłopaka. Musieli zadzierać wysoko głowy.

– To… To naprawdę ty, Mały? – szepnęła Berta.

– Tak… Mam na imię Aleksander. Alik… Teraz już mogę mieć imię, prawda?

– Jak… Jak ty to zrobiłeś, że jesteś taki wielki…? – spytał Gustaw.

– Nieważne… Po prostu jestem teraz duży. I chciałbym się pożegnać…

– Pożegnać? – szepnęła Berta. – A dokąd się wybierasz?

– Wracam do domu. Do moich rodziców.

– Do rodziców? – spytała zdumiona Berta.

– Tak, ciociu… Ja mam mamę i tatę… Prawdziwych. Oni na mnie czekają… Ale to jest inny świat… Daleko stąd.

Gustaw i Berta patrzyli na Alika niepewnie, oszołomieni jego wielkością. W końcu Berta powiedziała:

– Wiesz... Ja zawsze byłam pewna, że kiedyś urośniesz... Że będziesz duży i silny. – A potem cicho dodała: – Aleksander... To ładne imię...

Gustaw nagle powiedział:

– Jestem z ciebie dumny! Bardzo.

Alik uśmiechnął się.

– Dziękuję wam, że się mną opiekowaliście. I chciałem coś wam dać w prezencie.

Sięgnął do kieszeni i wyjął kryształowy flakon. Na jego dnie była jeszcze odrobina czarnego płynu.

– To Amplus, lekarstwo na wzrost – szepnął Alik. – Zostało jeszcze trochę. Wystarczy, żeby urosnąć metr albo nawet dwa... Może się wam przyda... Proszę.

Podał flakon zdumionemu Gustawowi. Chciał odejść, ale Berta spytała:

– A ta dziewczynka? Co się z nią stało?

– Jestem tutaj! – zawołała Ida, wysuwając głowę z kieszeni w bluzie Alika. – Cała i zdrowa.

– Musimy już iść – powiedział Alik. – Do widzenia, ciociu Berto. Żegnaj, wujku Gustawie.

Alik powoli się odwrócił i zaczął odchodzić. Berta zawołała:

– Uważaj na siebie... Ubieraj się ciepło... I bądź szczęśliwy, Aleksandrze!

Była już północ, kiedy dotarli do parku. Zatrzymali się na placu obok karuzeli. Stał tu wielki kamienny stół, na którym mogli ułożyć puzzle.

W nocy park był zupełnie pusty. Niebo było pełne gwiazd. Gdzieś tam daleko był ich świat. I domy, do których bardzo już chcieli wrócić.

– A co będzie z Alikiem? – spytał cicho Budyń. – Bo on na Ziemi będzie troszkę za duży.

– Jestem pewna, że mama go zaakceptuje – powiedziała Gabi. – Będzie go kochać w każdym rozmiarze. A potem go zmniejszymy.

– Jak?

– Przecież Ida za miesiąc odzyska magiczną moc i będzie mogła zmienić jego rozmiar.

– Nie wiem, czy się uda – westchnęła Ida. – Przecież moje rozkazy działają tylko na to, co widać.

– Słuchajcie, nie możemy teraz o tym gadać! – zawołał Blubek. – Trzeba ułożyć puzzle i wynieść się stąd!

– Masz rację – powiedział Kuki. – Zaczynajmy.

Kuki otworzył karton. Ostrożnie wysypali wielkie puzzle na stół.

Układaniem kierowała Gabi. Kuki i Blubek umieszczali fragmenty układanki we wskazanych miejscach.

– To jest górny narożnik! – wołała Gabi, wskazując niebieski kartonik. – A tamten będzie do niego pasować. Nie tak! Włóż odwrotnie. A ten żółty daj na dole…

Kolejne puzzle wskakiwały na swe miejsca. Ida, Alik i Budyń obserwowali w napięciu, jak powstaje mapa nieba z planetą, na której rozpoznali ziemskie kontynenty. W końcu prawie wszystkie części układanki trafiły na swe pozycje. Zostało jedno wolne miejsce, w samym środku.

– Okej! Wszystko pasuje – powiedziała z ulgą Gabi. – Dajcie ostatni fragment!

Kuki zajrzał do kartonu. Był pusty.

– Brakuje jednego puzzla! – krzyknął.

Zaczęli gorączkowo szukać brakującego fragmentu. Ale nie było go ani na stole, ani na trawniku.

– Zgubiliśmy jedną część! – krzyknął przerażony Kuki.

Razem z Blubkiem chwycili karton od puzzli i zaczęli go uważnie oglądać.

– Patrzcie! – zawołał Blubek. – To pudło jest dziurawe. Tędy musiał wypaść!

W dolnej części kartonu był otwór.

– Już wiem – szepnął Alik. – Jak Gigun zaatakował mnie mieczem, zasłoniłem się kartonem! Wtedy go przebił i chyba coś wypadło…

– Czemu nam o tym nie powiedziałeś!? – krzyknął Blubek.

– Zapomniałem.

– Co? Zapomniałeś!?

– Blubek, nie krzycz na niego – zaprotestowała Ida. – Przecież Alik wtedy walczył. Bronił nas! Nie mógł się zajmować puzzlami.

– Jeśli ten fragment wypadł w czasie walki z Gigunem, to znaczy, że jest w jego ogrodzie! – zawołała Gabi.

– Czyli nigdy go nie odzyskamy – jęknął Blubek.

– Możemy tam wrócić – powiedział niepewnie Kuki.

– Zwariowałeś? Po tej aferze oni pilnują domu. Na pewno jest tam stado uzbrojonych olbrzymów! Nawet Alik ich nie pokona. Jak się tam pojawimy, zaraz nas złapią.

Patrzyli bezradnie na niekompletne puzzle.

– Szefie... – szepnął wystraszony Budyń. – Czy to znaczy, że zostaniemy tu na zawsze?

– Ja nie chcę tu zostać! – wrzasnął Blubek. – Rozumiecie!? Nie chcę! Nigdy w życiu! Nie!!!

– Nie histeryzuj!

– Łatwo ci mówić, Kuki. Ja po prostu chcę już wracać!

– Spokojnie! Blubek, czy możesz coś sprawdzić?

– Co mam znowu sprawdzać?

– Dra-kulę. Przecież ona już mogła się naładować. Jeśli działa, to możemy nią bezpiecznie polecieć do Giguna.

Blubek otworzył kieszeń na telefon, w której schował dra-kulę. Ostrożnie wyjął niebieski krążek i położył go na trawniku. Nacisnął. Odsunęli się i czekali.

Nic się nie zdarzyło. Dra-kula leżała nieruchomo.

– Chyba wciąż nie dzia…

W tej chwili błysnęło światło. Krążek zaświecił. A potem zaczął rosnąć! Powiększył się błyskawicznie.

– Działa! Dra-kula działa!

Po chwili stał przed nimi kulisty pojazd, cudowny, świecący i gotów do podróży.

Był tylko jeden problem. Alik był zbyt wielki, by do niego wejść.

– Zrobimy tak – zdecydował Kuki. – Alik, ty zostaniesz i będziesz pilnować puzzli. Pamiętaj, że tylko dzięki nim możemy wrócić na Ziemię. Strzeż ich.

– Ja zostanę z Alikiem – powiedziała Ida.

– Dobrze. My polecimy do tego wrednego Giguna. Jeśli nie ma tam rakiet przeciwlotniczych, spróbujemy wylądować i odszukać ten fragment puzzli.

– Ja go wywęszę, szefie! – zawołał psiak. – Jeśli ten kartonik tam jest, to Budyń go odnajdzie!

– Dobra, lecimy!

Kuki, Gabi, Blubek i Budyń wskoczyli do dra-kuli.

– Pilnujcie puzzli!

Kuki zatrzasnął właz i pojazd się uniósł. Po chwili zniknął za drzewami.

Alik usiadł ostrożnie na ławce. Poruszał się trochę niezgrabnie, bo wciąż nie mógł się przyzwyczaić do swojego rozmiaru.

– Alik… Mógłbyś mnie postawić na stole? – poprosiła Ida. – Będzie nam łatwiej gadać. Bo teraz widzę tylko twoje buciory.

Chłopiec delikatnie chwycił Idę i postawił na blacie stołu.

Dziewczynka zerknęła na niego.

– Trochę dziwnie się przy tobie czuję. Bo wiesz, ty jesteś teraz naprawdę wielki.

Alik spojrzał na nią niepewnie.

– Ida, czy myślisz, że moi rodzice będą chcieli mnie takiego… dużego?

– Tak. Oni strasznie za tobą tęsknią. Na pewno się bardzo ucieszą.

– Nie jestem pewny. Przecież ja tam, na Ziemi, nie będę do niczego pasować.

– No... Faktycznie będzie trochę kłopotów. Bo na Ziemi wszystko jest mniejsze. Na przykład nie ma takich dużych ubrań. Będziesz musiał chodzić do krawca, żeby specjalnie dla ciebie szył duże rzeczy. I buty trzeba będzie dla ciebie robić.

Alik westchnął.

– Ja nigdy do niczego nie pasuję. Tu byłem za mały, a tam będę za wielki. Znowu będę niedopasowany.

– Ale u nas nikt ci nie zrobi nic złego. Poza tym, wiesz... Będziesz największy na całej Ziemi! To znaczy, że będziesz sławny. Na pewno wciąż będą o tobie gadać w telewizji i w internecie.

– Co to jest internet?...

– No tak... Przecież ty tego nie znasz. Ale na pewno szybko się nauczysz.

Alik nie odpowiedział. Oparł głowę na rękach i długo milczał.

– A może... – szepnął nagle. – Może ja tutaj zostanę. Bo teraz jestem prawdziwym olbrzymem.

Mógłbym tu mieszkać. Teraz pasuję do Świata Ogromnych.

– Nieprawda! – zawołała Ida. – Nie pasujesz!

– Przecież jestem duży.

– I co z tego? To jest tylko… tylko ciało. Ale nie jesteś taki jak oni. Nie jesteś podobny do tych olbrzymów. Jesteś fajniejszy! Dobry! Rozumiesz!? Ty jesteś dzieckiem z Ziemi, a nie ze Świata Ogromnych.

– Ale…

Ida się zerwała.

– Musisz wrócić! – zawołała. – Musisz, bo… Bo ja chcę, żebyś wrócił! Bo ja ciebie lubię i chcę, żebyś mieszkał na Ziemi. Tam gdzie ja. – Podbiegła do Alika. – Wrócisz ze mną na Ziemię? Obiecaj mi, że wrócisz!

Alik spojrzał na nią i powiedział:

– Tak. Wrócę.

Dra-kula leciała nad miastem Ogromnych. Oczywiście nawigacja tu nie działała, a oni nie wiedzieli, w jakiej dzielnicy jest dom Giguna. Ale pamiętali, jak wygląda. Krążyli nad miastem, próbując go wypatrzyć. Nagle Gabi zawołała:

– Widzę go! To ten biały dom w ogrodzie...

Blubek skierował tam pojazd i po chwili dra-kula zatrzymała się nad domem Giguna. W ogrodzie było pusto, a okna domu były ciemne.

– Chyba możemy lądować – powiedział Kuki. – Usiądź tam, blisko bramy.

Blubek powoli obniżył pojazd i miękko opadł na trawnik. Kuki uchylił właz, raz jeszcze się rozejrzał.

– Okej. Jest pusto! Wysiadamy! Ty, Blubek, zostań. Siedź za sterami, żebyśmy mogli od razu startować w razie czego.

– Dobra!

– Tylko nas tu nie zostaw.

– Jasne, zaraz odlecę.

Gabi i Budyń wysiedli, Kuki wyskoczył za nimi.

– Budyń, szukaj tego puzzla obok bramy – szepnął. – Tam Alik walczył z Gigunem.

Budyń z nosem przy ziemi zaczął biegać po trawniku. Wszędzie leżały pozostałości po sztucznych ogniach, jak po nocy sylwestrowej.

Kuki i Gabi szli za psiakiem.

– I co? Czujesz coś?

– Na razie nic, szefie… Puzzle mają słaby zapach, a od tych fajerwerków cuchnie spalenizną. Ale szukam…

– Budyń, pamiętaj: jak go nie znajdziesz, zostaniemy na zawsze w świecie, gdzie koty są większe od ciebie.

– Pamiętam, szefie. Wierz mi, że bardzo chcę wrócić do domku.

Budyń był skupiony. Chodził powoli, węsząc intensywnie. Nagle się zatrzymał obok jakiejś dziury w trawniku.

Kuki i Gabi podbiegli.

– Znalazłeś?

– Nie jestem pewny, ale chyba wyczuwam słaby zapach. – Zmarszczył nos i wciągnął głęboko powietrze. – Tak! To jest tam.

– W tej dziurze?

– Chyba tak…

– Chyba?

– Na pewno!

– No to musimy tam wejść.

– Kuki… To jest nora kreta – szepnęła Gabi.

– I co z tego?

– To, że tutaj krety są wielkości niedźwiedzi.

– Wiem… Ale musimy spróbować. Mam nadzieję, że ten kartonik leży zaraz przy wejściu. Weźmiemy go i uciekniemy.

– Masz latarkę?

– Tak… Wchodzimy.

Pierwszy do nory kreta wskoczył Budyń, za nim Kuki i Gabi.

Zjechali po stromym nasypie i znaleźli się w podziemnym tunelu wysokim na dwa metry. Kuki zaświecił latarką. Przy wejściu nie było widać zgubionego puzzla.

– Budyń, czujesz coś?

– Tak. Zapach płynie z głębi… Z tego tunelu.

– No to musimy tam wejść.

Ruszyli ciemnym tunelem. Wyglądało tu jak w kopalni węgla, którą zwiedzali ze szkołą.

– To niesamowite – szepnęła Gabi. – Jesteśmy pierwszymi ludźmi, którzy idą przez norę kreta.

– Pamiętasz bajkę o Calineczce? Tam też był kret. Porwał dziecko.

– Nie mów o tym teraz – wzdrygnęła się Gabi. – Nigdy nie lubiłam tej bajki. Jak byłam mała, to się bałam, że kret mnie porwie i uwięzi w podziemiu.

Szli ostrożnie, świecąc latarką i uważnie patrząc pod nogi. Fragmentu układanki wciąż nie było widać.

– Budyń, jesteś pewny, że czujesz zapach puzzli...?

– Tak... Jest słaby, ale go czuję... Jest przed nami.

Szli więc dalej. Ciemny tunel ciągnął się bez końca. Co jakiś czas odchodziły od niego boczne korytarze. Na każdym skrzyżowaniu Budyń się zatrzymywał i węszył. Potem wskazywał kierunek, w którym mają iść. Brnęli coraz głębiej w podziemny labirynt i byli coraz bardziej wystraszeni. Przecież wielki jak niedźwiedź kret mógł w każdej chwili się pojawić. Nagle Budyń szepnął:

– Czuję! To jest tu… Blisko… – Nosem wskazał korytarz skręcający w lewo. – Ale tam pachnie coś jeszcze… Niezbyt miło…

Kuki ostrożnie wsunął się do bocznego korytarza. Gabi i Budyń ruszyli za nim. Weszli do wielkiej podziemnej komory. Gwałtownie się zatrzymali.

– Kret! – szepnęła Gabi.

Na środku komory leżało stworzenie pokryte czarnym futrem. Było naprawdę wielkie. W mrocznej przestrzeni kret wyglądał przerażająco. Wystraszona Gabi chciała się cofnąć.

– On śpi… – uspokajał ją Kuki.

Budyń uniósł głowę i węszył.

– Szefie… Widzę ten kawałek puzzli. Tam!

Obok kreta leżała sterta robaków, bo kret gromadził tu zapasy jedzenia. Na szczycie tej spiżarni coś błyszczało. To był fragment ich układanki! Widocznie kret go przyniósł, myśląc, że to coś do jedzenia.

Kartonik świecił w ciemnościach i było go dobrze widać nawet bez latarki. Kret leżał kilka metrów dalej. Było słychać, jak olbrzymi zwierz sapie przez sen.

– Co robimy? – spytała Gabi.

– No... Trzeba podejść i to zabrać... – szepnął Kuki. – Gabi, orientujesz się, czy krety polują też w nocy?

– Chyba polują tylko rano.

– Chyba?

– Niektóre polują też w nocy.

– Trudno. Musimy podejść do niego i zabrać puzzla.

– Kto pójdzie?

– Ja spróbuję – szepnął Budyń. – Jestem najmniejszy.

Nie czekając na odpowiedź, Budyń zaczął się czołgać w stronę kreta. Śpiące zwierzę wyglądało przy nim jak włochata góra.

Budyń starał się poruszać po cichu, ale czasem zaszeleścił piasek lub zgrzytnął jakiś kamień. Podpełzł do sterty robaków leżących przed kretem. Z obrzydzeniem stwierdził, że wiele z nich jeszcze żyje. Poruszały się i wiły. Dżdżownice w Świecie Ogromnych miały rozmiar węży boa. Psiak zadrżał ze strachu na widok długich lepkich cielsk. Ale musiał na nie wejść!

Westchnął i zaczął się wspinać na tę żywą, wijącą się górę. Jedne dżdżownice się odsuwały, kiedy ich dotykał, ale inne właziły na psiaka i pełzły po nim jak okropne węże. Była to chyba jedna z najtrudniejszych przygód Budynia. W końcu dobrnął do świecącego w mroku fragmentu układanki. Chwycił go w zęby, odwrócił się i zaczął się ześlizgiwać z góry dżdżownic. Wtedy poczuł, że coś go łapie za ogon. Odwrócił się i zobaczył wielką dżdżownicę, która owinęła się wokół jego ogonka. Wyglądało to, jakby Budyń miał dwumetrowy ogon! Psiak zaczął się szarpać i miotać. W zębach trzymał puzzla, więc nie mógł ugryźć napastnika. Nagle usłyszał szept:

– Budyń... Zaraz ci pomogę!

To Kuki, widząc kłopoty przyjaciela, wczołgał się na górę robaków, by go ratować. Chwycił dżdżownicę i zdjął z ogona Budynia. Po czym obaj szybko zsunęli się z „żywej góry".

Budyń podał Kukiemu fragment układanki i powiedział:

– Dzięki, szefie. Naprawdę doceniam, że wszedłeś na to obrzydlistwo, by mnie ratować.

W tej chwili rozległ się krzyk Gabi:

– Uciekajcie! On się obudził!

Kuki się odwrócił. Zobaczył, że olbrzymi kret uniósł głowę i nadsłuchiwał.

Błyskawicznie rzucili się do ucieczki. Po chwili usłyszeli szuranie ciężkiego cielska. Kret ich gonił.

Gabi zgubiła latarkę, więc biegli przez podziemia na oślep. Nikłe światło padało tylko od puzzla trzymanego przez Kukiego.

Już po chwili się zorientowali, że zabłądzili. Skręcili w zły korytarz, inny niż ten, którym przyszli. Ale nie mogli się cofnąć, bo za nimi szedł wielki kret. Więc po prostu biegli przed siebie, licząc, że trafią do jakiegoś wyjścia. Łomot kroków i sapanie wielkiego kreta ucichły.

Dzieci i pies zatrzymali się zdyszani. Kuki uniósł świecący kartonik. W słabym świetle zobaczyli, że są w podziemnej komnacie, z której wychodziły trzy tunele.

– Kuki, którędy idziemy? – szepnęła Gabi.

– Nie wiem… – Kuki odwrócił się do psa. – Budyń, czujesz zapach świeżego powietrza?

Psiak zaczął węszyć.

– Nie wiem, szefie. Wszystkie te tunele pachną kretem. Niczego więcej nie czuję.

– Dobra. Zrobimy tak. Każdy pójdzie innym korytarzem, ale tylko sto kroków. Potem wracamy tu. Jeśli ktoś znajdzie wyjście, to razem tam pójdziemy.

– A jak spotkamy kreta?

– Chyba poszedł spać…

– Chyba… – westchnęła Gabi, która nienawidziła ciemnych podziemi. Zwłaszcza takich, gdzie się czają kosmate stwory. – No dobra, próbujemy.

Skręciła w lewy korytarz. Kuki poszedł w prawo, a Budyń prosto.

Kuki szedł w kompletnych ciemnościach, bo świecącego puzzla oddał Gabi. Liczył po cichu kroki. Nagle coś otarło się o jego nogi. Coś śliskiego i długiego. Zaszeleścił osypujący się piach i stwór się oddalił.

„To chyba dżdżownica albo jakaś poczwarka…" – pomyślał niepewnie Kuki i brnął dalej. Ręce wysunął przed siebie jak człowiek niewidomy i szedł dalej w ciemności. Liczył kroki: pięćdziesiąt dwa... pięćdziesiąt trzy...

Budyniowi szło się trochę łatwiej, bo węch mu podpowiadał, gdzie są ściany. Jednak nawet jego genialny nos nie wyczuwał zapachu świeżego powietrza i trawy. Wyglądało na to, że tunel nie prowadzi na powierzchnię. Poza tym Budyń nie potrafił liczyć, więc nie wiedział, czy już zrobił sto kroków. Postanowił, że przejdzie jeszcze kawałek. Jak nie znajdzie wyjścia, zawróci.

Gabi trzymała w dłoni błyszczący puzzel, którego słaby blask trochę rozjaśniał tunel. Dziewczyna poczuła na twarzy jakby lekki wiatr. To znaczyło, że gdzieś przed nią jest wyjście! Przestała liczyć kroki i ruszyła szybciej. Tunel skręcił i nagle pojaśniało. Przez otwór w górze wpadało światło i Gabi zobaczyła niebo. Odnalazła wyjście! Tu była dziura wykopana przez kreta. Pod otworem leżała sterta ziemi, więc mogli bez problemu wydostać się na powierzchnię.

Gabi zawróciła i pobiegła po przyjaciół. Nagle zobaczyła w ciemności dwa świecące punkty. Wielkie, okrągłe. Potem usłyszała ciężkie kroki. Rozległo się sapanie i jakby mlaskanie. Tunelem szedł olbrzymi kret.

Gabi wrzasnęła ze strachu. Chciała rzucić się do ucieczki. Ale wtedy pomyślała o Kukim i Budyniu. Jeśli ucieknie, to ten kosmaty stwór wróci i ich dopadnie. Pożre ich jak robaki. Powinna do nich iść i wyprowadzić z podziemia. Ale jak? Przecież nie może przejść obok kreta!

Słychać było coraz głośniej ciężkie kroki. Zwierz się zbliżał.

I wtedy Gabi przypomniała sobie, jak z kretami walczyła jej babcia. Zawsze mówiła, że krety uciekają, kiedy słyszą piskliwe dźwięki. Dlatego babcia ustawiała w ogródku obok krecich nor przenośne radio. Puszczała arie operowe, które artystki śpiewają wysokimi głosami. Sąsiedzi się z babci śmiali. Ale krety chyba naprawdę nie lubiły piskliwych dźwięków, bo wyniosły się z ogródka!

– Spróbuję…

Gabi odwróciła się w stronę kreta, wzięła głęboki oddech i zaśpiewała:

– Laalaaa!

Śpiewała najwyższym głosem, jakim umiała. Piszczała okropnie.

Kret się zatrzymał.

Gabi zaśpiewała głośniej i jeszcze bardziej piskliwie.

– Aaaa! Miiii! Laaa!

Czuła, że boli ją gardło i długo nie da rady tak wyć. Ale kret zaczął się cofać. Naprawdę to na niego działało! Gabi ruszyła w stronę kosmatego potwora, wciąż śpiewając najwyższe nuty.

– Laaaa… Miiiii!

Piszczała przeraźliwie. Wyła jak wilk chory na anginę! Kret się cofał. Nagle się odwrócił i zaczął uciekać. Po chwili łomot jego kroków ucichł.

Rozległo się wołanie:

– Co się dzieje…!? Gabi!

Z bocznego korytarza wybiegli Kuki i Budyń.

– Co się stało?

– Przegoniłam kreta… – wychrypiała Gabi.

– Co?

– No, zaatakował mnie, ale go wygoniłam.

– A czemu tak wyłaś?

– Właśnie dlatego… Ale zwiewajmy, bo drugi raz nie dam rady tak piszczeć. Tam jest wyjście… Chodźcie, szybko.

Pobiegła tunelem, prowadząc przyjaciół do wyjścia. Po chwili dobiegli do otworu. Wzajemnie sobie pomagając, wspięli się na powierzchnię. Wyszli na trawnik, tuż obok dra-kuli.

Gabi krzyknęła jeszcze w stronę kreciej nory:

– Calineczka ci zwiała!

Z dra-kuli wychylił się Blubek.

– Ej… Gdzie byliście tak długo? Już chciałem was ratować. Macie tego puzzla?

– Tak!

Gabi podniosła dłoń z błyszczącą zdobyczą.

Wskoczyli wszyscy do dra-kuli. Blubek włączył napęd. Kiedy startowali, z domu Giguna wybiegło kilku Strażników. Krzyczeli coś, słychać było, jak huczą silniki samochodów, ale dra-kula zniknęła już za chmurami.

– Alik, oni wracają! – zawołała Ida.

Ogromny chłopak podniósł się i podbiegł do niej. Patrzyli, jak niebieska kula wyłania się zza drzew. Po chwili dra-kula wylądowała obok nich na trawniku. Otworzył się właz. Wyskoczył Budyń, potem Gabi, Kuki i Blubek.

– Znaleźliście!? – zawołała Ida.

Gabi pokazała dumnie fragment układanki, wołając:

– Tadam!

Ida krzyknęła z radości.

Blubek zmniejszył dra-kulę i podeszli wszyscy do stołu. Ostrożnie, by nie zburzyć układanki, pochylili się nad kamiennym blatem.

Puzzle świeciły w mroku. Czuli niezwykłą siłę, która od nich płynęła.

Milczeli. Wiedzieli, że zaraz wszystko się zdecyduje. Powrócą do domu lub zostaną na zawsze w Świecie Ogromnych.

Gabi wysunęła dłoń z ostatnim fragmentem puzzli.

Ida zerknęła na Alika.

– Zaraz polecimy! – szepnęła. – Trzymaj mnie za rękę, żebyśmy się nie zgubili.

Chłopak delikatnie złapał swoją wielką dłonią rękę Idy.

Wtedy Gabi uroczyście włożyła ostatni fragment puzzli w puste miejsce.

Nic się nie zdarzyło. Wielka układanka leżała nieruchomo, lekko świecąc w ciemności.

Czekali.

Nagle usłyszeli wycie syren. W głębi parku pojawiły się światła. Huczały silniki. Nadjeżdżały olbrzymie samochody.

– Strażnicy! – krzyknął Alik. – Strażnicy jadą!

Wielkie reflektory samochodów świeciły w mroku. Zbliżały się ze wszystkich stron.

– Uciekajmy! – wrzasnął Blubek.

– Jak?

– Dra-kulą!

– A Alik!? – zawołała Ida. – On się nie zmieści!

Stali bezradnie. Samochody Strażników były już blisko. Syreny wyły.

– Uciekajmy! – krzyczał Blubek.

– Zaczekajcie! – Gabi patrzyła na puzzle. – Już wiem! Wiem! Włożyłam go do góry nogami!

Gabi pochyliła się i wyjęła z układanki ostatni fragment. Był symetryczny! Można było go włożyć na dwa sposoby! Błyskawicznie go odwróciła i wcisnęła ponownie.

W tej chwili na plac wjechały auta Strażników. Huknęły drzwi. Kilkunastu olbrzymów zaczęło pędzić w ich stronę. Gigun i jego ojciec biegli z nimi.

– Łapcie ich! – ryczał Gigun.

Wtedy puzzle rozjarzyły się niesamowitym światłem. Park dookoła stał się tak biały, jakby wielka błyskawica przecięła niebo. Planeta na puzzlach zaczęła się obracać.

Olbrzymy się zatrzymały. Gapiły się wystraszone.

Puzzle zaczęły rosnąć. A potem się uniosły. Zawisły nad parkiem jak wielka chmura. Świeciły coraz mocniej.

Dzieci i Budyń poczuli, że coś ich ciągnie w górę. Włosy się im uniosły, a potem zostali porwani w stronę olbrzymich puzzli wiszących nad ich głowami. Ida trzymała za rękę wielkiego Alika. Kuki zdążył wziąć Budynia na ręce. Uniesieni niesamowitą siłą pomknęli w górę. Układanka wciągnęła ich i pochłonęła. Po chwili zniknęli w oślepiającym świetle.

Olbrzymy, zadzierając głowy, ruszyły w stronę wiszących w powietrzu puzzli, ale wtedy niesamowite światło zgasło. Puzzle się rozsypały, zmniejszyły i wpadły do kartonu.

Lecieli przez czarną pustkę. Kosmiczny mrok czasem się rozjaśniał na parę sekund, a potem znów zapadała ciemność. Nie wiedzieli, czy się wznoszą, czy opadają, bo w locie wirowali jak tancerze na lodzie. Próbowali wołać do siebie, ale huk wichury zagłuszał słowa. Ida ściskała dłoń olbrzymiego Alika. Kuki tulił do siebie małego psiaka. W jednym z rozbłysków zobaczył, że Gabi leci blisko niego. Dalej frunął Blubek. Gdzieś przed nimi była odległa planeta. Maleńka wirująca kropka. Rosła, powiększała się. Była coraz bliżej.

Nagle zobaczyli przed sobą odległe światła. Migoczące punkty jak lampki na choince. Zbliżały się. Ciemność powoli się rozjaśniała. Pod nimi pojawiło się miasto pełne świateł. Było jeszcze daleko, lecz szybowali w jego stronę. Widzieli już ulice i domy, ale wciąż nie wiedzieli, czy to miasto olbrzymów, czy ziemskie.

Byli coraz bliżej, spadali, kołując jak liście na wietrze.

Po chwili byli już blisko, widzieli dachy i ludzi na ulicach.

– To Ziemia...! To nasze miasto...! – krzyknął Kuki. – Widzę szkołę!

Inni także krzyczeli z radości. Tylko Ida się bała, co będzie z Alikiem, jeśli magiczna siła wrzuci ich do wnętrza szkoły. Przecież Alik był zbyt duży, by się zmieścić w ziemskim domu.

Na szczęście wylądowali na trawniku. Pierwszy opadł Blubek, zaraz po nim Kuki z Budyniem. Potem wylądowała Gabi, a na końcu Ida z Alikiem. Wszyscy poturlali się po trawie, lecz nikomu nic się nie stało. Przez parę minut leżeli w milczeniu, ciężko dysząc. Powoli otwierali oczy i rozglądali się półprzytomnie. A potem zaczęli krzyczeć z radości. Wylądowali na Ziemi, w swoim mieście, na szkolnym boisku. Była noc, a wszystko dookoła miało zwyczajne rozmiary.

Wszystko z wyjątkiem olbrzymiego Alika.

Ida wciąż trzymała go za rękę.

– Otwórz oczy, Alik... Jesteśmy na Ziemi! – szepnęła. – Widzisz! Obiecałam ci, że tu wrócimy!

Chłopak uniósł się i rozglądał niepewnie. Potem z trudem wstał. Był naprawdę ogromny. Sięgał głową do trzeciego piętra szkoły. Patrzył oszołomiony na budynek, który wydawał mu się śmiesznie mały. Potem się obrócił i przyglądał się drzewom, które sięgały mu ledwo do ramion. Samochody na parkingu wyglądały przy nim jak zabawki ze Świata Ogromnych.

Z trawy wstał Budyń.

– Szefie... Jak to dobrze, że jesteśmy w naszym świecie! Bo już myślałem, że nigdy nie zobaczę kiełbasek czosnkowych...

Kuki go pogłaskał, ale nie odpowiedział, bo po szalonym locie wciąż kręciło mu się w głowie.

Podniosła się Gabi.

– Kuki, zobacz... – szepnęła. – Ona jest w domu.

– Kto? – spytał Kuki trochę nieprzytomnie.

– Mama Alika... Świecą się światła w jej mieszkaniu.

Wszyscy spojrzeli w górę. Na szczycie wieży, w mieszkaniu nauczycielki paliły się światła we wszystkich oknach.

– O rany – westchnął Blubek. – Teraz musimy jej wytłumaczyć, że ma syna w rozmiarze XL.

– Co robimy? – spytała Gabi.

– No... Trzeba iść do pani Szulc i powiedzieć, że znaleźliśmy Alika – powiedział Kuki. – I przyprowadzić ją tutaj, bo przecież Alik nie da rady wejść do domu...

– Musimy ją uprzedzić, że synek trochę urósł, bo może przeżyć szok – mruknął Blubek, zerkając na dziesięciometrowego Alika. – I trzeba postarać się o drabinę, żeby mogła go pocałować.

Ida podeszła do Alika.

– Widzisz te okna na wieży? Tam mieszka twoja mama! – szepnęła. – Tam ułożyłeś puzzle i zniknąłeś… Pamiętasz to?

Wielki Alik spojrzał w okna świecące na wieży. Był wysoki, ale nie aż tak, by w nie zajrzeć.

– Pamiętam – szepnął. – Teraz sobie to przypominam…

– Trzeba do niej iść – powiedział Kuki. – Alik, zostań tu z Idą. My przyprowadzimy twoją mamę.

Kuki, Gabi i Blubek ruszyli w stronę wieży. Budyń został z Idą i Alikiem.

Dziewczynka usiadła na ławce. Alik nie mógł usiąść, bo ławka była dla niego za mała.

Patrzył niespokojnie na budynek szkoły.

– Ida… Tutaj wszystko jest takie małe… Ja zupełnie tu nie pasuję. Jestem za wielki. Mama się mnie wystraszy… Na pewno nie będzie mnie chciała…

– Nieprawda – powiedziała Idalia. – Twoja mama strasznie się ucieszy. Zobaczysz!

Kuki, Gabi i Blubek wspinali się po krętych schodach wieży. Czuli niepokój.

– Gabi, jak my to wszystko wyjaśnimy? – szepnął Kuki. – Przecież nie możemy powiedzieć o magii.

– Wiadomo…

– To jak jej to wytłumaczymy?

– No… Powiemy, że znaleźliśmy jej syna i że więcej nie możemy zdradzić, bo to tajemnica…

– Mam nadzieję, że nie dostanie zawału, jak się dowie, że ma dziesięciometrowe dziecko – powiedział Blubek.

– Chyba nie. Mamy zawsze kochają dzieci, nawet gdy są trochę nietypowe.

– Ale on jest giganietypowy! – westchnął Blubek.

Stanęli przed drzwiami do mieszkania nauczycielki. Patrzyli niepewnie.

W końcu Gabi nacisnęła dzwonek.

Po chwili drzwi się otworzyły i wyjrzała pani Szulc. Patrzyła na nich, jakby widziała duchy.

– To wy!? – krzyknęła. – Boże, jak to dobrze, że się znaleźliście! Szukamy was wszędzie! A Ida? Gdzie ona jest?

– Czeka na boisku…

Nauczycielka patrzyła oszołomiona.

– Wejdźcie… No wchodźcie!

Weszli do mieszkania.

– Gdzie wy byliście? Wszyscy was szukają! Policja i rodzice… Gdzie wyście się podziewali!!!? Nic wam się nie stało? Jesteście zdrowi?

– Jesteśmy cali i zdrowi… – powiedziała Gabi. Podeszła bliżej. – Proszę pani… My chcemy pani powiedzieć coś ważnego.

Nauczycielka popatrzyła niespokojnie.

– Co się stało? Mów.

– My znaleźliśmy pani syna, Alika.

– Co!?

– Znaleźliśmy go. Naprawdę. On wrócił z nami.

Nauczycielka zbladła.

– Czy… Czy ty mówisz prawdę!?

– Tak. Alik wrócił z nami. Jest tam, na boisku.

Nauczycielka patrzyła na Gabi.

– Nie wierzę… To niemożliwe…

– Naprawdę go znaleźliśmy. Dlatego nas nie było. To była wyprawa poszukiwawcza… I znaleźliśmy go. On na panią czeka… Tylko że on…

Gabi się zacięła. Nie wiedziała, jak powiedzieć, że Alik ma dziesięć metrów wzrostu. Nauczycielka wpatrywała się w nią. Wyglądała, jakby zaraz miała zemdleć.

Zaczął mówić Kuki:

– Proszę pani, Alik jest teraz trochę większy. Rozumie pani… On urósł… Bardzo. Ma teraz dzie…

Zanim skończył, nauczycielka rzuciła się do drzwi. Popędziła po schodach. Dzieci pobiegły za nią.

Ida i Alik czekali przed szkołą. Ogromny chłopak bardzo się denerwował.

Idalia nie wiedziała, jak dodać mu otuchy. W końcu weszła na ławkę i złapała go za rękę.

– Nie bój się, wszystko będzie dobrze, bo…

W tej chwili usłyszeli szelest. Dochodził gdzieś z dołu, zza krzaków bzu. Między liśćmi coś błysnęło. Coś złotego…

– Korto! – krzyknęła Ida.

Z krzaków wyszedł robot.

– Wróciliście! – zawołał. – Jesteście! Jak to dobrze!

Robot mówił normalnie, widocznie naprawił się pod ich nieobecność. Podbiegł do Idy.

– Jesteście wszyscy? Wszyscy wrócili?

– Tak, Korto, wróciliśmy wszyscy i w całości. I znaleźliśmy Alika. Tylko że on się trochę... powiększył.

– Widzę... – Robot obejrzał uważnie olbrzymiego chłopca. – No tak. Wiedziałem, że coś zepsujecie. Choć i tak to cud, że wróciliście żywi ze Świata Ogromnych. Jesteście niezwykli...

– A ty już mówisz normalnie?

– Tak. Mówię normalnie...

– Korto, powiedz, czy wiesz, co mamy teraz zrobić? Bo Alik się boi, że rodzice nie będą go kochać takiego wielkiego...

– Możesz go zmniejszyć – powiedział Korto. – Ty możesz prawie wszystko...

– Nie mogę! Mam zablokowaną magiczną moc na miesiąc...

– Przecież miesiąc już minął! – zawołał robot.

– Jak to? – zdziwiła się Ida. – Byliśmy tam cztery dni.

– Ale podróż do Świata Ogromnych trwa długo!

– Przecież lecieliśmy tylko kilka minut!

– To inne minuty... Ogromne... – szeptał robot. – W podróży między światami czas biegnie inaczej. Minął cały miesiąc...

W tej chwili usłyszeli kroki i wołanie. Biegła mama Alika. Była za narożnikiem szkoły i jeszcze ich nie widziała.

Ida zerwała się z ławki. Zawołała:

– Alik...! Czy chcesz być mniejszy? To znaczy mieć rozmiar ziemski... Chcesz?

Alik się zawahał. A potem powiedział:

– Tak.

Idalia natychmiast coś wyszeptała. Z nieba sfrunęła buteleczka ze złocistym płynem.

Ida ją pochwyciła.

– Wypij to! – krzyknęła. – Wtedy będziesz miał taki wzrost jak chłopaki w twoim wieku. Zaufaj mi! Wszystko będzie dobrze! Wypij to... Szybko!

Alik chwycił butelkę, z trudem, bo była dla niego zbyt mała. Spojrzał jeszcze z żalem na swoje wielkie ręce i jednym haustem wypił płyn.

Błysnęło. Powiał wiatr, zrywając liście z drzew. Alik krzyknął, a potem zaczął się zmniejszać. Malał jak balonik, z którego uchodzi powietrze. Po chwili był wzrostu zwykłego ziemskiego dziesięciolatka. Chwiał się i szybko oddychał, bo od gwałtownej przemiany omal nie stracił przytomności.

W tej chwili rozległ się okrzyk:

– Alik!!!

Przez boisko pędziła nauczycielka. Podbiegła do syna i zatrzymała się krok przed nim. Wpatrywała się w niego oszołomiona. Nie widziała Alika od pięciu lat, ale poznała go od razu. Mamy zawsze poznają swoje dzieci.

– Alik!

– Mamo!

Objęła go i przytuliła z całych sił.

– Synku! Jak to dobrze, że jesteś!

Trwali tak przytuleni przez długi czas. A potem mama cofnęła się i oglądała swe odzyskanie dziecko.

– Mamo… – szepnął Alik. – Ty jesteś taka sama jak dawniej… Śniłaś mi się prawie co noc. Wyglądasz tak samo jak w moich snach.

– A ty, synku… urosłeś przez te lata… Jesteś dużym chłopakiem…

– Wiesz, mamo, niedawno byłem trochę większy… – szepnął Alik.

Ale mama chyba tego nie usłyszała. Objęła swoje dziecko i ruszyli razem do domu.

Budyń szedł ulicą Kasztanową, wdychając z radością znajome zapachy. Za nim szli Kuki, Gabi, Ida i Blubek. Byli okropnie śpiący, ziewali co chwila.

Idalia wyczarowała dla każdego buteleczkę płynu lubienia, ale trochę zmieniła jego działanie. Teraz zapach powodował też, że zapominało się powód złości. Po prostu nie pamiętało się o różnych rzeczach, za które się na kogoś gniewaliśmy. Więc był to także płyn wybaczania. Mógł im się bardzo przydać, bo rodzice na pewno okropnie się denerwowali ich nieobecnością.

Podeszli pod dom Blubka, który mieszkał najbliżej.

– Mam nadzieję, że ten płyn zadziała – westchnął Blubek. – Bo inaczej będę miał szlaban na wszystko.

– Na pewno będzie działać…

– Dobra. No to cześć… – Blubek wszedł do bramy. Nagle się odwrócił. – Wiecie co… Jedno mnie martwi…

– Co cię martwi? – spytał Kuki.

– No, że to tam zostało.

– Co?

– Puzzle. One zostały w Świecie Ogromnych.

– I co z tego?

– Nie rozumiesz? Oni mogą je ułożyć i tu przylecieć. Gigun i inne olbrzymy.

Spojrzeli na siebie niepewnie. To była prawda. Ogromni mogą przybyć na Ziemię, tak jak oni przybyli do nich. Brama pomiędzy tymi światami została otwarta.

Wyobrazili sobie, jak ulicą idzie armia olbrzymów i zadrżeli…

– Nie… – powiedział Kuki. – To się nie zdarzy. Oni nie wpadną na to, że trzeba ułożyć puzzle. Nie odkryją tego sposobu.

– Jesteś tego pewny na sto procent?

– No… Na dziewięćdziesiąt dziewięć.

– Jutro będziemy o tym gadać – powiedziała Gabi. – Teraz chodźmy już do domu!

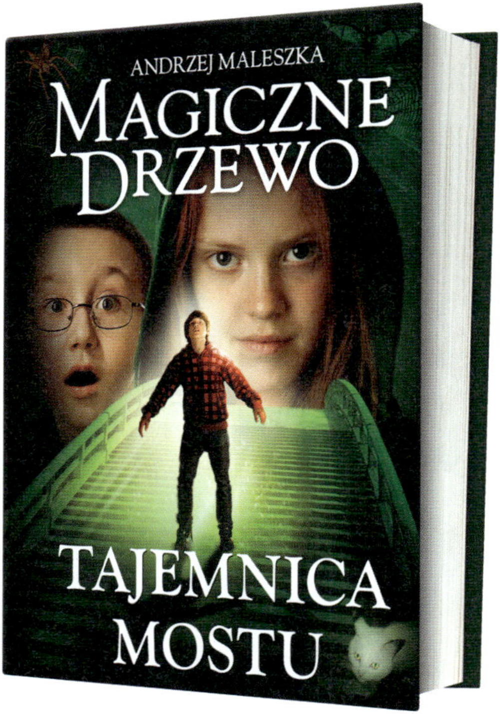

Kuki, Wiki i Melania muszą odnaleźć Most Zapomnienia. Czeka na nich gigantyczny pająk, podziemna rzeka i groźna Greta o trojgu oczach. Lecz tylko przejście przez most uwolni Filipa od czaru tajemniczej Żu. Na szczęście po ich stronie stoi najlepszy robot świata, pies geniusz i cudowna kotka Latte!

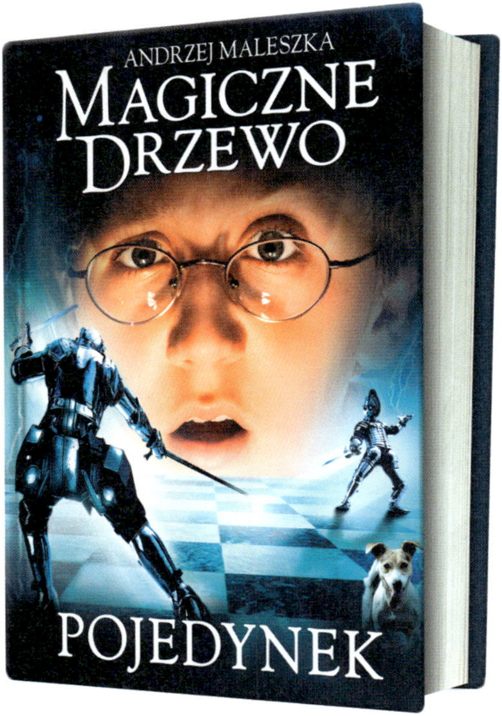

Kuki wyczarowuje swego klona, by zastąpił go w nudnych zajęciach. Jednak klon zdobywa magiczną moc i zaczyna pojedynek z prawdziwym Kukim. Tworzy gigantycznego robota, żywe labirynty i zmienia ludzi w dziwne stworzenia. Na niesamowitej wyspie Kuki, Gabi i Blubek muszą stoczyć niebezpieczną walkę. Czekają na nich olbrzymie roboty, tajemnicze szachy, groźny łapacz i pies mówiący ludzkim głosem. Przygodowa powieść w tempie gry komputerowej.

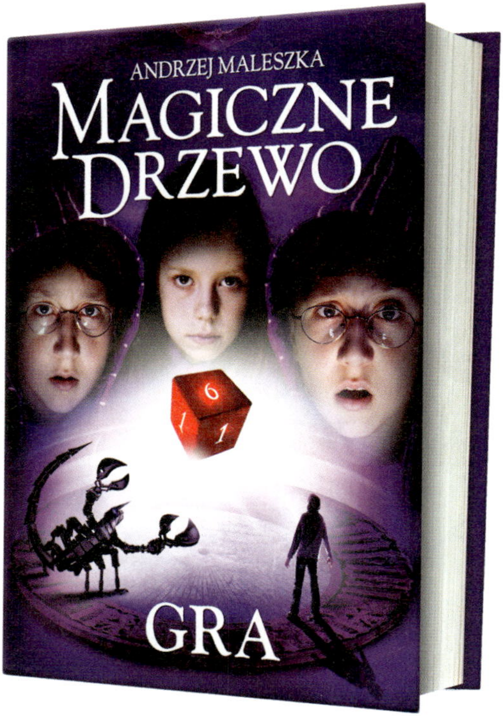

Klon Kukiego szuka tajemniczej kostki do gry. Odnajduje ją Kuki. Kostka ma potężną moc i wciąga posiadacza do niebezpiecznej gry. Gdy wypada jedynka, uruchamia się lawina groźnych zdarzeń. Gabi, Blubek, Kuki i jego pies zostają porwani do podziemnej twierdzy klona. Muszą pokonać roboty Moradora i Marę, sterowane nietoperze i pułapki skorpiona Korto. Przygodowa powieść o szybkim tempie i zaskakujących pomysłach. A także o szczęściu, pechu i przyjaźni...

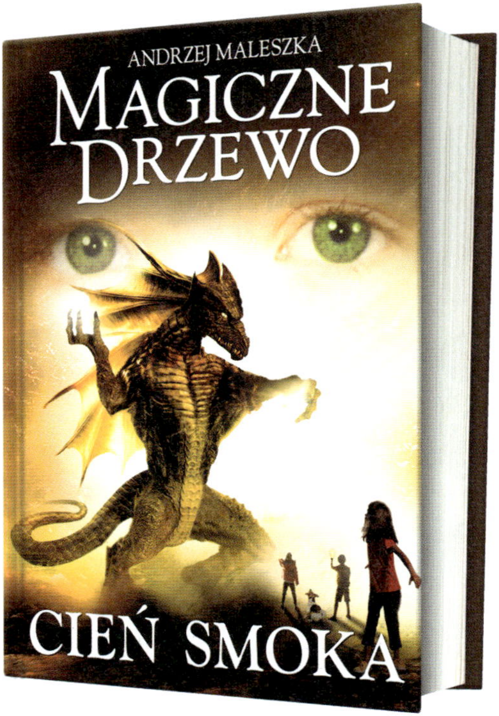

Nieostrożny czar wywołuje z głębin morza smoka wraz z armią olbrzymich stworów. Bohaterowie muszą stoczyć z nimi walkę, by smok nie rzucił na świat swego cienia. Pokonać go można tylko dzięki figurce z magicznego drzewa. Figurka zmienia się w istotę obdarzoną niezwykłą mocą. Ale ma ona też niebezpieczne cechy... Kuki, Gabi i Blubek wyruszają do podwodnego świata na najtrudniejszą ze swych wypraw.